La evolución de Calpurnia Tate

La evolución
de Calpurnia Tate

Jacqueline Kelly

Traducción de Isabel Margelí

rocabolsillo

Título original: *The Evolution of Calpurnia Tate*

Copyright © 2009 by Jacqueline Kelly

Primera edición en este formato: octubre de 2014

© de la traducción: Isabel Margelí
© de esta edición: Roca Editorial de Libros, S.L.
Marquès de l'Argentera 17, Pral.
08003 Barcelona.
info@rocabolsillo.com
www.rocabolsillo.com

Impreso por LIBERDÚPLEX, S.L.U.
Crta. BV-2249, km 7,4, Pol. Ind. Torrentfondo
Sant Llorenç d'Hortons (Barcelona)

ISBN: 978-84-15729-78-5
Depósito legal: B. 16.070-2014
Código IBIC: FA

RB29785

Para mi madre, Noeline Kelly
Para mi padre, Brian Kelly
Para mi esposo, Robert Duncan

Capítulo 1

El origen de las especies

Cuando un joven naturalista emprende el estudio de un grupo de organismos desconocido para él, al principio está demasiado perplejo para establecer las diferencias que hay que considerar [...], pues desconoce el grado y el tipo de variación al que ese grupo está sujeto.

CHARLES DARWIN, *El origen de las especies*

*E*n 1899 ya habíamos aprendido a dominar la oscuridad, pero no el calor de Texas. Nos levantábamos de noche, horas antes del amanecer, cuando apenas había una mancha añil en el cielo oriental y el resto del horizonte seguía negro como el carbón. Encendíamos nuestras lámparas de queroseno y salíamos con ellas por delante, como si fueran nuestros propios solecitos titilantes. Nos esperaba mucho trabajo antes del mediodía, cuando el mortal calor nos devolvía a todos al interior de nuestra gran casa y nos tumbábamos en los cuartos sombríos de postigos cerrados y techos altos, como víctimas sudorosas. El habitual remedio veraniego de mamá de salpicar las sábanas con refrescante colonia solo duraba un minuto. A las tres de la tarde, cuando era hora de ponerse en pie, la temperatura aún era criminal.

El calor era un suplicio para todos los que vivíamos en Fentress, pero las que más lo sufrían eran las mujeres, con sus enaguas y corsés. (A mí todavía me faltaban unos años para esa forma de tortura exclusivamente femenina.) Se aflojaban las cotillas y se pasaban las horas suspirando, y maldecían el calor y también a sus maridos, por haberlas llevado al condado de Caldwell a plantar algodón y pacanas y criar ganado. Mamá abandonaba temporalmente sus peinados postizos: un falso flequillo ondulado y un mechón rizado de pelo de caballo, las bases sobre las que cada día construía una elaborada montaña de su propio pelo. Como eran días en que no recibíamos visitas, hasta metía la cabeza bajo el grifo de la cocina mientras Viola, nuestra cocinera mulata, le daba a la bomba de agua y se la dejaba empapada. Teníamos orden de no reírnos ante ese espectáculo asombroso. Y a medida que la dignidad de mamá iba sucumbiendo al calor, descubríamos (igual que papá) que lo mejor era apartarse de su vista.

Aquel verano, yo tenía once años y era la única chica de siete hermanos. ¿Os podéis imaginar una situación peor? Me llamo Calpurnia Virginia Tate, pero entonces todo el mundo me llamaba Callie Vee. Estaba justo entre tres hermanos mayores —Harry, Sam Houston y Lamar— y tres más jóvenes—Travis, Sul Ross y el benjamín, Jim Bowie, al que llamábamos J.B.—. Los pequeños conseguían dormirse de verdad a mediodía, a veces incluso apilados unos encima de otros como cachorros empapados y humeantes. Tanto los hombres que llegaban del campo como mi padre, de vuelta de su despacho en la limpiadora de algodón, también dormían, después de regarse con cubos de agua tibia del pozo en el porche de la siesta, antes de caer noqueados en sus camas de cuerda.

El calor era un suplicio, sí, pero también me daba libertad. Mientras el resto de la familia se tambaleaba y dormitaba, yo me iba en secreto al río San Marcos a disfrutar de mi paréntesis diario sin escuela, sin unos hermanos irritantes y sin madre. No es que tuviera permiso para hacerlo, exactamente, pero nadie me había dicho que no pudiera. Y si salía airosa era porque tenía mi propia habitación, mientras que todos mis hermanos tenían que compartirla y se habrían chivado de ello en medio segundo. Que yo supiera, eso era lo único bueno de ser una sola chica.

Nuestra casa estaba separada del río por una parcela, con forma de media luna, de dos hectáreas de hierba salvaje y caótica. Habría sido muy complicado abrirme camino atravesándola de no ser porque los clientes habituales del río —perros, ciervos y hermanos— mantenían un estrecho sendero pisoteado entre los traicioneros pinchos de los abrojos, que crecían a la altura de mi cabeza y se me enganchaban en el pelo y en el delantal cuando me encogía para pasar por en medio. Después me desnudaba hasta quedarme en camisola y flotaba de espaldas, con la tela hinchándose delicadamente a mi alrededor en las suaves corrientes, y me deleitaba con la frescura del agua que fluía en torno a mí. Yo era una nube del río que giraba despacio en los remolinos y alzaba la vista hacia las vaporosas bolsas de larvas, colgadas de la bóveda de exuberantes robles que se curvaban sobre el agua. Las larvas parecían un reflejo de mí, flotando en sus globos de gasa contra el pálido cielo turquesa.

Aquel verano, todos los hombres salvo mi abuelo, Walter Tate, se raparon el pelo y se afeitaron los espesos bigotes y barbas. Durante la semana que más o menos tardamos en acostumbrarnos a sus barbillas pálidas y débiles, parecieron desnudos como salamandras ciegas. Curiosamente, al abuelo no le angustiaba el calor, ni siquiera con toda esa barba blanca que le caía por el pecho; según él, porque era un hombre de costumbres fijas y moderadas, y nunca bebía whisky antes de mediodía. Su viejo y roñoso abrigo con faldones ya estaba totalmente pasado de moda, pero no quería ni oír hablar de separarse de él. Y a pesar de que nuestra criada SanJuanna lo frotaba de vez en cuando con benceno, el abrigo nunca perdía su olor a moho y ese extraño color que no era negro ni verde.

El abuelo vivía bajo el mismo techo que nosotros, pero era una especie de figura misteriosa. Tiempo atrás había dejado el negocio familiar en manos de su único hijo, mi padre, Alfred Tate, y se pasaba el día haciendo «experimentos» en su «laboratorio» de la parte de atrás. El laboratorio no era más que un viejo cobertizo que una vez formó parte de las dependencias de los esclavos. Cuando no estaba allí, salía a cazar especímenes o se refugiaba con sus apolillados libros en un rincón sombrío de la biblioteca, donde nadie se atrevía a molestarle.

Yo le pregunté a mamá si podía cortarme el pelo, que me colgaba denso y sofocante por toda la espalda. Dijo que no, que no quería verme por ahí como una bestia esquilada. Me pareció claramente injusto, por no hablar del calor que pasaba, así que ideé un plan: cada semana me cortaría un par de dedos de cabello —solo unos dedos de nada— y mamá no lo notaría, porque me camuflaría con buenos modales. Cuando me disfrazaba de muchachita educada, a menudo conseguía escapar de su riguroso análisis. Normalmente, mamá estaba agobiada por la exigencia constante de llevar una casa y por el alboroto incesante de mis hermanos. No os creeríais el caos y el jaleo que pueden armar seis hermanos. Además, el calor empeoraba sus terribles dolores de cabeza y tenía que recurrir a una cucharada grande del concentrado vegetal de Lydia Pinkham, considerado el mejor purificador de sangre para mujeres.

Esa noche cogí unas tijeras de coser y, eufórica y con el corazón a mil, corté el primer trozo. Miré el suave almiar de cabello cortado en la palma de mi mano. Acababa de dar mi primer paso adelante, al encuentro de ese siglo nuevo y reluciente para el que solo faltaban unos meses. De hecho, fue un gran momento para mí. Esa noche dormí mal por miedo a la mañana siguiente.

Ya de día, bajé a desayunar conteniendo el aliento. Las tortas de pacana me supieron a cartón. ¿Y sabéis lo que ocurrió? Absolutamente nada. Nadie se dio cuenta de nada. Fue un alivio tremendo, pero al mismo tiempo pensé: «Muy típico de esta familia». En realidad, nadie notó nada hasta que pasaron cuatro semanas con sus cuatro pares de dedos; entonces, una mañana nuestra cocinera Viola se me quedó mirando. Pero no dijo una palabra.

Hacia finales de junio, el calor era tal que por primera vez en la historia mamá dejó las velas y la araña apagadas durante la cena. Hasta permitió que Harry y yo nos saltásemos las clases de piano durante dos semanas. Menos mal: Harry sudaba encima de las teclas, que se quedaban mates después de todo un minueto en sol. Por más que lo intentaran mamá o SanJuanna, era imposible devolverle el brillo al marfil. Además, nuestra profesora de música, la señorita Brown, ya estaba mayor, y su decrépito caballo tenía que arrastrar su calesa cinco kilómetros desde la pradera de Lea. Era posible que los dos se desplomasen y hubiera que sacrificarlos. Lo que, pensándolo bien, no era tan mala idea. Cuando papá se enteró de que nos perderíamos las clases, dijo:

—Claro que sí. A un chico le hace tanta falta el piano como a una serpiente un tutú.

Mamá no quería escucharlo. Deseaba que su primogénito Harry, de diecisiete años, se convirtiera en un caballero. Tenía pensado enviarlo a la Universidad de Austin, a ochenta kilómetros de distancia, cuando cumpliera los dieciocho. Según el periódico, había quinientos alumnos en la universidad, diecisiete de los cuales eran chicas que estudiaban humanidades (como música, inglés o latín). Los planes de papá eran distintos: él quería que Harry fuese un hombre de negocios, algún día se encargase de la limpiadora de algodón y las plantaciones de pacana, y se uniera a los masones, como él. Sin embargo, por lo visto, las clases de piano no le parecían tan mala idea para mí, si es que alguna vez se paró a pensar en ello.

A finales de junio, el *Fentress Indicator* informó de que la temperatura era de 41°C en plena calle, a la salida de las oficinas del periódico. El artículo no mencionaba la temperatura a la sombra. Me pregunté por qué, si nadie en su sano juicio permanecía más de un segundo al sol salvo para ir corriendo al siguiente trozo de sombra, ya fuese bajo un árbol, en un granero o junto a un caballo de tiro. Me pareció que a los ciudadanos les resultaría mucho más útil la temperatura a la sombra. Escribí una carta al director señalándoselo y, para mi enorme sorpresa, apareció en el periódico la semana siguiente. Y, para sorpresa aún mayor de mi familia, empezaron a publicar también la temperatura a la sombra. Leer que esta era de solo 35°C nos hacía sentir algo más frescos a todos.

Hubo un aumento repentino de la actividad de los insectos, dentro y fuera de la casa. Los saltamontes salían en tropel de debajo de las pezuñas de los caballos. Las luciérnagas eran tantas que nadie recordaba un verano más espectacular. Cada noche, mis hermanos y yo nos reuníamos en el porche delantero y competíamos a ver quién descubría la primera. Ganar era todo un honor, además de muy excitante, sobre todo a partir de que mamá rescatara un pedazo de seda azul de su costurero e hiciera una estupenda medalla, que remató con unas largas cintas. Entre dolor de cabeza y dolor de cabeza, bordó en ella PREMIO LUCIÉRNAGA DE FENTRESS con hilo dorado. Era un premio elegante y muy codiciado, que el ganador llevaba hasta la noche siguiente.

Las hormigas invadieron la cocina como nunca antes y se convirtieron en una tortura para Viola. Marchaban en formación militar por diminutas rendijas a lo largo de zócalos y ventanas, e iban directas al fregadero. Viola se alzó en armas contra ellas, pero fue en vano: estaban desesperadas por un poco de agua y nada las iba a detener. Nosotros considerábamos las luciérnagas un regalo y las hormigas una plaga, pero por primera vez se me ocurrió plantearme el porqué de esa distinción. Todas ellas eran criaturas que intentaban sobrevivir a la sequía, igual que nosotros. Pensé que Viola debía rendirse y dejarlas tranquilas de una vez, aunque lo reconsideré al descubrir que la pimienta negra en la ensalada de huevo no era precisamente pimienta.

Mientras que ciertos insectos nos invadían, otros pobladores habituales de nuestra propiedad, como las lombrices, desaparecieron. Mis hermanos se quejaban de la escasez de gusanos para pescar y de lo difícil que era encontrarlos cavando en la dura y reseca tierra. Quizás os preguntéis: ¿se puede adiestrar a las lombrices? Ya os digo yo que sí. La solución me pareció obvia: los gusanos siempre salían con la lluvia, y no era muy complicado hacerles creer que llovía. Me fui con un cubo de agua a una zona de sombra en las dos hectáreas de maleza y lo vertí en el suelo en el mismo sitio un par de veces al día. A los cinco días, solo tuve que presentarme allí con mi cubo y los gusanos, atraídos por mis pasos y la promesa de agua, se arrastraron a la superficie. Los recogí y se los vendí a Lamar a un centavo la docena. Él me dio la lata para que le dijera dónde los había encontrado, pero no lo hice. En cambio, a Harry sí le confesé mi método, pues era mi favorito y a él no le ocultaba nada —bueno, casi nada.

—Callie Vee —dijo—, tengo algo para ti. —Fue a su escritorio y sacó un cuaderno tamaño bolsillo de piel de color rojo, con RECUERDO DE AUSTIN impreso en la cubierta—. Ya verás, no lo he usado nunca. Puedes usarlo tú para apuntar tus observaciones científicas. Eres toda una naturalista en ciernes.

¿Qué era exactamente una naturalista? No estaba segura, pero decidí dedicar el resto del verano a ello. Si lo único que había que hacer era escribir lo que uno viera a su alrededor, sabría hacerlo. Además, ahora que tenía mi propio espacio donde anotarlo todo, veía cosas que no había visto antes.

Mis primeros apuntes fueron sobre perros. Debido al calor, se tumbaban tan quietos en el suelo que parecían estar muertos. Ni siquiera se molestaban en alzar la cabeza cuando mis hermanos los incordiaban con palos por puro aburrimiento. Se incorporaban el tiempo necesario para beberse toda su agua y se dejaban caer otra vez, levantando ráfagas de polvo en sus poco profundos huecos. Ni un disparo de escopeta habría espabilado a *Áyax*, el perro de caza de mi padre, así que no digamos un pisotón enfrente de su hocico. Se tumbaba con la boca abierta y podías contarle los dientes. Así descubrí que el paladar de un perro está muy arqueado en su parte posterior, gaznate abajo, seguro que para facilitar el paso de una presa difícil en una sola dirección: la de la cena. Apunté eso en mi cuaderno.

Observé que la expresión facial de un perro se refleja sobre todo en el movimiento de sus cejas. Escribí: «¿Por qué tienen cejas los perros? ¿Para qué las necesitan?». Se lo pregunté a Harry, pero no lo sabía. Dijo:

—Pregúntale al abuelo. Él sabe estas cosas.

Pero no lo hice. El viejo tenía unas cejas tupidas como las de un dragón, y en conjunto su aspecto era demasiado imponente para que una niña lo pasara por alto. Nunca me había hablado directamente, que yo recordara, y no estaba convencida de que supiera mi nombre.

Luego centré mi atención en los pájaros. No sé por qué, aquel año rondaban por ahí un montón de cardenales. Me hacía gracia Harry cuando decía que teníamos una buena cosecha de ellos, como si tuviéramos algo que ver con su número, como si nos hubiéramos trabajado esos cuerpos brillantes y alegres y los hubiéramos colocado en árboles a lo largo de nuestro camino de grava como adornos de Navidad. Pero como había tantos y la sequía había recortado su dieta habitual de semillas y bayas, los machos se peleaban con furia para dominar cada almez. Encontré a un macho muerto y mutilado entre los matojos; fue una visión alarmante y triste. Después, una mañana una hembra vino a posarse en el respaldo de la silla de mimbre que había a mi lado, en el porche. Me quedé inmóvil; si extendía la mano, podía tocarla con el dedo. Del pico albaricoque claro le colgaba un bulto de materia entre gris y marrón. Parecía un ratoncito muy pequeño, del tamaño de un dedal, muerto o moribundo. Cuando lo conté durante la cena, papá dijo:

—Calpurnia, los cardenales no comen ratones: viven de vegetales. Sam Houston, pásame las patatas, por favor.

—Ya, bueno, yo solo lo digo, papá —contesté sin convicción, y luego me enfadé conmigo misma por no defender lo que había visto con mis propios ojos.

La idea de que los cardenales tuvieran una conducta tan antinatural me repelía: el paso siguiente sería el canibalismo. Antes de acostarme esa noche, llené en el establo una lata de avena y la esparcí por el camino de grava. Apunté en mi cuaderno: «¿Cuántos cardenales habrá el año que viene si no tienen suficiente para comer? Acordarme de contarlos».

Lo siguiente que escribí en la libreta fue que aquel verano teníamos dos clases diferentes de saltamontes. Teníamos esos pequeños y rápidos de siempre, de color esmeralda con motitas negras. Y había otros enormes, amarillo brillante, el doble de grandes y aletargados, tan gordos que doblaban la hierba al aterrizar en ella. Nunca los había visto antes. Interrogué a todos los de la casa, excepto al abuelo, para averiguar de dónde salían esos ejemplares amarillos tan raros, pero nadie supo decírmelo. Tampoco les interesaba lo más mínimo.

Como último recurso, hice acopio de coraje y fui al laboratorio de mi abuelo. Aparté el trozo de arpillera que hacía de puerta y me quedé temblando en el umbral. Él, sorprendido, alzó la vista de la mesa en la que estaba vertiendo un líquido marrón de aspecto horrible en distintos crisoles y probetas. No me invitó a entrar. Yo tartamudeé mi enigma sobre los saltamontes mientras él me observaba como si le costara ubicarme.

—Oh —dijo, lacónico—, sospecho que una chica lista como tú lo sabrá resolver. Ven a contármelo cuando lo hayas hecho.

Apartó la vista de mí y se puso a escribir en un libro. Y eso fue todo; así fue mi audiencia con el dragón. Decidí que había quedado en tablas: por un lado no me había escupido fuego, pero por el otro no me había ayudado en nada. A lo mejor le dio rabia que interrumpiera su trabajo, aunque me había hablado en un tono educado. Tal vez si me hubiera traído a Harry conmigo, el abuelo me habría hecho más caso. Yo sabía en qué estaba trabajando: por algún motivo, se le había metido en la cabeza encontrar la manera de destilar pacanas para hacer whisky. Por lo visto, su teoría era que, si se pueden hacer buenos licores con el maíz común y la humilde patata, ¿por qué no con la magnífica pacana? Y Dios sabe que nosotros nadábamos en ellas: teníamos hasta veinticuatro hectáreas de esos árboles.

Regresé a mi cuarto y medité sobre el misterio de los saltamontes. Tenía uno de los verdes y pequeños en un tarro sobre el tocador, y lo observé para inspirarme. Había sido incapaz de atrapar uno amarillo, a pesar de que eran mucho más lentos.

—¿Por qué sois diferentes? —pregunté, pero él se negó a contestarme.

A la mañana siguiente me despertó, como siempre, un correteo en la pared junto a mi cama. Era una zarigüeya, que volvía a su guarida a la hora habitual. Poco después, oí los golpes y porrazos de las pesadas guillotinas cuando SanJuanna abrió las ventanas del salón, debajo de mi dormitorio. Me senté en mi alta cama de latón y, de repente, se me ocurrió que los saltamontes amarillos tenían que ser una especie completamente nueva, separada y aparte de la de los verdes, y que yo, Calpurnia Virginia Tate, la había descubierto. ¿Y acaso el descubridor de una nueva especie no le ponía su nombre? ¡Me iba a hacer famosa! Mi apellido se anunciaría por el mundo entero, el gobernador me estrecharía la mano y la universidad me aseguraría un diploma.

Pero ¿qué hacía ahora? ¿Cómo reclamaba mis derechos en el mundo natural? Tenía una vaga idea de que debía escribirle a alguien para registrar mi hallazgo, a algún funcionario de Washington.

Había oído discusiones durante la cena entre mi abuelo y nuestro pastor, el señor Barker, referentes al libro del señor Charles Darwin *El origen de las especies* y los dinosaurios que estaban desenterrando en Colorado, y lo que eso significaba para el libro del Génesis. Hablaban de cómo la naturaleza descartaba a los débiles y dejaba a los fuertes para que siguieran adelante. Nuestra maestra, la señorita Harbottle, había hablado de Darwin muy por encima, con cara de desconcierto mientras lo hacía. Seguro que un libro como ese, que trataba sobre el origen de las especies, me diría qué hacer. Pero ¿cómo diablos iba a echarle la mano encima si en nuestro rincón del mundo aún estaba al rojo vivo la polémica sobre tales temas? Hasta había una facción activa de la Sociedad de la Tierra Plana en San Antonio.

Entonces me acordé de que Harry tenía que ir a Lockhart a por víveres con el carromato largo. Lockhart era la sede del condado de Caldwell, y allí estaba la biblioteca. Allí se encontraban los libros. Solo tenía que pedirle a Harry que me llevase, el único hermano que no me negaba nada.

En Lockhart, después de hacer nuestros recados, Harry merodeó en una esquina para poder admirar la figura de las damas que pasaban exhibiendo los últimos modelos adquiridos en la sombrerería. Yo farfullé alguna excusa y me escabullí por el patio del juzgado. La biblioteca estaba fresca y oscura; fui hasta el mostrador, donde la anciana bibliotecaria le entregaba unos libros a un señor gordo con un traje blanco de lino. Después llegó mi turno, pero justo en ese momento apareció una joven madre con un niño pequeño; eran la señora Ogletree y su hijo Georgie, de seis años. Georgie y yo teníamos la misma profesora de piano y su madre conocía a la mía. Oh, no; lo último que quería era un testigo.

—Buenas tardes, Callie —dijo ella—. ¿Está aquí tu madre?

—Está en casa, señora Ogletree. Hola, Georgie.

—Hola, Callie —contestó el niño—. ¿Qué estás haciendo?

—Pues… miro libros. Pero vosotros ya tenéis los vuestros, pasad delante, por favor.

Retrocedí un paso y les hice un ademán exagerado para que pasaran.

—Vaya, gracias, Callie —respondió ella—. Qué modales tan encantadores. Se lo comentaré a tu madre la próxima vez que la vea.

Al cabo de una eternidad, se fueron. Yo no dejaba de mirar a mi alrededor, por si acaso aparecía alguien más. La bibliotecaria me frunció el ceño. Me acerqué al mostrador y murmuré:

—Por favor, señora, ¿tiene un ejemplar del libro del señor Darwin?

Ella se inclinó hacia mí y dijo:

—¿El qué?

—El libro del señor Darwin. Ya sabe, *El origen de las especies*.

Volvió a fruncir el ceño y ahuecó una mano detrás de su oreja:

—Tienes que hablar más alto.

Lo hice, con voz temblorosa.

—El libro del señor Darwin, por favor.

Me clavó una agria mirada y respondió:

—Desde luego que no. Jamás tendría tal cosa en mi biblioteca. Hay una copia en la biblioteca de Austin, pero habría que encargarla por correo. Son cincuenta centavos. ¿Tienes cincuenta centavos?

—No, señora.

Noté que me estaba poniendo roja. Jamás en mi vida había tenido cincuenta centavos.

—Además —añadió—, necesitaría una carta de tu madre en la que te diera permiso para leer ese libro en concreto. ¿Tienes una carta así?

—No, señora —respondí, avergonzada.

Empezaba a picarme el cuello, lo que anunciaba un brote de urticaria. La bibliotecaria resopló.

—Me lo imaginaba. Y ahora, tengo libros que ordenar.

Me entraron ganas de llorar de rabia y humillación, pero me negaba a hacerlo delante de esa vieja bruja. Salí de la biblioteca echando humo y encontré a Harry holgazaneando frente al colmado. Me miró con cara de preocupación. Yo me rasqué las ronchas que me habían salido en el cuello y chillé:

—¡¿De qué sirve una biblioteca si no te dan un libro?!

Harry echó un vistazo alrededor.

—¿De qué estás hablando?

—Hay gente que no debería ser bibliotecaria —afirmé—. Quiero irme a casa.

Durante el largo, cálido y silencioso trayecto de vuelta en el carromato atiborrado de cosas, Harry me miró:

—¿Qué te pasa, bicho?

—Nada —le solté.

No, absolutamente nada, salvo que me ahogaban la rabia y el resentimiento, y no estaba de humor para hablar de ello. Por una vez me alegré de la privacidad de ese gorro tan hondo que mamá me hacía llevar para que no me salieran pecas con el sol.

—¿Sabes lo que hay en esa caja? —me preguntó Harry—. ¿La que tienes justo detrás? —No me molesté en contestar. Ni lo sabía, ni me importaba. Odiaba el universo—. Una máquina de viento, para mamá.

Si se hubiera tratado de cualquier otro de mis hermanos, le habría gruñido: «No seas ridículo. Eso no existe».

—De verdad que sí —insistió él—. Ya lo verás.

Al llegar a casa se me hicieron insoportables el barullo y la agitación de descargar el carromato y me fui corriendo al río. Me quité gorro, delantal y vestido, y me tiré al agua, sembrando el terror entre los renacuajos y las tortugas del lugar. Perfecto. Esa bibliotecaria me había estropeado el día y yo estaba decidida a hacer lo mismo con el de alguien (o algo) más. Metí la cabeza bajo el agua y lancé un fuerte y largo grito, cuyo sonido borboteó en mis oídos. Salí a por aire y lo repetí. Y lo volví a repetir una vez más, para hacer las cosas bien. El agua fresca me fue calmando poco a poco. Al fin y al cabo, ¿qué era un libro para mí? En el fondo daba igual. Algún día iba a tener todos los libros del mundo, estantes y estantes llenos. Viviría en una torre hecha de libros; me pasaría el día leyendo y comiendo melocotones. Y si algún caballero con armadura se atrevía a acercarse en su blanco corcel y a rogarme que le lanzara mi trenza, lo acribillaría con huesos de melocotón hasta que se marchara.

Me puse de espaldas y contemplé a una pareja de golondrinas que sobrevolaban el río de un lado a otro. Pese a mis horas de libertad, el verano no marchaba como había previsto. A nadie le interesaban las preguntas que anotaba en mi cuaderno. A nadie le interesaba ayudarme a obtener las respuestas. El calor chupaba la energía a todos y a todo. Pensé en nuestra querida, grande y vieja casa, y en lo triste que estaba en medio de ese pasto amarillo y seco. La hierba solía ser suave, fresca y verde, y daba ganas de quitarse las botas, correr descalzo y tumbarse en el suelo, pero ahora era de un dorado brillante y chamuscado, y tan peligrosa para los pies como la paja o el rastrojo. La hierba amarilla hacía más complicado ver mi flamante especie de saltamontes: no los encontrabas hasta que prácticamente los estabas pisando. Entonces se alzaban silbando, volaban pesadamente unos metros mientras hacían tabletear las alas y desaparecían. Costaba atraparlos, aunque fueran gordos y lentos. En cambio a los de color esmeralda, más pequeños y veloces, estaba tirado cogerlos. Y es que eran demasiado fáciles de detectar. Los pájaros se los zampaban todo el tiempo, mientras los amarillos se escondían por ahí cerca y se burlaban de sus primos menos afortunados.

Entonces lo entendí: no había ninguna especie nueva, sino que todos eran el mismo tipo de saltamontes. Los que habían nacido algo más amarillos podían vivir mucho en tiempos de sequía, porque los pájaros no los veían en la hierba reseca. A los verdes los pillaban las aves y no duraban lo bastante como para crecer. Solo sobrevivían los amarillos porque estaban en mejores condiciones de sobrevivir al tórrido clima. El señor Charles Darwin tenía razón, y la prueba estaba en mi propio jardín.

Me quedé estupefacta en el agua, pensando en ello y observando el cielo, en busca de algún fallo en mi razonamiento, de alguna grieta en mi conclusión. Pero no encontré ninguna. Así que chapoteé hasta la orilla, me alcé agarrándome a unas hojas de alocasia que vi a mano, me sequé con el delantal, me vestí lo más rápido que pude y corrí a casa.

Al llegar, encontré a toda la familia apiñada alrededor de una caja abierta en el recibidor. Entre virutas de madera asomaba una máquina achaparrada de metal negro, con cuatro palas delante y un depósito de vidrio detrás en el que mi padre echaba queroseno. En el centro de las palas, un tachón redondo de bronce anunciaba, con letras de filigrana: MÁQUINAS DE VIENTO CHICAGO.

Papá dijo:

—Atrás.

Prendió una cerilla y encendió el cacharro. La habitación se llenó de un olor mineral y una gran bocanada de aire. Todos mis hermanos gritaron con entusiasmo. Yo también, aunque por otro motivo.

La vida en casa fue un poco más fácil después de eso. Mamá se retiraba a mediodía con su máquina de viento y todas nuestras vidas mejoraron, en especial la de papá, al que ella invitaba a veces a retirarse a su habitación con ella.

Tardé una semana en superar los nervios de ir a ver otra vez al abuelo. Estaba sentado en su laboratorio, en un desvencijado sillón con el relleno salido y roído por los ratones. Dije:

—Ya sé por qué los saltamontes amarillos son grandes y los pequeños, verdes.

Le conté mi descubrimiento y cómo lo había resuelto. Me movía inquieta mientras él me miraba y escuchaba en silencio. Al cabo de un rato, contestó:

—¿Se te ha ocurrido a ti sola? ¿Sin ayuda?

Le dije que sí y entonces le hablé de mi humillante viaje a la biblioteca de Lockhart. Me observó un instante con una expresión extraña —tal vez fuera sorpresa o tal vez consternación—, como si yo fuese una especie a la que nunca había visto antes. Dijo:

—Ven conmigo.

No pronunció una palabra mientras nos dirigíamos a la

casa. Oh, cielos. Había hecho algo inconcebible, y no una vez, sino dos: interrumpirle en su trabajo. ¿Pensaba llevarme con mamá para una nueva lección sobre buenos modales? Me condujo a la biblioteca, donde los niños no debíamos entrar. Pensaba darme la lección él mismo. A lo mejor me reñía por mi absurda teoría, o quizá me diera en las manos con una vara. Mi terror aumentó. ¿Quién me creía yo, Callie Vee Tate de Fentress, Texas, para considerar siquiera semejantes asuntos? Mira que era tonta.

A pesar del miedo, eché un buen vistazo a la sala, pues sabía que no volvería a tener la oportunidad de hacerlo. La biblioteca estaba poco iluminada, aun con las pesadas cortinas de terciopelo verde botella retiradas de las dobles ventanas altas. Al lado de una de ellas había un sillón inmenso de cuero agrietado y un carrete como mesa, con una lámpara encima para leer. Había libros en el suelo, junto al sillón, y otros colocados en estantes altos hechos con madera de nuestras pacanas malogradas (no podíamos evitar la presencia constante de las pacanas en nuestras vidas). El gran escritorio de roble estaba lleno de enigmáticas rarezas: un huevo vaciado de avestruz sobre una base de madera labrada, un microscopio dentro de una caja de piel de zapa, un diente de ballena tallado en forma de mujer pechugona con un corsé tirando a insuficiente… La Biblia familiar y un grueso diccionario con una lupa propia descansaban una al lado del otro junto a un álbum de felpa roja, lleno de apretados retratos formales de mis antepasados. Vaya. ¿Me iba a caer el sermón de la Biblia o el de no estar a la altura de mis ancestros? Aguardé mientras él se lo pensaba. Observé las paredes, que estaban cubiertas de vitrinas con inquietantes insectos de palo y mariposas de mil colores brillantes. Debajo de cada alegre ejemplar había un nombre científico escrito con la esmerada caligrafía de mi abuelo. Perdí la compostura y me acerqué a echar un vistazo.

—El oso —dijo el abuelo. «¿Eh?», pensé yo—. Cuidado con el oso —repitió, justo cuando tropecé con la boca abierta y burlona de una piel de oso negro que hacía de alfombra. Con esa penumbra, sus colmillos eran como una trampa para incautos.

—Claro, el oso. Señor.

El abuelo abrió la cadena de su reloj para sacar una llave minúscula. Con ella abrió un armario alto de vidrio repleto de más libros, aves disecadas, animales en botellas y demás curiosidades. Me acerqué sigilosa para ver mejor tan irresistible exposición. Mi mirada se cruzó con la de un armadillo deforme, retorcido, combado y con bultos, sin duda disecado por un aficionado inepto. ¿Por qué tenía eso? Yo lo habría hecho mejor. Al lado había una botella de vidrio grueso de veinte litros que contenía el bicho más extraño que jamás había visto: una masa gruesa y fofa con múltiples brazos y dos grandes ojos fijos que el vidrio distorsionaba y hacía más enormes; ni salido de una pesadilla. ¿Qué cuernos sería? Me aproximé más.

El abuelo fue a por la pila de libros. Vi el *Infierno* de Dante junto a la *Ciencia del globo de aire caliente*. Había un *Estudio de la reproducción de los mamíferos* y un *Tratado sobre el dibujo del desnudo femenino*. Eligió un volumen forrado de suntuoso tafilete verde con hermosos adornos dorados. Lo limpió con la manga, aunque yo no vi que tuviera polvo. Con aire ceremonioso, se inclinó y me lo entregó. Lo miré: *El origen de las especies*. Ahí, en mi propia casa. Lo acogí con ambas manos. Él sonrió.

Así comenzó mi relación con el abuelito.

Capítulo 2

El compás de la mañana

Las leyes que rigen la herencia son muy poco conocidas; nadie sabe por qué [...] el niño, a menudo, remite en ciertos aspectos al abuelo [...].

*T*res días después, bajé las escaleras en silencio y salí al porche delantero muy temprano, antes de que la avalancha diaria de mis hermanos quebrara la paz matutina. Esparcí un puñado de semillas de girasol treinta pasos más allá del camino de grava para atraer a los pájaros; después me senté en las escaleras sobre un cojín viejo y raído que había rescatado de un baúl. Hice una lista en mi cuaderno de piel roja de todo lo que se movía. ¿No era eso lo que hacían los naturalistas?

Una de las semillas de girasol saltó sobre las losas de pizarra del camino principal. Qué raro. Tras una inspección, resultó ser un sapo diminuto, de medio centímetro de largo, que brincaba vigorosamente persiguiendo a un ciempiés fugitivo, el cual a su vez no era mayor que un trozo de hilo; ambos se afanaron como desesperados hasta desaparecer en la hierba. Después, una tarántula, de tamaño y vellosidad asombrosos, surcó la grava a la caza de algo más pequeño o bien perseguida por algo mayor, no habría sabido decirlo. Me di cuenta de que existían millones de pequeños dramas desarrollándose sin cesar, aunque no tenían nada de pequeños para el cazador y la presa que luchaban en la frontera entre la vida y la muerte. Yo era una simple holgazana que pasaba por allí, pero ellos se jugaban su sustento.

Entonces un colibrí dobló a toda pastilla una esquina de la casa y se sumergió en la trompeta del lirio más cercano, mustio por el calor. Al no encontrarlo de su agrado, retrocedió bruscamente y exploró el siguiente. Yo me senté a unos cuantos metros, embelesada, lo bastante cerca para oír el furioso y grave zumbido de sus alas, tan desacorde con su aspecto de joya y su actitud desenvuelta. Después de detenerse en el borde de una flor, se volvió y me vio. Planeó un segundo en el aire y se abalanzó sobre mí. Me quedé quieta; se detuvo a diez centímetros escasos de mi rostro y allí se quedó, lo juro. Sentí la minúscula ráfaga de viento de sus alas contra mi frente y, en un acto reflejo, mis ojos se cerraron con fuerza por un impulso propio. Ojalá hubiera sido capaz de mantenerlos abiertos, pero fue una reacción natural que no pude evitar. En el instante de abrirlos, el pájaro voló; era del tamaño de una pacana. Si me hubieran movido la rabia o la curiosidad —quién las podría distinguir—, lo habría aplastado perfectamente de un simple manotazo.

Una vez vi a *Áyax*, el mejor perro de papá, meterse en una pelea con un colibrí y salir perdiendo. El pájaro se le lanzó en picado y lo espantó, hasta que él retrocedió hacia el porche con aspecto avergonzado. (Un perro puede tener aspecto avergonzado, ¿sabéis? Este se puso a dar vueltas y a lamerse sus partes, signo evidente de que un perro intenta ocultar sus verdaderos sentimientos.)

Se abrió la puerta y el abuelito apareció en el porche con una antigua cartera de piel colgada del hombro, una red para cazar mariposas en una mano y un bastón de madera de rota en la otra.

—Buenos días, Calpurnia —dijo. Así que sabía mi nombre.

—Buenos días, abuelito.

—¿Puedo preguntarte qué tienes ahí?

Me puse en pie de un salto.

—Es mi cuaderno científico —contesté, presuntuosa—. Me lo dio Harry. Apunto todo lo que observo. Mire la lista de esta mañana.

«Observar» no era una palabra que usara mucho en mis conversaciones, pero quería demostrarle que iba en serio. Él dejó la cartera en el suelo e hizo unos interesantes ruiditos. Sacó sus anteojos y miró mi lista. Decía:

cardenales, macho y hembra
un colibrí y otros pájaros (?)
conejos, unos cuantos
gatos, algunos
lagarto, verde
insectos, varios
saltamontes C. V. Tate, grandes-amarillos
　　　y pequeños-verdes (que son de la misma especie)

Se sacó los anteojos y dio unos golpecitos en la página.

—Un buen principio —afirmó.

—¿Principio? —dije, dolida—. Pensaba que ya estaba.

—¿Cuántos años tienes, Calpurnia?

—Doce —contesté. Se me quedó mirando—. Once y tres cuartos solté. Prácticamente doce, de verdad. Apenas se nota la diferencia.

—¿Y cómo te va con el señor Darwin a bordo del *Beagle*?

—Oh, es maravilloso. Sí, maravilloso. Por supuesto, aún no lo he leído entero. Me estoy tomando mi tiempo.

A decir verdad, había leído varias veces el primer capítulo y me parecía muy complicado. Así que había pasado directamente a la parte sobre «selección natural», pero me seguía peleando con el lenguaje. El abuelito me miró muy serio.

—El señor Darwin no escribió para un público de once años y tres cuartos-prácticamente doce. Tal vez un día de estos podríamos hablar de sus ideas. ¿Te parecería bien?

—Sí —dije—. Sí, señor, sí.

—Voy al río a recoger especímenes. Hoy, del orden Odonata, creo. Libélulas. ¿Te gustaría acompañarme?

—Sí, por favor.

—Nos tendremos que llevar tu cuaderno.

Abrió la cartera y dentro vi unos botes de vidrio y una *Guía de insectos*, el paquete de su almuerzo y un pequeño frasco de plata. Metió mi cuaderno y mi lápiz al lado. Yo recogí la red de cazar mariposas y me la colgué del hombro.

—¿Vamos? —dijo, y me ofreció su brazo como un caballero que llevara a una dama a cenar. Lo enlacé con el mío, pero era mucho más alto que yo y tuvimos que bajar las escaleras a empellones, así que le solté el brazo y le cogí la mano. Tenía una palma callosa y seca, y las uñas gruesas y curvadas, como una formación milagrosa de cuerno y piel. Mi abuelo pareció sorprendido y luego contento, creo, aunque no estaba del todo segura. En cualquier caso, su mano se cerró sobre la mía.

Anduvimos con mucho cuidado a través del campo salvaje hasta el río. El abuelito se paraba de vez en cuando a observar una hoja, una piedra o un montón de tierra, cosas que a mí no me parecían nada del otro mundo. Lo interesante era cómo se agachaba sobre ellas y escudriñaba cada objeto antes de extender una mano lenta y deliberada. Era cuidadoso con todo lo que tocaba: devolvía cada bicho al lugar donde lo había encontrado y volvía a colocar cada pila de tierra en su sitio. Yo me quedaba aguantando la red de mariposas, preparada y con ganas de lanzarme sobre algo.

—¿Sabes, Calpurnia, que la clase Insecta incluye al mayor número de organismos vivientes conocidos por el hombre?

—Abuelito, nadie me llama Calpurnia excepto mamá, y solo cuando me he metido en un buen lío.

—¿Y eso por qué? Es un nombre precioso. La cuarta esposa de Plinio el Joven, con la que se casó por amor, se llamaba Calpurnia, y él nos dejó algunas de las mejores cartas románticas de todos los tiempos. Y luego está el árbol de la acacia de Natal, del género *Calpurnia*, un útil laburno que sobre todo se encuentra en el continente africano. Y la mujer de Julio César, que Shakespeare menciona. Y podría continuar.

—Ah, eso no lo sabía.

¿Por qué nadie me había contado esas cosas? Todos mis hermanos salvo Harry llevaban nombres de orgullosos héroes tejanos, muchos de los cuales se habían dejado la piel en el Álamo. (A Harry lo bautizaron así por un tío abuelo soltero con dinero y sin herederos; algo tendrían que ver las ganas de recibir una herencia.) A mí me habían puesto el nombre de la hermana mayor de mi madre. Supongo que podría haber sido peor: sus hermanas pequeñas eran Agatha, Sophronia y Vonzetta. De hecho, podría haber sido mucho peor, como la hija del gobernador Hogg, Ima. ¡Caramba, Ima Hogg![1] ¿Os lo imagináis? Me preguntaba si su gran belleza y su enorme fortuna bastaban para protegerla de una vida de torturas. A lo mejor, si tenías dinero suficiente nadie se reía de ti nunca. Y yo, Calpurnia, que siempre había odiado mi nombre… ahora resultaba que era un nombre refinado, que era música, que era poesía. Que era… increíblemente irritante que nadie de mi familia se hubiera molestado en contarme nada de aquello.

Pues nada, que Calpurnia estaba bien.

Seguimos adelante entre árboles y maleza. A pesar de su edad y de llevar anteojos, el abuelito tenía una vista mucho más aguda que la mía. Donde yo solo veía una hoja con moho y palos secos, él veía escarabajos camuflados, lagartos inmóviles y arañas invisibles.

—Mira ahí —me dijo—. Un *Scarabaeidae*, probablemente *Cotinus texana*. El escarabajo verde. No es habitual verlos durante una sequía. Métalo en la red con cuidado, ya.

Dejé caer la red y el bicho ya era mío. Él lo extrajo y lo sostuvo en la mano para que lo examináramos juntos. Medía un par de centímetros y era de un verde ordinario; en apariencia no tenía nada de excepcional. Pero cuando el abuelito le dio la vuelta, vi que por la parte de abajo era de un verde azulado lustroso y sorprendente, irisado y con toques violeta. Los colores cambiaban mientras el animal se retorcía desesperado. Me recordó al broche de caracola de mi madre, raro y precioso.

—Qué bonito.

—Está emparentado con el mismo escarabajo que los antiguos egipcios adoraban como símbolo del sol matinal y

1. En inglés suena como *I'm a hog*, es decir: Soy un cerdo. (*N. de la E.*)

la vida después de la muerte. A veces los llevaban a modo de joyas.

—¿En serio?

Me pregunté cómo conseguías que un escarabajo se te quedara en el vestido. Me imaginé clavándole un alfiler o quizá pegamento, pero ninguna de las dos cosas parecía muy buena idea.

—Toma —dijo, y me lo tendió.

Me lo puso en la palma, y me enorgullezco de decir que no parpadeé. El escarabajo me hacía cosquillas al caminar.

—¿Nos lo quedamos, señor? —pregunté.

—Ya tengo uno en mi colección de la biblioteca. A este lo podemos soltar.

Puse la mano en el suelo y el bicho, o mejor dicho, el *Cotinus texana* se bajó y se alejó despreocupado.

—¿Qué sabes del Método Científico, Calpurnia?

Por el modo en que lo dijo, supe que eran palabras que se escribían con mayúscula.

—Pues… poca cosa.

—¿Qué estás estudiando en la escuela? Porque vas a la escuela, ¿no?

—Por supuesto que voy. Aprendemos a leer, a escribir, aritmética y caligrafía. Ah, y conducta. A mí me pusieron un suficiente en postura y un insuficiente en el uso del pañuelo y el dedal. A mamá no le hizo mucha ilusión.

—Dios santo, es peor de lo que creía —exclamó. Aunque no la entendí, fue una afirmación interesante—. ¿Y no hay ciencia? ¿Ni física?

—Un día tuvimos botánica. ¿Qué es física?

—¿No has oído hablar de sir Isaac Newton? ¿O sir Francis Bacon?

—No.

Ese nombre tan ridículo me dio risa, pero algo en la expresión del abuelito me decía que estábamos tocando un asunto muy serio y que se decepcionaría si yo no me lo tomaba así.

—Y supongo que te enseñan que el mundo es plano y que hay dragones que se zampan a los barcos que se caen por el borde. —Me miró fijamente—. Tenemos muchas cosas de que hablar. Solo espero que no sea demasiado tarde. Vamos a buscar un lugar para sentarnos.

Reanudamos nuestro camino hacia el río y hallamos sombra bajo un hospitalario árbol en la parte baja de las pacanas. Entonces me contó unas cosas increíbles. Me contó maneras de llegar a la verdad de cualquier tema, no solo sentándote a pensar en ello como Aristóteles (un señor griego, listo pero confundido), sino saliendo a mirar con tus propios ojos; me habló de hacer hipótesis e idear experimentos, y de comprobar las cosas mediante la observación y llegar a una conclusión. Y de verificar luego la fuerza de tu conclusión una y otra vez. Me habló de la navaja de Occam, de Ptomoleo y la música de las esferas, y de que todo el mundo llevaba siglos equivocado sobre el Sol y los planetas. Me habló de Linneo y su sistema para nombrar a todos los seres vivos de la naturaleza, y de que él seguía ese sistema siempre que le ponía nombre a una nueva especie. Me habló de Copérnico y Kepler y de por qué la manzana de Newton se caía hacia abajo y no hacia arriba. De que la Luna siempre sigue un círculo alrededor de la Tierra. De la diferencia entre razonamiento deductivo e inductivo y de cómo el señor del nombre peculiar, sir Francis Bacon, dio en el clavo. El abuelito me contó que había viajado a Washington en 1888 para unirse a una nueva organización de caballeros que se autodenominaban National Geographic Society. Se organizaron en un grupo para llenar los puntos vacíos del globo, y sacar al país del lodazal de superstición y pensamiento atrasado en que se quedó atrapado tras la Guerra de Secesión. Todo eran novedades vertiginosas sobre un mundo muy alejado de los pañuelos y los dedales, que me fue revelado con paciencia bajo un árbol entre abejas amodorradas y marchitas flores silvestres.

Pasaron las horas y el sol se fue moviendo allá en lo alto (o, para ser exactos, lo hicimos nosotros aquí abajo, rotando despacio desde el día hacia la noche). Compartimos un grueso sándwich de queso con cebolla, un gran trozo de pastel de pacana y una cantimplora de agua. Luego él tomó un par de sorbos de su petaca de plata y echamos una siesta, mientras los insectos zumbaban y las sombras moteadas se desplazaban a nuestro alrededor.

Cuando nos despertamos, mojamos los pañuelos en el río para refrescarnos y nos pusimos en camino a paso de tortuga siguiendo la orilla. Respetando las instrucciones que me daba, atrapé algunos bichos raros que trepaban, volaban o nadaban y los examinamos a todos, pero solo se quedó un insecto y lo metió en un tarro de conservas con agujeros en la tapa, que reconocí de nuestra cocina. (Viola no paraba de quejarse a mamá de que le desaparecían los tarros, y mamá echaba la culpa a mis hermanos, que, por primera vez en la historia, resultaba que eran inocentes.) El tarro llevaba una pequeña etiqueta de papel pegada. Escribí con lápiz la fecha y la hora de recogida tal como me mandó, pero no supe qué poner sobre la localización.

—Piensa en dónde estamos —me aconsejó el abuelito—. ¿Lo sabrías describir de una manera concisa, para volver a encontrar este sitio si tuvieras que hacerlo?

Miré el ángulo del sol a través de los árboles y pensé en el rato que llevábamos andando.

—¿Puedo poner medio kilómetro al oeste de la casa Tate, cerca del roble con forma de horca?

Sí, era correcto. Seguimos adelante y encontramos uno de los senderos habituales de los ciervos, salpicado de excrementos. Nos sentamos y aguardamos en silencio. Una cierva de cola blanca apareció sin hacer ningún ruido; casi podía extender la mano y tocarla. ¿Cómo una criatura tan grande podía ser tan silenciosa moviéndose en el crujiente sotobosque? Volvió su largo cuello y me miró directamente, y por primera vez vi toda la inocencia de una mirada. Sus profundos ojos castaños eran enormes, y su expresión, suave y tierna. Sus grandes orejas se agitaban en todas direcciones, independientes la una de la otra. Cuando les dio un rayo de luz del sol, se volvieron de un rosa luminoso debido a la sangre que corría por ellas. Me pareció la criatura más preciosa que había visto, hasta que, segundos después, su cervatillo moteado se dejó ver. Oh, ese cervatillo me llegó al corazón, con su dulce rostro convexo, sus patas absurdamente frágiles y su pelaje todavía difuso. Deseé estrecharlo en mis brazos y protegerlo de un inevitable futuro de coyotes, hambre y cazadores. ¿Cómo era capaz la gente de dispararle a una belleza como esa? Entonces el cervatillo hizo algo milagroso: plegó las patas delanteras, después las traseras y se tumbó en el suelo… ¡donde desapareció! Las manchas blancas repartidas por su lomo marrón se camuflaban tan bien en la luz moteada que en cuestión de un segundo ya solo se veía el sotobosque.

El abuelito y yo nos quedamos inmóviles cinco minutos largos y luego, con cuidado, recogimos nuestras cosas y nos fuimos. Seguimos el río hasta que las sombras se alargaron; entonces cruzamos en arco la maleza rumbo a casa. Durante la vuelta, él divisó el objeto más delicado del mundo salvaje: un nido de colibrí, frágil y tejido con destreza, más pequeño que una huevera.

—¡Qué suerte tan extraordinaria! —exclamó el abuelito—. Acuérdate de esto, Calpurnia. Puede que no vuelvas a ver otro en toda tu vida.

Aquel nido era una construcción intrincadísima, como algo fabricado por las hadas de mis cuentos infantiles. Estuve a punto de decirlo en voz alta, pero me detuve a tiempo: los miembros de la comunidad científica no decían esas cosas.

—¿Cómo podemos llevárnoslo a casa? —pregunté. Me daba miedo tocarlo.

—De momento lo meteremos en un tarro. En la biblioteca tengo una caja de vidrio del tamaño adecuado. Puedes exponerlo en tu habitación. Sería una pena esconderlo en un cajón.

La biblioteca era hasta tal punto territorio del abuelito, que ni mis padres iban mucho por allí. SanJuanna tenía permiso para quitar el polvo una vez cada tres meses. El abuelito solía cerrarla con llave, pero lo que no sabía era que, en las pocas ocasiones en que no había adultos por allí, a veces mis hermanos se alzaban unos a otros para mirar por el montante. Hubo un día que el segundo por arriba, Sam Houston, pudo echar un largo vistazo al libro de fotos de campos de batalla de Mathew Brady y nos describió sin aliento a los caballos masacrados que yacían en el barro y los muertos descalzos con la mirada vacía y fija en el cielo.

Llegamos a casa hacia las cinco de la tarde. Jim Bowie y *Áyax* salieron corriendo a saludarnos en cuanto nos vieron por el camino de grava.

—Te has metido en un lío, Callie —resopló J.B.—. Mamá está hecha una furia. —Ignoró al abuelito—. Dice que te has saltado las prácticas de piano de hoy.

Era cierto. Habíamos reanudado las clases y supe que tendría que recuperar esas prácticas, además de media hora adicional como castigo. Eran las normas, pero no me importó: el día había valido la pena. Habría valido mil horas extra de piano.

Entramos en casa y el abuelito guardó el nido de colibrí en una cajita de vidrio y me lo dio. Después de entretenerme un momento en la biblioteca, dejé al abuelo y fui a defender mi caso ante mamá, pero fue en vano.

Me las arreglé para concentrar mi castigo de piano antes de la cena y toqué con el corazón ligero y con espíritu brioso y seguro, aunque esté mal decirlo. Esa noche me acosté agotada y llena de júbilo, con el nido de colibrí en su bonita caja sobre el tocador, junto a mis horquillas y cintas para el pelo.

Una semana después, este era el aspecto de mi lista matutina:

> 6.15, claro y despejado, vientos del sur
> 8 conejos (7 comunes y 1 tipo liebre)
> 1 mofeta (joven, con pinta de perdida)
> 1 zarigüeya (muesca en oreja izquierda)
> 5 gatos (3 nuestros, 2 salvajes)
> 1 serpiente (de las de hierba, inofensiva)
> 1 lagarto (verde, del mismo color que las hojas
>   del lirio de día, muy difícil de ver)
> 2 halcones de cola roja
> 1 zopilote
> 3 sapos
> 2 colibríes (¿Rufos?)
> Odonata, Hymenoptera y Arachnidae
>   variados y no contados

Se lo enseñé al abuelito, asintió y dio su aprobación.

Es asombroso lo que uno puede ver cuando se sienta a mirar.

Capítulo 3

Guerras de zarigüeyas

Semillas del mismo fruto y crías de la misma camada pueden diferir considerablemente entre ellas, aunque crías y padres [...] hayan sido expuestos aparentemente a unas condiciones de vida exactas.

*L*as guerras de zarigüeyas habían empezado otra vez y estas se pasaban el rato enzarzándose en el porche de atrás —si es que a una guerra de pasividad e inacción se le puede llamar enzarzarse, claro—. Esto me ofreció un excelente campo de estudio, pues cada noche la batalla tenía lugar exactamente así: una zarigüeya corpulenta y grisácea surgía de debajo de la casa en busca de su desayuno nocturno de sobras de la cocina o lo que fuera. Inevitablemente la sorprendía un gato de exterior que patrullaba por el porche como parte de sus dominios. Gato y zarigüeya se quedaban mirando con unos ojos grandes y redondos de mutua sorpresa, y entonces la zarigüeya gruñía y se pegaba al suelo. Permanecía así, inmóvil y tiesa, con una mueca en la boca que dejaba a la vista sus dientes de aguja fina. Mantenía los ojos y los bigotes petrificados. Parecía realmente que se hiciera la muerta.

El gato, siempre atónito ante esta exhibición como si la viera por primera vez, la observaba maravillado. Se acercaba al cadáver con cautela y, vacilando, olisqueaba el suelo a su alrededor. Entonces adoptaba esa forma de hogaza propia de los gatos y contemplaba a su enemigo vencido con gran satisfacción felina, una vez cumplida su misión. Al cabo de un rato se aburría y se alejaba hacia la puerta de la cocina, con la esperanza de gorronearle alguna limosna a Viola. El cadáver yacía tal cual otros cinco minutos y entonces, sin previa ceremonia ni aviso, se levantaba tambaleándose y se alejaba como si nada en busca de su propia comida.

Esta escena sucedió noche tras noche durante todo el verano. Ni los contendientes ni yo nos cansábamos de ella. Qué satisfacción ver una guerra sin sangre en que cada parte estaba igual de convencida de su propio triunfo.

Cada mañana, la zarigüeya regresaba a las cinco en punto. Volvía a meterse por debajo de la casa y subía por dentro de la pared que había junto a mi cama. Su correteo me despertaba con la fiabilidad de un despertador: era mi zarigüeya de las cinco en punto. No le hablé a nadie de ella porque, de haberlo sabido mamá, habría mandado a Alberto, el marido de SanJuanna, a rellenar el agujero de debajo de la casa y poner una trampa. Pero yo no lamentaba que la casa de la zarigüeya estuviera en la nuestra. (Pregunta para el cuaderno: ¿cómo sabe la zarigüeya la hora exacta?)

Le pregunté al abuelito por este tema. Él dijo, muy serio:

—A lo mejor lleva un reloj en el bolsillo, como el conejo de Alicia.

—Sí, claro —contesté yo intentando no sonreír, sin

conseguirlo. Lo apunté en mi cuaderno para acordarme de explicárselo a Lula, mi mejor amiga.

Una tarde, mientras el abuelito se afanaba con su fórmula para hacer licor con las pacanas, me senté en un taburete alto a su lado y lo observé trabajar. Del techo de las viejas dependencias de esclavos había colgado a diferentes alturas cerca de una docena de lámparas de queroseno, así que había que vigilar con la cabeza. Las lámparas llenaban el pequeño espacio de una luz amarilla y danzarina. A mamá le aterraba que aquello se incendiara, y le decía a Alberto que dejara siempre un cubo grande de arena húmeda del río en cada esquina. Las ventanas no tenían cristales, solo trozos de saco de estopa colgados en un fútil intento por mantener a los insectos fuera. Era el paraíso de las polillas.

El abuelito llevaba años trabajando en la forma de destilar pacanas en licor. El experimento en sí no me interesaba, pero con él nunca me aburría, pues hablábamos mientras trabajaba. Yo le iba pasando cosas y le afilaba los lápices, que él guardaba en un viejo tazón agrietado.

Tendía a tararear alegres fragmentos de Vivaldi si el trabajo marchaba bien; cuando no lo iba tanto, siseaba suavemente bajo el matorral de su bigote. Elegí un momento en que tarareaba en clave mayor para preguntar:

—Abuelito, ¿siempre ha sido naturalista?

—¿Esto qué era? —dijo. Sostuvo un vaso con un líquido turbio y marrón bajo la luz caliente y ondulante, y se puso los anteojos para mirar el denso sedimento que se instalaba en el fondo como el fango de río—. Oh, no. No siempre.

—¿Su abuelo era naturalista, señor? —continué.

—No lo sé —respondió—. No puedo decir que le conociera: murió cuando yo era un crío. —Tomó un sorbo del líquido opaco y puso una cara rara. Destilar, sorber, hacer muecas; después solía maldecir. Este era el patrón—. Diablos, esta cosa es repugnante —comentó.

Por lo visto, no había hecho ningún progreso.

—¿Qué edad tenía cuando él murió? —quise saber.

—Unos cinco años, diría yo. —Y entonces, adelantándose a mi siguiente pregunta, dijo—: Murió de las heridas que sufrió en una batalla contra los comanches en los territorios de Oklahoma.

—¿Y qué, le interesaba la ciencia?

—No, que yo sepa. Comerciaba con pieles de castor y gamuza, pero no creo que tuviera ningún otro interés aparte del puramente comercial. Fíltrame esto, ¿quieres? Luego lo pones en una de esas botellas y lo etiquetas con la fecha de hoy. Puede que mejore con el tiempo; seguro que ya no puede ponerse peor.

Le cogí el vaso de precipitados y pasé su contenido a través de un tamiz de gasa a una botella vacía del Lydia Pinkham de mamá. A veces gastaba un montón de ese concentrado, en especial cuando mis hermanos le crispaban los nervios (que era gran parte del tiempo). Le puse el tapón a la botella y la marqué con un lápiz de grasa roja: 1 DE JULIO DE 1899. La coloqué en un estante junto a sus muchas compañeras fallidas.

—Entonces ¿cómo llegó a interesarse por la ciencia, señor? —le pregunté.

Dejó lo que estaba haciendo y pareció mirar por la ventana, aunque yo sabía que de noche no se puede ver a través de la arpillera, solo hacia dentro. Al cabo de un buen rato, dijo:

—Ocurrió en el crepúsculo. 1865. Lo recuerdo como si

fuese ayer. En realidad, lo recuerdo mejor que el día de ayer. La vejez es algo terrible, Calpurnia. —Me miró y añadió—: No dejes que te ocurra a ti.

—No, señor —contesté—. No lo haré.

—Yo era el oficial al mando de una tropa de chicos reclutados a la fuerza por todo Texas. Eran buenos jinetes: todos ellos habían crecido a lomos de un caballo. Pensaron que irían a caballería, pero resulta que los destinaron a infantería, a pasarse el día marchando. ¡Dios mío, cómo se quejaron al enterarse! Seguro que nunca has oído unas blasfemias tan creativas. Despreciaban el hecho de caminar, así que imagínate marchar. Pero, a pesar de sus protestas, eran los chicos más duros que hayas visto.

»El sol se estaba poniendo. Era abril en el río Sabine y habíamos montado un campamento sin fuego. Nuestro explorador ya regresaba y yo alcé el brazo en el aire para hacerle una seña en silencio cuando pasó algo increíble: algo iba volando y, ¡zas!, chocó contra mi mano. Con el susto, la cerré con fuerza alrededor de esa cosa y me sorprendió notar un pelaje cálido al tacto. Era un murciélago joven, muy pequeño y aturdido por el golpe.

—No —solté aire—. No.

—Sí —dijo el abuelito—. Yo estaba casi tan aturdido como el pobre animal.

—¿Y qué hizo?

—Nos quedamos mirando unos minutos. Tenía una mirada inteligente y amable y un pelaje delicado. Parecía un zorro en miniatura. Las alas eran correosas, sí, pero no frías ni repulsivas; más bien eran suaves y finas, como un guante de niño calentado por la mano de una dama.

Me pregunté qué haría yo si un murciélago chocara con mi mano. Seguramente, gritar y soltarlo; igual hasta me desmayaría. Reflexioné al respecto. No me había desmayado en mi vida, pero me pareció que sonaba a una experiencia interesante.

—Lo envolví con el último pañuelo que me quedaba y me lo guardé dentro de la camisa para mantenerlo en calor. Él no protestó ante ninguna de estas atenciones. Me lo llevé a mi tienda y, antes de prepararme para meterme en la cama, lo saqué de su envoltorio, lo puse bocabajo y toqué con sus pies un trozo de cuerda que había atado dentro de la tienda para secar la ropa. Aunque aún no parecía del todo consciente de su entorno, sus pies se agarraron al cordel, supongo que por un primitivo acto reflejo; se plegó de una forma singular y se quedó ahí colgado como si estuviera en la naturaleza: un bulto compacto, sorprendentemente pequeño y agradable de ver.

»Dejé la puerta de la tienda abierta. En algún momento de la larga y fría noche, desperté con el aire agitándose a mi alrededor, por así decirlo (no sé describirlo mejor), pues el murciélago volaba en torno a mi cabeza y después salió a la noche. Le deseé buena suerte.

Al escuchar al abuelito tuve una extraña sensación. No supe si aplaudir o llorar.

—Pero ahí no acaba la historia —continuó—. Pásame ese trozo de tubo de goma, por favor. Me desperté antes del amanecer. Como no teníamos fuego, mi ayudante me trajo una jofaina de agua fría para mi aseo de la mañana. Ya me había vestido y me disponía a dejar la tienda cuando el aire ronroneó a mi alrededor. Era mi amigo, que estaba de vuelta y venía a instalarse en la cuerda de la colada.

—¿Volvió? —grité.

—El mismo murciélago —dijo—, o eso debo suponer. Un murciélago se parece mucho a otro para un ojo humano poco instruido. Se quedó ahí colgado, me miró con placidez y se echó a dormir. Me refiero a él en masculino pero, por supuesto, no tenía ninguna base real para creer que lo era. Resulta que saber el sexo de un murciélago joven no es demasiado difícil, pero por entonces yo no lo sabía.

—¿Se lo quedó? —quise saber—. ¿Se lo quedó?

—Durmió en mi tienda como invitado durante todo el día. —El abuelito sonrió, iluminado por la titilante luz amarilla de las lámparas, sumido en un recuerdo delicioso. Pero entonces su rostro cambió—. Nunca olvidaré ese día. Los federales se nos echaron encima horas después de la aurora, y los tuvimos ahí hasta la puesta de sol. Se habían traído un par de cañones y nos estuvieron machacando hasta que ya no pudimos oír el ruido ni ver el humo. Las balas se cobraron un alto precio. Estábamos rodeados.

»Me pasé todo el día de un lado a otro del frente, exhortando a los chicos y dándoles todos los ánimos que podía. Primero envié a uno, y luego a otro, a llevarle un mensaje al comandante Duncan, río abajo. No volví a verlos a ninguno de los dos. —Se frotó la sien—. Cada vez que recorría el frente no podía evitar mirar en la tienda. Me preocupaba el murciélago, ya ves. Me preocupaba que se asustara con el ruido y el humo y se precipitara hacia el fuego cruzado. Para entonces ya era mi murciélago, ¿entiendes?

Asentí. Lo entendía.

—El humo de la pólvora llenó el aire hasta tapar el sol. No veías cinco metros más allá de tu propia mano.

»Al anochecer, el ataque cedió, supongo que para que los federales pudieran cenar algo. Mis chicos se quedaron en sus agujeros y comieron pan. Los que tenían lápiz y papel escribieron sus últimas cartas a sus familias y me las confiaron, y me rogaron que se las hiciera llegar si no sobrevivían. Muchos me estrecharon la mano y me dijeron adiós, y me pidieron que rezara por sus almas y por las familias que les esperaban en casa. Pero un chico analfabeto me siguió de regreso a mi tienda y me pidió que escribiera su carta por él. Abrí la puerta con gran aprensión, convencido de que mi murciélago se habría ido asustado.

Contuve el aliento y permanecí como una estatua.

—Pero ahí estaba. Dormidísimo. Al parecer no se había movido de su posición boca abajo en todo el día. No sé si el chico se percató del pequeño bulto marrón que colgaba del cordel, pero no hizo ningún comentario: sus pensamientos estaban lejos de allí, con su familia.

»Escribí para él una carta a su madre y hermanas en Elgin. Les pedía que no llorasen por él demasiado tiempo y que se asegurasen de recoger el maíz para junio. Me contó que no quedaba ningún hombre con ellas, y no creía que pudieran arreglárselas sin él. Al hablar de la situación de su familia, se le saltaron las lágrimas. No pensaba para nada en sí mismo. Le cogí la mano y le prometí que haría todo lo posible por que estuvieran bien. Él me abrazó y me llamó capitán. Me dio las gracias, y dijo que había aliviado su mente y que ya podía morir tranquilo. Entonces se fue para volver a su lugar en la línea del frente.

El abuelito se sacó su gran pañuelo blanco del bolsillo y se secó la frente.

—Miré a mi murciélago —dijo—. Acerqué mi silla y lo estudié a pocos centímetros de distancia. Era perfecto en todos los sentidos. Perfecto. Debió de sentir mi presencia, porque abrió los ojos y parpadeó. Estaba extremadamente sereno: el ruido y las vibraciones del exterior no parecían molestarle en absoluto. Estiró las alas un instante y bostezó, y entonces se replegó y se durmió otra vez. Yo no quería salir nunca de esa tienda.

»Pero el fuego se reanudó. Me quedé allí, estudiando al animal, hasta que me vinieron a buscar. No quería ir.

Los dos guardamos silencio. Luego le pregunté:

—¿Murió? —El abuelito me miró—. Ese chico. El de Elgin.

—No. No aquel día. —Al cabo de un momento, continuó—: Una bala le dio en la rodilla. Yacía en un campo de muertos y moribundos que gritaban pidiendo agua, llamando a su madre o suplicando el perdón. Nosotros oímos sus horribles gritos, cada vez más débiles, hasta la mitad de la noche, cuando fue seguro asomarse fuera y traerlos a rastras. Nuestro cirujano le operó durante horas mientras nosotros le sujetábamos velas de sebo. Si un soldado no estaba malherido, tenía que esperar. Si uno lo estaba demasiado, lo dejaban a un lado y le daban una cantimplora y uno o dos granos de morfina y el consuelo que pudiera obtener del capellán. Los que tenían los brazos o las piernas destrozados requerían una amputación urgente antes de que se desangraran, o de que aparecieran la gangrena o el pus.

»Entonces, al salir el sol, le tocó el turno al chico de Elgin. Estaba lastimosamente débil. Lo subimos a la mesa: estaba llena de sangre caliente. Yo le di el cloroformo. Cuando le puse el embudo en la cara, me miró a los ojos, sonrió y dijo: "No se preocupe por mí, capitán. Estoy bien".

»Después tiré de su pierna todo lo que pude mientras el cirujano serraba y le cubría la herida con su propia carne. De pronto, me quedé con la pierna en los brazos y permanecí así, sosteniéndola como si fuera un bebé. Es sorprendente lo que llega a pesar la pierna de un hombre, ¿sabes? Ahí me quedé, aguantándola. No quería arrojarla a la pila con todas las demás, pero al final es lo que hice.

—Se salvó —dije—. ¿Verdad?

Al cabo de un rato, el abuelito respondió:

—No se despertó. —Fijó la vista largo rato en un rincón y continuó—: Dos días después, supimos que la guerra había terminado. Nos dijeron que nos fuéramos a casa, que cogiéramos todas las provisiones y el equipo que pudiéramos cargar, pero quedaba muy poca cosa. Un puñado de cartuchos, un par de latas de alubias, una manta mohosa... no habría más pensión que eso. Sabía que podía hacerme muchísima falta la tienda, pero mi murciélago seguía ahí y yo no sabía si dejarlo o llevármelo. Finalmente fui a la tienda del cirujano y robé la Yellow Jack de su baúl. ¿Sabes qué es la Yellow Jack?

—No, señor —murmuré.

—Es la bandera que indica fiebre amarilla: una señal para que nadie se acerque. La fiebre amarilla se llevaba a regimientos enteros, quizá tanto como el fuego de los federales. Até la bandera a mi tienda con un cordón de piel. Luego rajé el techo para hacer un agujero; así, mi murciélago estaría a salvo y tranquilo por un tiempo. No podía hacer más.

»Cuando me despedí de él, me abrumaba la pena. En cambio, antes había tocado el cuerpo sin vida del chico de Elgin y no sentí nada al arrojarle a una zanja con todos los demás. No sentí nada cuando prendimos fuego a esa pila de miembros heterogéneos.

»Tardé dieciocho días en llegar a Elgin. Les di la noticia a su madre y hermanas en el salón. Les dije que el muchacho había muerto como un héroe; no mencioné que al fin y al cabo su muerte no sirvió para nada. Me dijeron que se sentían honradas por mi visita. Me quedé tres meses con ellas para recoger el maíz y que marchara todo bien. Le conté por carta a tu abuela que tardaría en llegar a casa, y creo que ella nunca me perdonó que no volviera directamente. Pero recogimos el maíz haciendo turnos con la mula, incluso la hermana más joven.

Mi abuelo me miró con sorpresa.

—Caray, si era de la misma edad que tú.

Me vi detrás de la mula como nuestros peones del campo. Eran hombres adultos, de brazos gruesos y manos inmensas y agrietadas; según la estación, iban cubiertos de polvo gris o de barro negro. No me lo podía imaginar.

—No debería contarte todo esto. —Se secó el rostro, y parecía tan viejo que me asusté—. Eres demasiado joven para oírlo.

Me levanté y me apoyé en él, y él me rodeó con su brazo. Permanecimos así un minuto. Después me besó en la frente. Al cabo de un rato, dijo:

—¿Dónde estábamos? Ah, sí. Tráeme ese filtro, ¿quieres?

Le pasé el filtro y seguimos trabajando, ya sin hablar.

Pensé en unos cuantos vejestorios, unos veteranos de guerra, que siempre se sentaban en la galería frente a la limpiadora de algodón, escupiendo tabaco y aburriendo a todo el mundo con las mismas historias que llevaban décadas contando. Sus nietos habían dejado de escucharles hacía años. Yo pasaba cada día por delante de ellos.

Polillas frenéticas de distintos tamaños chocaban con nosotros antes de lanzarse contra las lámparas una y otra vez. Hubo una peluda que se enredó con mi flequillo y me hizo unas cosquillas insoportables. Me la arranqué del pelo, aparté la cortina de arpillera y la lancé a la noche. Pero ella voló otra vez a mi cara con rapidez y entusiasmo, como atrapada por una ráfaga de viento. Suspiré. Si algo había aprendido es que no puedes ganar cuando te enfrentas a la clase Insecta, orden Lepidoptera.

Mi abuelo y yo tendríamos que hacer un estudio al respecto.

Capítulo 4

Viola

Podemos concluir […] que cualquier cambio en la proporción numérica de algún habitante, independientemente del cambio del clima mismo, afectará gravemente a muchos otros.

Si me hubiera fijado un poco, habría notado que Viola me miraba raro siempre que me iba por la puerta de atrás al laboratorio del abuelito. Viola llevaba con nosotros desde siempre —desde antes incluso de que naciera Harry—, tocando la campanilla de atrás para llamar a la mesa a los que trabajaban fuera y golpeando luego un pequeño gong de bronce (que a mamá le parecía más elegante para el interior) a los pies de la escalera, para llamar a los que estábamos arriba, en nuestras habitaciones. A mamá le hubiera gustado que también utilizara el gong afuera, pero como mis hermanos y yo corríamos de la limpiadora al río, no lo habríamos oído. Y se nos esperaba puntuales para la cena, limpios y cepillados o lo que hiciera falta.

Nunca me paré a pensar de dónde salía Viola; simplemente siempre había estado allí, dando puñetazos a una masa, pelando manzanas, preparando asados enormes en invierno y friendo montañas de pollo en verano. Nadie, ni siquiera mamá, se metía en su territorio: la cocina. Entre una comida y otra podías encontrarla inspeccionando las gallinas, los cerdos o la huerta, a ver qué habría en el próximo menú, o sentada a la mesa de la cocina con una taza desportillada de café al lado, descansando antes de la siguiente comida gigantesca.

Debía de tener cuarenta y tantos; era guapa y enjuta, y siempre llevaba un vestido teñido a mano y un delantal largo, con el pelo recogido en un pañuelo limpio. Aunque era delgada, tenía una fuerza sorprendente cuando te agarraba del brazo para obligarte a hacerle caso. Vivía ella sola en las viejas dependencias de esclavos pasado el laboratorio del abuelito, que, aunque antaño acogieron a una docena de personas o más, eran del tamaño ideal para una sola. En algún momento habían instalado un sencillo suelo de tablones encima del de tierra batida. Disponía de una estufa de leña para el invierno y de un lavamanos de zinc con su propia bomba.

La piel de Viola no era más oscura que la mía al final del verano, aunque ella procuraba no ponerse al sol, mientras que a mí no me importaba. Solo tenía un cuarto de sangre negra, pero eso la convertía en lo mismo que si lo fuese del todo. Supongo que en Austin hubiera podido «colar», pero era un asunto terriblemente arriesgado. Si lo hacía y la desenmascaraban, podían caerle unos azotes, la cárcel o algo incluso peor. Una mujer con una octava parte de sangre negra que se había colado en Bastrop se casó con un granjero blanco que era un mal tipo. Tres años después, él descubrió su certificado de nacimiento en un baúl y la mató con la horca. Pasó diez meses en la cárcel del condado.

Viola y mi madre tenían una buena relación, y yo nunca vi ninguna arrogancia entre ellas. Pienso que mamá apreciaba realmente la barbaridad que era cocinar tres veces al día para tanto hombre hambriento y sabía que el barco de nuestra familia se hundiría sin sus servicios. La puerta oscilante entre la cocina y el comedor se dejaba abierta excepto cuando teníamos invitados a cenar. Al pasar, te hacías una idea de cómo iba la comida siguiente —y el humor de Viola— por la cantidad de ruido de cacharros.

En ocasiones se sentaban las dos en la cocina a decidir comidas y repasar las cuentas del hogar. Mamá se aseguraba de que, además de su sueldo semanal, Viola tuviera unas bonitas telas nuevas de algodón en verano y de franela en invierno. También compartía con ella ejemplares de la *Revista para mujeres* y, aunque Viola no sabía leer, disfrutaba hojeándolos y comentando la escandalosa última moda de París. En su cumpleaños recibía un dólar de plata; en Navidad, le regalaban rapé. Viola no lo tomaba a menudo, pero necesitaba una dosis generosa antes de preparar su magnífico pastel de merengue de limón, una maravilla de tarta con crema de limón y altísimas claras de huevo montadas, a las que daba vida con su cuchara de madera durante diez angustiosos minutos de un ejercicio que la dejaba jadeando y exhausta. Cada vez que la veía sacar el rapé, me decía:

—Es una costumbre asquerosa, niña. Si la coges, te muelo a palos.

Era la única vez que me amenazaba, y en general nos llevábamos bastante bien, pero no tanto como Harry y ella. Harry siempre había sido su ojito derecho, el más guapo y encantador y de todo.

Su otra compañía preferida era *Idabelle*, la única gata

de interior, cuya ronda de guardia incluía la cocina, la despensa y el lavadero, y cuya misión era mantener a los ratones lejos del tarro de harina. Viola la adoraba, cosa bastante rara, ya que a duras penas toleraba a los demás gatos —los de exterior—, a los que a veces echaba del porche con la escoba. *Idabelle* era atigrada y gorda; era buena en su trabajo y, a pesar de que tenía su propia cesta en un rincón junto a la estufa, a veces subía al piso de arriba, se dormía en tu almohada y se enroscaba alrededor de tu cabeza como un sombrero peludo y ronroneante. En invierno era estupendo, pero en verano era inaguantable. En verano la echábamos de la casa un montón de veces, para gran satisfacción de los gatos de exterior.

A los perros de exterior se les acostumbraba a ver despatarrados en el porche delantero o bien encerrados junto al establo, depende de lo pesados que estuvieran ese día determinado. *Áyax*, su líder, siempre agradablemente agotado de la vida, se pasaba los días dormitando en el porche; de vez en cuando abandonaba su sueño para mordisquearse una pulga, pero se volvía a desplomar con un hondo suspiro de felicidad. A mí me gustaba pensar que soñaba con patos y palomas, a la espera de la temporada de caza, cuando pasaría a la acción y trabajaría duro un par de semanas, como el perro que era.

Áyax tenía otro motivo para estar contento con su suerte: de todos los perros, era el único de interior. Los demás, *Homero*, *Héroe* y *Zeus*, eran estrictamente de exterior. Todos lo sabían, pero eso no les impedía apiñarse emocionados en la puerta principal cada vez que esta se abría, cada puñetera vez, pese al hecho de que nunca jamás les dejábamos entrar. Esto me gustaba especialmente de los perros: que a pesar de toda una vida de negativas, nunca perdían la esperanza.

No cabe duda de que los perros de exterior pensaban que *Áyax* llevaba una vida de perrito faldero mimado una vez traspasado el mágico umbral. No entendían que las infrecuentes ocasiones en que lo juzgábamos lo bastante limpio, seco y libre de pulgas como para entrar en casa, lo obligábamos a quedarse en un rincón del recibidor y le prohibíamos entrar en el salón o subir al piso de arriba. Aun así, existía una clara jerarquía basada en este hospedaje, y él trataba con prepotencia a los demás. Todos los perros eran pacíficos y tolerantes (si no, papá no los habría tenido por allí), y mis hermanos pequeños se les podían subir encima siempre que no les tirasen demasiado fuerte de las orejas. Cuando eso ocurría, ellos, los perros, escurrían el bulto tímidamente y se escabullían debajo del porche. A veces se acercaban a husmear por el laboratorio, y aunque el abuelito parecía tenerles cariño, nunca les dejaba entrar. Bien pensado, a los humanos tampoco les dejaba, excepto a mí.

Capítulo 5

Destilaciones

Hemos visto que sin duda el hombre puede utilizar la selección para obtener grandes resultados [...]. Pero la selección natural [...] es una potencia incesantemente lista para la acción e inmensamente superior a los pobres esfuerzos del hombre, como las obras de la naturaleza lo son a las del arte.

Una noche que fui al laboratorio del abuelito, me encontré con que acababa de hacer algún tipo de progreso con su licor. Sostuvo un pequeño vial a contraluz y lo miró con aire reflexivo.

—Calpurnia —dijo—, creo que quizá tengamos algo que se aproxime a lo bebible. Fíjate que no estoy diciendo que esté bueno, solo que ya no es nauseabundo. Esto otro —abarcó con un gesto las filas de botellitas tapadas— solo sirve, que yo sepa, para fregar suelos sucios de barcazas. El nuevo no es exactamente bueno, aún no, pero...

—¿Por qué es mejor? —quise saber.

—He filtrado la cuarta destilación a través de una mezcla de carbón vegetal, cáscaras de huevo y de pacana y posos de café. Creo que lo guardaré una temporada en roble, a ver qué pasa.

Puesto que ninguna otra tanda había sido seleccionada para ese tipo de conservación, se trataba de un gran paso. Lo vertió en un pequeño barril de roble del tamaño de una hogaza de pan.

—Perdona —dijo, volviéndose hacia mí—, no he caído en ofrecerte un poco. ¿Te importa probarlo y decirme qué te parece?

Me entregó una medida pequeñísima, unas gotas de nada, y lo olisqueé con cautela. Olía mucho a pacanas —eso me tranquilizó— y un poco a algo tipo queroseno —eso no—. Creo que se había olvidado de que yo solo tenía prácticamente doce años.

—Será más fácil si te tapas la nariz y te lo bebes de un trago —me aconsejó el abuelito.

Me pellizqué la nariz y me eché aquello gaznate abajo.

Os diré una cosa: si lo llaman aguardiente, es por algo. Estallé en el peor ataque de tos del mundo mientras esa pócima me quemaba la garganta. Me sentí como si sufriera una combustión espontánea. Creo que estuve a punto de caerme al suelo, aunque en realidad no me acuerdo, porque tosía muy fuerte. Sí me acuerdo de que el abuelito me sentó en el brazo de su silla y estuvo varios minutos dándome golpes en la espalda, hasta que pude volver a respirar. Me miró consternado mientras mi tos se reducía a algún estallido ocasional y, por último, a un doloroso hipo que casi me disloca. Me escudriñó.

—¿Estás bien? Supongo que aún tienes que aprender a aguantar la bebida. Toma —dijo, y se sacó un caramelo de menta del bolsillo del chaleco—, esto te hará sentir mejor.

Asentí, hipé y chupé el caramelo con fruición, mientras

las lágrimas corrían incontrolables por mi rostro y mi nariz.

—Vaya por Dios —exclamó. Se sacó un enorme pañuelo blanco del bolsillo y me lo puso en la nariz—. Sopla.

Emití unos sonidos roncos y me encontré un poco mejor. Me sirvió un vaso de agua de la garrafa que tenía siempre a mano para quitarse el mal sabor de sus experimentos.

—Ya está, ya está. —Me dio unas palmadas en la espalda—. En fin, tendré que apuntar mis observaciones en el registro. Y tú, como colaboradora mía, también podrías anotar algo en este día memorable.

Acercó una lámpara y, mientras escribía en el libro de cuentas, su pluma de acero chirrió sobre el papel. El libro rebosaba de minucias sobre sus muchas tandas fracasadas. Después me pasó la pluma.

—Toma, apunta fecha y hora y tus observaciones en esta columna, y luego firma debajo.

En clase de caligrafía del colegio, acabábamos de ascender del lápiz a la tinta hacía muy poco. Me preocupaba hacer un borrón, pero no escribí demasiado mal, teniendo en cuenta mi reciente trauma:

Tanda n.º 437: 21 de julio de 1899.
Ha salido muy bien.
Calpurnia Virginia Tate.

El abuelito observó mi comentario. Yo hipé.

—Calpurnia —dijo, mirándome—, como científica debes ser veraz con tus observaciones.

Y me volvió a entregar la pluma. Escribí en la línea siguiente:

Provoca un poco de tos.

No era un comentario inspirado ni inspirador, lo reconozco. En realidad casi me muero, pero no podía escribir eso. El abuelito giró el libro para leerlo y sonrió.

—Ya lo creo —afirmó—, y es culpa mía. Creo que lo mejor será no contarles nada de esto a Margaret y Alfred. Por desgracia, ellos no entienden los principios de la investigación científica, ni los sacrificios que uno debe estar dispuesto a hacer.

Lo miré boquiabierta. ¿Decírselo a mis padres? ¿Estaba loco? Antes me bebería toda una garrafa de esa cosa.

Entonces oímos a Viola tocar la campana en la puerta de atrás: era hora de lavarse para ir a cenar. Yo estaba un poco mareada. Solté otro hipo y nos miramos el uno al otro.

—Toma —dijo—, será mejor que te comas otro caramelo.

Fuimos a la casa y me las arreglé para lavarme las manos y ponerme un delantal limpio sin que lo notaran. Entramos en el comedor. Papá le retiró la silla a mamá y todos nos sentamos. SanJuanna vino y esperó junto al aparador para servir. Mi padre comenzó la plegaria y todos agachamos la cabeza.

—Dios, te damos las gracias por…

—¡Hip!

Fue uno suave, y tal vez habría pasado desapercibido de no ser por los idiotas de mis hermanos. Travis y Lamar susurraron y se agitaron, y Jim Bowie me lanzó una mirada por encima de la cúpula que formaban sus manos. Mamá los fulminó con la vista y ellos se calmaron.

—Por los dones de tu cosecha y por estos alimentos, que…

—¡Hip!

Mis hermanos se rieron con disimulo.

—Calpurnia, chicos, ya basta —siseó mi madre.

—Lo siento, mamá —respondí con un hilo de voz.

Supe que otro estaba naciendo en lo más hondo de mí y que no podía hacer nada al respecto, pero aun así, contuve el aliento y me resistí con todas mis fuerzas.

—Que nos dan el vigor de la gracia de Nuestro Señor...

Por fin salió, y esta vez era gigante.

—¡Hip!

Oh, mis hermanos reventaron de risa. El abuelito miraba el techo con gran interés.

—¡Por todos los santos! —exclamó mi padre, que no entendía nada.

Mamá arrojó su servilleta sobre la mesa.

—¡Ya está bien! —gritó—. ¿Se puede saber qué te pasa? ¿Es que te has criado en un establo? Vete a tu habitación ahora mismo. Y los demás, controlaos o saldréis detrás de ella. Nunca había visto un comportamiento semejante durante la bendición de la mesa. ¡Y en mi propia familia!

Quise explicar que no podía evitarlo, que no lo hacía a propósito, pero eso habría significado revelar el secreto que teníamos el abuelito y yo, y prefería que me partiera un rayo a contarlo. Cuando me levanté de la mesa, el abuelito escudriñó la araña y se atusó el bigote con el dedo índice. Pasé por detrás de la silla de mamá, que dijo:

—¿Qué es ese olor?

—Menta —farfullé sin detenerme.

Me sentía rara y con unas ganas repentinas de echar un sueñecito. Mientras subía las escaleras pude oír a mi padre empezar la plegaria otra vez desde cero. Me encerré en mi habitación y trepé a mi alta cama de latón.

Debí de dormirme, porque me desperté tiempo después con mi propio ronquido. El sol se había puesto y se oía a mis hermanos menores preparándose para la cama, por lo que calculé que serían las ocho o así. La garganta me quemaba un poco menos. Me senté y me di cuenta de que me moría de hambre. Me quedaba una hora hasta tener que acostarme. ¿Llegaría a la despensa sin que me viera mamá? Sería difícil. No me importaba tanto que me viera alguno de los chicos: no creía que fueran a chivarse. Sabían que si me echaban una mano con esto luego podrían cobrárselo cuando lo necesitaran.

Una suave llamada a la puerta interrumpió mi reflexión. ¿Era mamá que venía a reñirme o Harry que venía a rescatarme? Ninguno de los dos. Era Travis, el de diez años, con una de sus nuevas crías de gato en brazos, todas bautizadas con nombres de pistoleros, bandidos y demás maleantes.

—Mira —murmuró mientras me ponía la peluda criatura en las manos—, te he traído a *Jesse James*. Es el mejor. Te hará compañía.

A continuación se largó pasillo abajo, para que no lo pillaran hablando con la prisionera condenada.

Al menos, *Jesse James* era un consuelo. Me lo llevé de vuelta a la cama, donde ronroneó debajo de mi barbilla y me amasó el hombro. Justo cuando me quedé dormida, volvieron a llamar. Esta vez era el abuelito, con aspecto solemne. Se quedó en el umbral, sosteniendo un par de gruesos libros.

—Un poco de lectura para tu exilio —dijo.

—Gracias —respondí, y cerré la puerta cuando él se fue hacia su habitación.

¿Por qué me traía libros en un momento como ese? Estaba demasiado hambrienta y enfadada para leer, aunque el primero, *Grandes esperanzas*, parecía prometedor.

El segundo, *Principios de la economía agraria sureña*, no tanto. Pero lo noté extraño al sostenerlo en mis manos. Y es que no era un libro, sino una caja de madera astutamente tallada y pintada para parecer un volumen encuadernado en piel. Qué raro. La toqueteé un poco y encontré el cierre abierto. Dentro había un trozo de papel de parafina que envolvía un grueso sándwich de ternera asada. Cogí el sándwich y *Grandes esperanzas* y me metí en la cama con una extrema sensación de lujo. Ahhh. Cama, libro, gatito y sándwich. Realmente, todo lo que una necesita en la vida.

Media hora después, papá llamó a la puerta y preguntó en voz baja:

—¿Callie?

Quería que me dejaran en paz con Pip, así que metí el libro debajo de las sábanas junto con *Jesse James*, que maulló a modo de protesta. Me volví hacia la pared y me hice la dormida. Papá entró. Tuve la extraña sensación de que quería decirme algo, tal vez algo importante. Al cabo de un momento se fue, no sin antes apagar mi lámpara de un soplo, lo que me irritó a más no poder, pues Harry era el único que podía tener cerillas en la habitación. Así que no me quedó otra que dormir. Además, al día siguiente tenía clase de piano, y siempre era una buena opción ir descansada y en buena forma para no provocar a la señorita Brown.

Me dediqué a pensar en mi día mientras me dormía. Aún tenía una quemazón en la garganta, pero me llenaba de satisfacción pensar que, entre tantos hermanos, yo había sido la primera en beber licor, o eso me parecía. Más tarde descubrí que el tónico de mi madre, el concentrado vegetal de Lydia Pinkham, tenía casi veinte grados.

Capítulo 6

Clases de música

Cuesta mucho tener siempre en cuenta que el incremento de cada ser vivo es controlado de forma constante por agentes imperceptibles y contrarios a él [...]

*E*l verano avanzaba y yo encontraba mis remansos de frescor en el río y en la penumbra del laboratorio del abuelito. Mi cuaderno progresaba a buen ritmo, con cada página llena de preguntas y alguna que otra respuesta e ilustraciones rudimentarias de distintas plantas y animales. Pero, a pesar de mi apremiante y nueva actividad, no me libraba de las clases de música.

La profesora de piano, la señorita Brown, parecía un palo flaco y seco, pero era capaz de agitar su regla con mucho brío cuando creía que nadie miraba. A veces me golpeaba los nudillos tan fuerte que mis manos rebotaban en las teclas y un acorde feo y disonante estallaba en la habitación. Me pregunto si a mi madre, sentada con su costurero al otro lado de la puerta corredera, le extrañaban esos ruidos espantosos. No sé por qué, no le hablaba de los ataques de la señorita Brown. Supongo que tenía la sensación de que algo vergonzoso por mi parte —no sé el qué— daba pie a esos atentados pedagógicos. Y es verdad que la señorita Brown no me agredía al azar: su violencia se desbordaba cuando yo me perdía en la maraña de notas que llevaba toda una semana atravesando sin equivocarme (por supuesto, que esa regla me rondara no ayudaba demasiado.) Era la peor de las cobardes: me hervía la sangre pero nunca le conté nada a nadie. ¿Y por qué Harry y yo éramos los únicos que debíamos sufrir esa detestable imposición cultural? Mis otros hermanos estaban libres.

Aprendí a tocar a Stephen Foster para papá y a Vivaldi para el abuelito, que también tenía debilidad por Mozart. Se sentaba en el salón, a veces leyendo y otras con los ojos cerrados, durante el tiempo que yo tocara. Mamá era aficionada a Chopin. Y la señorita Brown, a las escalas.

Más adelante fue el *ragtime* de Scott Joplin, que aprendí para mí misma. A mamá le ponía los pelos de punta, pero me daba igual. Era el mejor músico que mis hermanos y yo habíamos oído nunca, con unas fantásticas cascadas de acordes y un ritmo irregular y electrizante que hacía que el público se levantara y se pusiera a bailar. Todos mis hermanos venían corriendo cuando yo empezaba con los primeros compases de *El rag de la hoja de arce*. Daban bandazos como locos por todo el salón y mamá temía por las pinturas de la pared. Más tarde tuvimos un gramófono y yo también pude bailar. A mis hermanos pequeños les encantaba manejar el aparato y suplicaban un turno, pero había que tener cuidado: eran un peligro con la manivela.

La melodía favorita de Jim Bowie era *Una gatita al teclado*. Cogía de cualquier manera a uno de los atribulados gatos, lo ponía encima de las teclas y lo atraía con un trozo de jamón para que anduviese arriba y abajo. J.B. pensaba que era una broma graciosísima. Supongo que sí, si tienes cinco años. Cómo no, hacía que mamá se subiera por las paredes (y yo también, aunque nunca lo admitiría), lo que desde luego se sumaba al placer de J.B. Mamá tenía que recurrir a menudo a un par de cucharadas de su Lydia Pinkham. Sul Ross le preguntó una vez si yo también tendría que tomarlo cuando fuese una señora, y ella replicó misteriosamente: «Espero que Callie no lo necesite».

Viola cantaba en contralto *Que no vuelvan los malos tiempos* conmigo en la cocina, pero se negaba a escuchar a Scott Joplin.

—Es música para salvajes —señalaba con desdén, cosa que me dejaba perpleja.

Llegó el momento de que la señorita Brown presentara a sus alumnos de piano en un recital que se celebraba cada año en la Sala de los Héroes Confederados de Lockhart. Por primera vez me consideró lo bastante talentosa como para incluirme en el programa. A decir verdad, el hecho es que ya no pude escaparme otro año más. Harry había actuado seis años seguidos y decía que estaba chupado: solo tenías que evitar mirar hacia las luces de gas del suelo, porque podían cegarte y te podías caer del escenario. Aparte, tenía que memorizar una pieza. La señorita Brown me dio una escocesa de Beethoven, cuyos acordes, curiosamente, no eran muy distintos de los de Joplin. Oh, con qué furia se agitaba esa regla. «¡Muñecas abajo, dedos arriba, *tempo, tempo, tempo!*» ¡Crac! Me aprendí esa pieza en un tiempo récord, y pronto ya la estaba tocando en sueños. Ni que decir tiene que llegué a odiarla. Mi mejor amiga, Lula Gates, tuvo que memorizar una el doble de larga, pero ella tocaba diez veces mejor que yo.

Mamá me hizo un vestido nuevo para la gran cita, de

color blanco con encaje y varias capas de unas enaguas tiesas que picaban. No era un corsé, pero decididamente contaba como otra forma de tortura. Me quejé sin parar y me rasqué ferozmente las piernas. También estrené un par de botas de piel de color crema pálido. Tardabas siglos en abrochar los corchetes, pero una vez puestas quedaban muy bien y, aunque no lo dije, me gustaron.

La señorita Brown me enseñó a hacer una reverencia, sosteniéndome el vestido a los lados y doblando las rodillas.

—No, no —decía—, no te agarres la falda como una palurda. Haz como si tuvieras alas, como un ángel. Así. Y ahora te agachas. ¡Despacio! No te tires, criatura, que no eres una piedra.

Me hacía practicar varias veces hasta quedar satisfecha.

Luego tuvimos que lidiar con el tema de mi pelo. Mamá había acabado notando que parecía tenerlo más corto de lo esperado, pero le expliqué que durante el verano se me había enredado tanto con esos horribles abrojos de pinchos, que me había tenido que cortar los nudos y después quitar un poco más para igualarlo todo. Mamá entornó los ojos al oírlo, pero no dijo nada. Pidió ayuda a Viola y juntas se pasaron una hora larga cepillando y retorciendo y parlamentando como si yo ni siquiera estuviera presente. No sabía que se pudiera dedicar tanto tiempo a un peinado. Por supuesto, no podía protestar mucho porque todas sabíamos que aquello era mi castigo por haberme hecho un estropicio; además, no quedaba otra.

Entonces me embadurnaron con la loción capilar Peabody, que producía «rizos lustrosos garantizados», y me mandaron al sol a cocerme una hora más con esa repugnante grasa de color azufre en la cabeza. «¿Esto —pensé— es lo que han de soportar las señoras?»

Lo único que lo hizo soportable fue que el abuelito se

apiadó de mi estado lastimoso y me trajo uno de sus libros, *Flora y fauna fascinantes de las Antípodas*. El dibujo del canguro mostraba a una cría asomando de la bolsa. (Pregunta para el cuaderno: ¿por qué las personas no tienen bolsas? Sería una buena forma de guardar al bebé a mano. Traté de imaginarme a mamá con J.B. en una bolsa. Respuesta: No cabríamos debajo de su corsé.) Me entraron unas ganas locas de ver un canguro. Y un ornitorrinco, un mamífero de aspecto estrafalario, entre... oh, no sé, una nutria y un pato. Puesto que había tenido la suerte de ver un hipopótamo en un circo ambulante en Austin, a lo mejor mis deseos no eran tan descabellados. Evalué mis posibilidades y abrigué cierto resquicio de esperanza en mi corazón ahí sentada al sol, apestando como una cerilla gigante.

Por último me pusieron en la bañera de asiento y me echaron cubos de agua por turnos. Después me restregaron la cabeza y me ataron el pelo en tirabuzones con tiras de algodón, que me sobresalían por todas partes como un vendaje puesto con muy poca maña. Parecía una herida de guerra y desprendía olor a azufre. Era como una aparición del infierno.

El pobre Jim Bowie se echó a llorar al verme, y tuve que subírmelo al regazo y convencerlo de que no estaba mortalmente herida. Sul Ross me llamó espantapájaros hasta que lo pillé y me senté encima de él. Lamar se reía, y hasta Harry sonrió.

Esa noche no dormí bien con mis bultos de trapo. Por la mañana me desperté aletargada y de mal humor. Mamá decidió que no tenía sentido rematar mi peinado antes de llegar a Lockhart, por lo que sufrí una humillación más: la de tener que ponerme un enorme sombrero arrugado encima de las tiras de algodón durante todo el camino en el carromato. Mi cabeza era gigantesca. Parecía deforme; parecía el hermano de Lula Gates, el bueno de Toddy Gates, que era deficiente mental y tenía agua en el cerebro. (Preguntas para el cuaderno: ¿de dónde venía el agua del cerebro de Toddy? ¿Acaso la señora Gates bebió mucho mientras lo llevaba dentro?) Recé por que no nos encontráramos a nadie conocido, pero después me sentí culpable por apartar la atención de Dios de las cosas serias por lo que solo era una cuestión de vanidad, al fin y al cabo. Reconozco que me fui poniendo nerviosa a medida que nos acercábamos a Lockhart, pero Harry no dejaba de decirme que era pan comido.

Llegamos al lugar y, antes de que los caballos se hubieran detenido, salté del carromato y corrí a la puerta de atrás para no atraer a una multitud. Mamá y Viola me siguieron con un cesto lleno de horquillas, cintas y pinzas. Me aparcaron en un banco y se pusieron manos a la obra, retirándome los trapos del pelo. Había otras chicas que sufrían el mismo tipo de torturas, así que no era tan malo como me había temido. Incluso la señora Ogletree estaba acicalando al pequeño Georgie, al que había embutido en un traje de terciopelo verde tipo *El pequeño lord*. Este se agitaba excitado en su banco, y sus tirabuzones como salchichas rebotaban en su cuello de batista.

Lula estaba temblando y apretaba un cubo de latón contra su pecho y parecía que fuera a ponerse mala en cualquier momento. Las gemelas exactas Hazel y Hanna Dauncey eran dos interesantes e idénticas sombras de color verde grisáceo. La visión de una angustia tan evidente en los demás me reanimó.

La señorita Brown entró con un nuevo y poco favorecedor vestido verde y dio unas palmadas para reclamar nuestra atención:

—¡Niños y madres! *Attention, s'il-vous-plaît.*

Al instante se hizo un silencio absoluto. Nadie decía ni

pío y no se oía ni una mosca, ni siquiera del agobiado Georgie. Me di cuenta de que la señorita Brown resultaba tan amenazadora para los demás alumnos como siempre lo había sido para mí. «Jo —pensé—, seguro que nos pega a todos. Puede que a Harry no, pero sí a todos los demás. Así que no soy la única. Bien.»

—Dentro de diez minutos formaréis una fila —ordenó la señorita Brown—, del más pequeño al mayor, y me seguiréis para entrar en el auditorio de manera ordenada, repito, ordenada. Entonces os sentaréis en la fila de sillas del fondo del escenario hasta que os llegue el turno de tocar. Nada de hablar. Y os estaréis quietos. Y sobre todo, no quiero empujones. ¿Está claro? —Todos asentimos en silencio—. Y no olvidéis inclinaros o hacer una reverencia después de vuestra pieza. Diez minutos, madres.

Dio media vuelta y salió, proyectando la cola del vestido hacia atrás con un gesto estudiado. Viola y mamá volvieron a echárseme encima con ganas, azotándome y sacudiéndome el pelo con cepillos y pinzas. Por fin dieron un paso atrás para admirar su obra.

—Fíjate —dijo mamá—. Estás preciosa. No te habría reconocido. Mira. —Me dio un espejo.

Yo tampoco me habría reconocido, con esa estructura tan elaborada apilada sobre mi cabeza. Encima de la frente se alzaba un empinado precipicio de cabello que luego descendía en una intrincada composición de cima puntiaguda, todo ello concentrado encima de pontones triples de cabello a lo largo de cada sien; por la parte de atrás, una cascada de rizos gordos formaba una estela espalda abajo. Remataba tal magnificencia el mayor lazo de satén rosa del mundo. Mamá y Viola parecían muy contentas. No se molestaron en pedirme mi opinión, así que no tuve que decir que me parecía… horripilante.

—¿Ves qué guapa estás? —dijo mamá.

Me llevé la mano al pelo.

—No lo toques —ordenó Viola—. Ni se te ocurra.

Recogió todos los útiles mientras mamá entablaba conversación con la señora Gates.

Yo me acerqué a Lula con sigilo y murmuré:

—Eh, Lula, ¿estás bien?

Ella me miró con sus enormes ojos color avellana y asintió, pero no pudo hablar. Noté con envidia que había escapado de una intervención capilar radical: su cabello pálido, de un rubio plateado, le caía por la espalda en dos cuidadas trenzas. Intenté sacarla de su estado de pánico. Le di un golpecito con el codo y le susurré:

—Lula, mira qué han hecho con mi pelo. Qué horror, ¿no?

Como tenía los labios sellados, respondió con una respiración larga y vibrante a través de la nariz. Me dio la sensación de que se le había olvidado cómo hablar.

—Lo harás muy bien, Lula —continué—. Has tocado esa pieza un millón de veces. Respira hondo un poco más. Y si no funciona, bueno, siempre te queda tu cubo.

Miré alrededor. Harry estaba de pie frente al espejo de una esquina, echándose pomada de lavanda y dividiéndose el pelo minuciosamente con un peine, una y otra vez. Nunca antes le había visto preocuparse tanto por su aspecto. Al ser el mayor, tocaría el último, pero tendría que sentarse en el escenario y sufrirnos a todos los demás hasta que le tocara.

La señorita Brown regresó y nuestras madres nos hicieron unas advertencias finales antes de irse corriendo. Mis últimas instrucciones me las murmuró Viola:

—No te toques el pelo. Lo digo muy en serio.

Hicimos una fila en silencio. Nadie hablaba ni empujaba y todos nos estábamos quietos. Harry me guiñó el ojo desde la cola. Lula temblaba delante de mí, de las trenzas a los dedos de los pies.

—Lula —dijo la señorita Brown—, tienes que dejar ese cubo. —Lula no se movió—. Calpurnia, cógeselo.

Le di una palmada a Lula en el hombro y dije:

—Dámelo, Lula. Ya es la hora.

Se me quedó mirando con cara de súplica. Acabé por arrancarlo de sus manos sudorosas. La señorita Brown dijo:

—Niños, hoy tenéis que mostrar vuestro mejor porte. Barbillas arriba, pechos fuera.

Abrió la puerta lateral del auditorio y marchamos tras ella hacia lo que sonaba como una fuerte lluvia sobre un techo de hojalata. Eran aplausos, y Lula se estremeció como un cervatillo asustado. Por un momento pensé que echaría a correr. Hice un rápido y complejo cálculo mental de hasta qué punto podían culparme a mí si se iba, pero la pobre Lula aguantó y permaneció en la fila.

Entonces vi a la señorita Brown flotar majestuosamente hacia arriba en cabeza de fila. ¿Por qué? ¿Cómo? ¿Qué estaba ocurriendo? Tardé un segundo en recordar que había una docena más o menos de escalones para acceder al escenario, y ella los estaba subiendo.

¡Escalones! Me había olvidado de que los había. Cientos y cientos de ellos. Los había visto antes, pero no eran parte de mi práctica mental; no los había ensayado con el ojo de mi mente. Los tobillos me temblaron y me entró frío y calor a la vez. Lula se alzó delante de mí sin problema aparente. La seguí aterrada y no sé cómo logré llegar arriba sin caerme de bruces, y entonces me detuve justo a tiempo para fijarme en los focos deslumbrantes que señalaban el borde del precipicio. Fuimos a nuestras sillas y los aplausos amainaron como una tormenta pasajera.

La señorita Brown se acercó al borde del escenario e

hizo una reverencia al público. Dio un pequeño discurso sobre lo magnífico de la ocasión, sobre los avances que hacía la cultura en el condado de Caldwell, oh, sí, y de cómo las mentes y los dedos más jóvenes se beneficiaban del conocimiento de los grandes compositores, y dijo que esperaba que los padres valorasen su duro trabajo para enseñarles a sus hijos a apreciar las cosas más refinadas de la vida, puesto que todavía vivíamos, al fin y al cabo, casi en el filo del Salvaje Oeste. Se sentó entre más aplausos y entonces nos levantamos, uno por uno, en distintos estados de absurda confianza o de terror paralizante.

No es necesario explicaros lo que pasó. Fue una masacre. No es necesario explicaros que Georgie se cayó de espaldas de la banqueta del piano antes de tocar una sola nota y su madre tuvo que llevárselo en brazos mientras él berreaba. O que Lula tocó de forma impecable y se empezó a encontrar mal en el instante en que acabó. O que a Hazel Dauncey le resbaló el pie del pedal en el mortal silencio de antes de empezar, con lo que el auditorio se llenó de un profundo y retumbante *sprrroiiinnnnggg*. O que Harry tocó bien pero sin dejar de mirar a una determinada parte del público sin ningún motivo, que yo supiera. O que yo toqué como un reloj de cuerda con dedos de madera y me olvidé de hacer la reverencia hasta que la señorita Brown me siseó.

Recuerdo poco más sobre aquel día. Me las apañé para borrarlo. Pero me acuerdo de que, en el carromato de vuelta a casa, me prometí no volver a hacerlo nunca. Se lo dije a papá y a mamá, y debí de hacerlo con una voz especial, porque al año siguiente, pese a los formidables esfuerzos de la señorita Brown, me dediqué a repartir programas igual que Lula, que quedó excluida del recital de por vida.

Capítulo 7

Harry se echa novia

Razas domésticas de la misma especie [...] tienen a menudo un carácter algo monstruoso [...]. A menudo difieren en grado extremo en alguna parte.

*P*oco después del recital de piano, el peligro entró en nuestras vidas y acechó a la familia.

En cierto modo me daba cuenta de que Harry se casaría algún día y tendría su propia familia, pero calculé que para eso faltaban décadas, como mínimo. Al fin y al cabo, Harry ya tenía una familia, que éramos nosotros. Y especialmente yo. Su bicho.

En los días posteriores a la debacle de Lockhart estuvo muy raro. Se quedaba observando el vacío con una expresión de bobo en la cara que daba ganas de pegarle una bofetada. No contestaba cuando le hablaban; de hecho apenas parecía presente. Yo no tenía ni idea de qué estaba pasando, pero aquel no era mi querido y espabilado Harry. No: era una versión diluida y aguada de él. Lo abordé en el porche y dije:

—Harry.

—¿Mmm?

—¡Harry! ¿Qué te pasa? ¿Estás enfermo? ¿Por qué estás así?

—Mmm —dijo, y sonrió.

—¿Te encuentras bien? ¿Quieres ir al médico?

—No te preocupes por mí. No pasa nada. De hecho, me siento genial —respondió.

—¿Entonces qué es?

Sonrió de forma misteriosa y se sacó una manoseada *carte de visite* del bolsillo. Era una de esas tarjetas nuevas con retrato fotográfico incluido. («El colmo de la vulgaridad», según mamá.)

Y allí estaba ella. Una mujer joven (desde luego ya no era una niña) de ojos grandes y protuberantes; elegante boca fruncida y pequeña; cuello largo y esbelto como el tallo de una planta; y tal cantidad de pelo concentrado en lo alto que parecía una borla de diente de león antes de que el viento la decapitara.

—¿Verdad que es un bombón? —dijo, con una voz congestionada que no le había oído nunca y que odié al instante.

A ella también la odié al instante, pues veía claramente lo que era: una arpía, una bruja encorvada, una devoradora de carne de hermanos adorados. La destructora de la felicidad de mi familia. De mi felicidad. Me quedé mirando esa aparición.

—¿Un bombón? —repliqué, mareada.

Mi hermano se evaporaba ante mis ojos y yo debía encontrar el modo de detener esa temible abducción. Mis pensamientos se dispersaron en todas direcciones como soldados indisciplinados ante su primer fuego, y me llevó un rato poner orden. Pero antes de mi primera escaramuza, necesitaba información.

—¿Dónde la has conocido, Harry? —pregunté, con la inocencia de una espía.

Durante un segundo, sus ojos dejaron de estar vidriosos y titubeó. Capté cierta vena tierna, pero no comprendía su alcance.

—Pues, esto… la otra noche me pasé por la cena que daban en los terrenos de la pradera de Lea. Me vieron en la carretera y me invitaron un rato.

Ya. Pero había dos iglesias en la pradera de Lea: la Baptista, que era aceptable, y la Iglesia Independiente de la pradera de Lea, que no lo era. A estos los llamaban saltadores y mucha gente los consideraba de lo peor, incluidos mis padres, ambos metodistas convencidos. (El abuelito afirmaba que ya había tenido suficientes sermones para toda una vida y que ahora prefería pasarse las mañanas de domingo recorriendo los campos. El reverendo Barker, que disfrutaba de la compañía del abuelito, parecía tomárselo bien. Solo mamá se avergonzaba.) Y aunque mamá había recibido a saltadores en casa un par de veces, tendía a tacharlos a todos, con razón o sin ella, de encantadores de serpientes, convulsionistas, babeadores y otros ejemplos marginales de las sectas de catetos.

Una parte de mi mente, que hasta ese momento yo no sabía que existía, se impuso y llamó al orden como un gran general. Preparé mis armas, inspeccioné el terreno y seleccioné mi objetivo. Podía ver la batalla ante mí en el espacio y en el tiempo. Era el gran general Stonewall. ¡Era el general Lee en persona!

—¿La iglesia Baptista, Harry? —pregunté, dulce como un pastel.

—No. —Vaciló—. La Iglesia Independiente de la pradera de Lea.

Me inundó un alivio dichoso: el enemigo ya era mío.

—Oh, Harry —dije, toda preocupación fraternal—. ¿Es una saltadora?

—Sí, ¿y qué? —replicó él con terquedad—. Y no los llames así. Se llaman independientes.

—¿Se lo has contado a mamá y a papá? —dije.

—Pues… no.

Se le veía tenso. Mi primer asalto había surtido efecto. Entonces miró la fotografía y se quedó atontando otra vez.

—¿Cuántos años tiene? —pregunté, sin aflojar—. Parece como mayor.

—No lo es —respondió él, indignado—. Solo hace cinco años que se presentó en sociedad.

Sumé cinco a dieciocho, la edad típica de las presentaciones, y me salió el resultado que tenía que salir.

—Veintitrés —exclamé, horrorizada (y secretamente entusiasmada)—. Es prácticamente una solterona. Además, tú solo tienes diecisiete.

—¿Y eso qué más da?

Me quitó la tarjeta de la mano y se fue resoplando.

En la cena, Harry comentó que a lo mejor enganchaba a *Ulises* a la calesa y lo sacaba para que hiciera ejercicio.

—¿Por qué no lo montas? —quiso saber papá—. No necesitas la calesa.

—Ya hace tiempo que no le ponemos el arnés. Le irá bien —contestó Harry.

Era el momento de disparar mi próximo cañonazo. En voz alta, dije:

—¿Vas a verla a ella?

A toda la mesa le pareció una pregunta interesante y se hizo el silencio. Todos salvo el abuelito dejaron de comer y observaron a Harry con interés, incluidos los chicos, que eran demasiado pequeños para entender lo que pasaba. Mamá giró la cabeza para mirarme primero a mí y después a Harry. El abuelito continuó ocupándose plácidamente de su bistec.

Harry se sonrojó y me miró dándome a entender que ya arreglaría cuentas conmigo. Nunca me había mirado así antes, con una mirada en la que había algo parecido al odio. El miedo se apoderó de mí. Me empezó a picar todo.

—¿Qué habláis? —dijo mamá.

El cuchillo del abuelito chirrió contra el plato. Se secó el bigote con la gran servilleta de lino blanco que le caía pecho abajo y se dirigió con gentileza a su única nuera:

—Margaret, Margaret… es «de qué habláis», no «qué habláis». Como verbo intransitivo, «hablar» necesita un complemento con «de», por ejemplo. Seguro que a estas alturas ya lo sabes. —Se fijó en ella y continuó—: ¿Cuántos años tienes, Margaret? Calculo que estarás cerca de los treinta. Lo bastante mayor para hacerlo mejor, diría yo —señaló, y volvió a centrar la atención en su cena. Mi madre, que tenía cuarenta y uno, lo ignoró.

—¿Harry? —dijo, y lo taladró con la mirada.

El picor avanzaba por toda mi piel convirtiéndose en ronchas rosas que escocían. El futuro de nuestra familia pendía de un hilo.

—Habrá una chica, una joven dama, en el pícnic de la pradera de Lea de esta noche y me gustaría llevarla a dar un paseo —tartamudeó Harry—. Uno muy corto.

—¿Y quién es exactamente esa joven dama? —replicó mamá con voz gélida—. ¿La conocemos? ¿Conocemos a los suyos?

—Se llama Minerva Goodacre. Su familia vive en Austin. Está pasando este mes con su tío y su tía en la pradera de Lea.

—¿Y sus tíos son…? —continuó mamá.

El hilo se tensaba.

—El reverendo y la señora Goodacre —respondió Harry.

—¿Te refieres al reverendo Goodacre de la Iglesia Independiente de la pradera de Lea?

El hilo crujía y se deshilachaba.

—Sí —admitió Harry, y se puso más colorado. Se apartó de la mesa y salió disparado de la habitación, diciendo ya de espaldas con falsa voz despreocupada—: Estupendo, pues. No llegaré tarde.

Papá miró a mamá y preguntó:

—¿De qué iba todo esto?

Mamá reparó en que los demás estábamos ahí sentados con la boca abierta y soltó:

—Qué obtuso eres a veces, Alfred. Ya lo discutiremos luego.

Sul Ross, que estaba sentado a mi lado y era muy rápido para su edad, se puso a canturrear:

—Harry tiene una chica, Harry tiene una chi…

Llegados a este punto, mamá parecía a punto de estallar. Susurré:

—Cállate, Sully. —Y le di un codazo brutal en las costillas bajas.

El abuelito nos pilló a todos por sorpresa cuando dijo:

—Y ya era hora: ese muchacho empezaba a preocuparme. ¿Qué hay de postre?

Algo curioso en él era que nunca sabías si estaba presente o no.

Esa cena no se acababa nunca. No sé qué había de postre, pero a mí me sabía a cenizas. Cuando SanJuanna vino a quitar la mesa, mamá dijo:

—Podéis iros todos. Excepto Calpurnia.

Los demás salieron en tropel mientras yo me encogía en mi asiento. Papá se encendió un puro y se sirvió un vaso de oporto más largo de lo normal. Mamá, que tenía aspecto de necesitar uno desesperadamente, se frotó las sienes.

—A ver, Calpurnia —empezó—, ¿qué sabes tú de esa… esa… joven dama?

Pensé en cómo me había mirado Harry.

—Nada, mamá —dije, tocando a retirada y evacuando a mis tropas lo más rápido posible.

—Vamos, vamos. Seguro que Harry te ha contado algo.

—Yo no sé nada —repetí.

—Ya basta, Calpurnia. ¿Cómo has sabido de ella? ¿Y qué te pasa en la cara? Estás llena de manchas.

—Harry me ha enseñado su tarjeta de visita, eso es todo —dije.

—¿Su tarjeta? —Mamá alzó la voz—. ¿Tiene tarjeta? ¿Cuántos años tiene?

—No lo sé —contesté.

Mamá miró a papá y dijo:

—Alfred, tiene tarjeta.

Mi padre pareció interesado, pero no alarmado. Era evidente que la importancia de este hecho se le escapaba. Mi madre se levantó y empezó a pasearse.

—Tiene edad suficiente para tener tarjeta, y mi hijo la ha estado visitando sin decírnoslo. La ha estado cortejando y ni siquiera la hemos conocido. Es una salta… es una independiente, Alfred. —Mamá se volvió hacia mí—. Es una independiente, ¿no? Cuéntamelo, Calpurnia.

—Yo no sé nada.

—¡Bah, criatura inútil! Vete a tu habitación y no le digas una palabra sobre esto a nadie. ¿Te está saliendo urticaria? ¿Te has vuelto a caer en las ortigas? Ve a por un poco de bicarbonato y hazte una compresa.

Me escabullí de mi silla y corrí a la cocina. Viola estaba sentada a su mesa, tomándose un breve descanso mientras

SanJuanna bombeaba agua antes de empezar con la montaña de platos de la encimera.

—Mamá me envía a por bicarbonato —farfullé.

—Dios santo —exclamó Viola al ver mi tez—. ¿Cómo te has hecho eso?

—Ortigas —mentí—. Solo necesito una compresa.

Viola me miró con recelo y abrió la boca dispuesta a hablar, pero la cerró otra vez. Se puso de pie, espolvoreó bicarbonato en un trapo húmedo y me lo entregó sin decir nada. SanJuanna me miró como si fuese a contagiarla.

Mientras subía las escaleras, oí las voces de mis padres en el comedor, la de mi madre alta e indignada y la de mi padre sorda y apaciguadora. Sul Ross y Lamar me esperaban tumbados en el rellano y me siguieron a mi cuarto.

—¿Qué está pasando? ¿Qué pasaba con Harry? ¿Qué tienes en la cara? Cuéntanos.

Pasé de largo, entré en mi habitación y estampé el trapo refrescante en mi irritada mejilla. ¿Qué había hecho? Había puesto en marcha algo que ya no podía controlar. Era una comandante novata, atónita ante la destrucción que estaban causando mis propias tropas.

Esa noche la pasé tumbada sin dormir, esperando a que Harry volviera a casa. La media luna ya estaba alta cuando oí el chirriar del arnés y el crujir de la calesa sobre el camino de grava. Contuve el aliento y escuché. La casa estaba sospechosamente callada. Me imaginé a mamá y papá tumbados en su gran cama de caoba con esas tallas profundas de querubines y frutas. Seguro que estaban muy despiertos, al menos mamá.

Salí de la cama, me puse las zapatillas y me deslicé siguiendo el perímetro de la habitación, evitando pisar las tablas del centro, que restallaban como un disparo de pistola. Como las escaleras también eran muy ruidosas, me arremangué el camisón de algodón blanco y me deslicé por la barandilla, como hacía desde siempre. Era un modo de transporte rápido y silencioso, pero calculé mal en la oscuridad, frené tarde y me di contra el remate del último poste con la fuerza suficiente para que me saliera un morado en el trasero, de dos semanas como poco.

La luna me iluminó de camino al establo. Avancé hasta la puerta y miré dentro. Harry almohazaba a *Ulises* a la luz de un farol y tarareaba una canción que reconocí con un sobresalto como «Te amo de verdad». Parecía muy feliz; feliz como nunca antes le había visto.

—Harry —murmuré.

Se volvió y su rostro se endureció.

—¿Qué estás haciendo aquí? —dijo—. Vete. Vete a la cama.

Continuó cepillando al caballo. Otra vez esa mirada.

En el pasado hubo leves conflictos entre nosotros pero, aunque eran muy incómodos, siempre se nos había pasado. Yo me sentía segura sabiendo que siempre sería su preferida; tenía fe en su amor, que me envolvía como una manta. Pero esta vez era distinto. Le había herido en su esencia al tratar de proteger nuestra relación, o de protegerle a él. No; si he de ser sincera, de protegerme a mí misma. Y sentí el primer y gélido azote de la pena en torno a mi corazón.

Aturdida, salí del círculo de luz y me quedé a solas bajo la luna. Se me escapó un hipo (o un sollozo). Di media vuelta y volví a casa con las piernas temblándome. Llegué a la puerta principal, pero di un traspié con los primeros escalones. Ahí es donde Harry me encontró media hora después, hecha un ovillo de amargura dentro de mi camisón blanco, gimoteando en la oscuridad, demasiado afectada para moverme y con la sola compañía de *Idabelle*, que había salido de la cocina. Apenas lo vi, ahí de pie con las manos en las caderas.

—Lo siento, Harry —murmuré.

—Hay temas en esta vida que no son para los niños. Son cosa de adultos —señaló.

Nunca antes había pensado en Harry como un adulto. Mis hermanos y yo siempre habíamos sido niños, todos juntos. Pero tal como dijo esa palabra, supe que en aquel instante él acababa de cruzar una frontera invisible hacia un territorio diferente y que ya no regresaría a nuestra pandilla infantil.

—No quería buscarte problemas —lloriqueé.

—Sí, sí querías. No entiendo por qué me has hecho esto.

Quise gritar: «¡Por la familia! ¡Por ti!». Pero en el fondo sabía que era por mí misma y eso me avergonzaba. El reloj de pie tocó las tres.

—Tendrías que irte a la cama —me dijo con una voz plana.

Me aferré al hecho de que aquellas palabras, pese a su frialdad, no eran tan duras como el modo en que me había hablado en el establo. Seguro que todo se arreglaba. Que me rodeaba con el brazo y me llevaba escaleras arriba y me arropaba. Pero no fue así, sino que murmuró:

—Ojalá no lo hubieras hecho.

Y subió pasándome de largo.

Yo me quedé contemplando la carnicería de mi breve toma de mando. Mi campaña había sido un éxito... y me había costado a mi hermano. No pude arrastrarme hasta la cama hasta que sonaron las cuatro en el reloj.

A la mañana siguiente estaba tan agotada que me quedé acostada, simulando estar enferma y dormitando a intervalos. No fue difícil convencer a mamá de que estaba mala, con mi languidez y mi urticaria persistente. Viola y ella enviaron a mi habitación un flujo constante de caldo de carne y cataplasmas de bicarbonato. Por la tarde se habló de tónicos y purgantes y aceite de hígado de bacalao, pero llegado ese punto conseguí reponerme y tomar un poco de pollo hervido, evitando así tan drástico tratamiento. En nuestra casa, a cualquier niño que guardara cama más de un día le recetaban aceite de hígado de bacalao. La sola perspectiva obraba a menudo una recuperación milagrosa.

Travis entró a prestarme a Doc Holliday para levantarme el ánimo (*Jesse James* estaba indispuesto). J.B. se subió a la cama y se acurrucó un rato conmigo para que me sintiera mejor. Sul Ross me trajo un ramo desordenado de flores silvestres para la mesita de noche, y me mostró orgulloso la marca en su torso después de mi codazo. Yo no le enseñé mi morado, mucho más impresionante debido a su indiscreta ubicación. Harry no vino a verme.

A la mañana siguiente bajé a desayunar. Me alivió ver que Harry, al menos, me miraba. Antes de que dejáramos la mesa y cada cual se fuese a lo suyo, mamá dijo:

—El viernes por la noche tendremos invitados, así que a las seis y cuarto debéis estar listos para la inspección.

—Diantre —exclamó el abuelito—. ¿Quién es esta vez?

—Abuelo —contestó mamá—, ni se nos pasaría por la cabeza obligarle si tiene un compromiso previo.

Mamá sabía que el abuelito no tenía ningún compromiso previo, pero siempre estaba el canto de sirena de su laboratorio y su biblioteca. O eso esperaba mi madre. Me daba cuenta de que ella nunca alentaba precisamente la presencia del abuelito en sus veladas o *soirées*, como ella las llamaba. Él, por supuesto, siempre era un dechado de modales tradicionales, pero podía tener salidas extrañas o irse por las ramas en las conversaciones, y no creo que eso le pareciera adecuado a mamá entre gente de la buena sociedad. Hablar de los fósiles, por ejemplo, y de si su existencia contradecía el Libro del Génesis; o de los experimentos del hermano Mendel sobre la vida reproductiva del guisante de olor; o de la falsedad de que el pus curaba. Una vez vi a mi madre estremecerse al oírle exponer ante un grupo de señoras la postura que el orden Opiliones (es decir, la típula) utiliza para aparearse. Y luego estaban sus predicciones para el futuro: lo de que los hombres construirían algún día máquinas voladoras y viajarían a la Luna, pronósticos que eran recibidos con la tímida indulgencia que se concede a los viejales, aunque yo estaba secretamente de acuerdo con él y podía imaginarme que en mil años sucederían esas cosas.

—¿Quién viene, mamá? —preguntó Sam Houston.

—Los Lockett, los Longoria, la señorita Brown, el reverendo y la señora Goodacre. Y una tal señorita Minerva Goodacre —respondió mamá, examinando su cuchillo de la mantequilla.

Oh-oh. Miré a Harry, también muy interesado en la cubertería, que estudiaba como si nunca antes la hubiera visto. Tragué saliva. ¿Qué hacer? Me consolé pensando que me quedaban tres días para pensar en ello, rumiando en mi tienda como Napoleón.

Durante unos cuantos días, cada vez que me cruzaba con Harry en las escaleras sonreía con rigidez. Él seguía impasible. Opté por interpretar como una buena señal el hecho de que no me pusiera mala cara.

Llegó el viernes y yo todavía no tenía un plan. Me lavé y me sequé el pelo. Después me senté en mi tocador y, desanimada, conté cien pasadas de cepillo. Me puse mi mejor vestido de batista y las botas de piel, las que llevé para el recital de música, y me até el pelo con una cinta azul cielo, el color que según Harry mejor me quedaba. Bajé a reunirme con los demás. Harry estaba muy guapo y desprendía un aroma a pomada de lavanda mezclada con agua de colonia de malagueta. Era presa de una excitación viva y soterrada que lo suavizaba hasta el punto de dedicarme una sonrisa. Cuando nos pusimos en fila por orden de edad, Sam Houston se rio al inhalar las emanaciones procedentes de Harry. Mamá bajó a inspeccionarnos. Llevaba su vestido de seda esmeralda y cola corta, de los mejores que tenía, y la cola le hacía un leve sonido, como *fru-fru*, al caminar. Nos miró las botas, los dientes y las uñas.

—Por el amor de Dios, Calpurnia —dijo—. Enderézate. ¿Se puede saber qué te pasa? Jim Bowie, estas uñas no están bien. Parece que hayas estado escarbando en el jardín. Calpurnia, acompáñalo a arreglárselas.

Me llevé a J.B. al cuarto de baño, agradecida de hacer algo. Mientras lo frotaba, me dijo:

—¿Harry se va a casar?

Me sobresalté tanto que se me cayó el cepillo de uñas.

—¿De dónde has sacado esa idea?

—Se lo he oído decir a mamá. ¿Se va a marchar Harry?

—Espero que no, J.B.

—Yo también.

Estuve con él hasta que llegaron los primeros invitados y tuvimos que ponernos otra vez en fila ante la puerta principal. Cuando entró la señorita Brown, le estreché la mano y le hice una profunda y ostentosa reverencia. Pero debí de pasarme, porque la vieja bruja me dirigió una dura sonrisa y comentó:

—Vaya, hola, Calpurnia. Tan encantadora como siempre.

Me apretó la mano tan fuerte con su zarpa nervuda que

lancé un gañido como un perro al que le hubieran pisado la cola. Sí, la velada empezaba de maravilla, y eso que la señorita Minerva Goodacre aún no había llegado.

Saqué una bandeja de plata con ostras ahumadas y las ofrecí por toda la sala; llevé una cuenta estricta, según instrucciones de Viola, de las que tomaban mis hermanos. No me costó mucho, ya que a los pequeños les bastó echar un vistazo a esos bultitos brillantes y arrugados para girarse horrorizados; ni pagándoles se habrían metido uno en la boca. Harry merodeaba entre el salón y el recibidor, para no perder de vista la puerta principal para la gran llegada. El abuelito apareció con la barba bien recortada y repeinado. Lucía una rosa de color rojo en el ojal. De no ser por su abrigo apolillado, habría tenido un aspecto distinguido.

Llegaron los Longoria y Travis se llevó a sus hijos al establo para enseñarles los gatitos. Yo miré alrededor y me invadió una oleada de ternura por mis familiares. Todos ignoraban que estaban representando un papel insospechado. Quise preservar el momento y lo guardé para siempre en mi memoria, envuelto y sellado; en cualquier momento tocaría a su fin.

Harry corrió una vez más a comprobar su peinado y su corbata en el espejo del recibidor. Miré por la ventana y vi al señor Goodacre amarrando sus caballos. Harry salió como una bala por la puerta principal y ayudó a bajar de la calesa a dos mujeres, una corpulenta y la otra esbelta. Le ofreció el brazo a la segunda —la arpía— y avanzaron por el camino de grava, con las cabezas juntas, compartiendo algunas palabras, algunas risas, algún algo que ninguno de nosotros compartiría nunca. Mis padres los recibieron en la puerta y pude oír la alegre cháchara de las presentaciones antes de que mamá los condujera a todos al salón. Debo reconocerle a mamá que parecía más relajada y contenta de lo esperado en semejantes circunstancias. A lo mejor se había tomado una dosis extra de tónico.

Y ahí estaba Ella: más alta de lo que me esperaba, esbelta y con un vestido melocotón recargado y con demasiado botones azabache. Y ahí estaban la boca desdeñosa, el cuello largo, los ojos saltones y la masa de pelo. Llevaba un abanico con lentejuelas también de color melocotón que abrió con un teatral *flup* al ver a los demás invitados. Yo estaba a punto de huir a la cocina cuando Harry me vio y me hizo señas.

—Señorita Goodacre, quisiera presentarle a mi hermana, Calpurnia Virginia Tate. Callie, ella es la señorita Minerva Goodacre.

El abanico melocotón azotó el aire como una polilla gigante. Ella me miró con sus ojos grandes y salidos y dijo, con una risa gorjeante:

—Vaya, Calpurnia, eres una niñita muy dulce. Y con talento, además: te oí tocar en el recital.

A continuación, plegó su abanico y me dio unos golpecitos juguetones con él en la mejilla, un pelín demasiado fuerte. ¿Tendría que sufrir semejante castigo durante toda la noche?

—¿Cómo está, señorita Goodacre? —conseguí articular con voz ronca—. Es un placer conocerla.

—Oh —contestó—, estoy segura de que seremos algo más que conocidas: seguro que enseguida nos haremos amigas. Y ahora, Harry, ¿dónde está ese *très amusant grand-père* del que tanto he oído hablar?

Aaaj, lo dijo en francés. Harry se dirigió hacia el abuelito, que hizo una honda inclinación y le cogió la mano, se la rozó con los bigotes y dijo:

—*Enchanté, mademoiselle.*

Solo le faltó entrechocar los talones. Ella respondió con lo que creo que intentaba ser una risa musical:

—Válgame Dios, caballero, es usted absolutamente encantador.

Y eso fue todo, como suele decirse. A mí me ignoró el resto de la velada. Mientras traía bandejas de esto y vasos de aquello, les seguí la pista a Harry y a ella en su circular por la sala.

Jugaba demasiado con su abanico. Habló de las modas de París y las de Nueva York, y del vestido perfectamente horroroso que se había puesto la esposa del gobernador Culberson para la investidura de su marido en Austin, y desde luego, con el dinero que tenían se podría haber permitido algo mejor, o al menos pedir consejo a una *modiste* con gusto. El gusto era sumadamente importante, *n'est-ce pas*? Y hablando de gusto, ¿alguien se había fijado en el modelito tan soso y espantoso que tal y tal se habían puesto para tal y tal baile...?

Mamá intentó conversar con ella de música, pero la señorita no tenía ni idea. Papá intentó que le diera su opinión sobre la línea telefónica que pronto llegaría a la ciudad, pero tampoco tenía ni idea. Solo sonreía y cuchicheaba y mangoneaba a Harry. Me ponía realmente enferma.

La velada siguió su curso. No sé cómo, resistimos esa cena interminable; luego, para entretenernos, la señorita Brown se sentó al piano y nos tocó su pieza de las fiestas, *El vals del minuto*, en cincuenta y dos segundos según el reloj de bolsillo de papá. Después acompañó a la señorita Goodacre, que cantó *Bébeme solo con los ojos* con una voz que a mí me pareció del todo vulgar, mientras ponía cara de emoción mirando a Harry.

Bébeme solo con los ojos

y yo lo haré con los míos.
O deja un beso dentro de la copa
y no pediré vino.

Durante esta actuación nauseabunda me percaté de que el abuelito la contemplaba como fascinado, con lo que se me cayó el alma a los pies. No le bastaba con conquistar a Harry: tenía que cautivar a todos los hombres que eran importantes para mí.

Entonces Harry cantó *Bella durmiente* mientras la señorita Goodacre lo miraba con ojos de deseo. La odiosa señorita Brown me hizo salir a tocar mi pieza del recital. Con una terrible migraña y una falsa sonrisa emplastada en la cara, logré ofrecer una actuación mediocre. Luego fui a la cocina a pedirle a Viola una pastilla para el dolor de cabeza.

—¿Cómo es? —preguntó esta—. Desde aquí tampoco parece tan guapa. Con lo apuesto y todo que es el señorito Harry.

—Es espantosa, Viola. No sabe hablar más que de vestidos.

—Bueno, es un tema interesante —comentó Viola.

—No si es el único que tienes —dije.

—Eso es verdad. Tampoco es una gran cantante. ¿Cómo lo lleva tu mamá?

—Bien, supongo.

—Estupendo. Toma la pastilla. Y saca estos bombones. Lleva la cuenta.

Regresé a la fiesta y repartí los bombones, manteniéndolos lo más lejos posible de mis hermanos. SanJuanna reunió a los más pequeños para llevarlos a la cama. El reverendo Goodacre debatía con mi padre sobre los caprichos del mercado del algodón. El abuelito acorraló a Harry y a la señorita Goodacre en un rincón y les dio una detallada explicación de las diferencias entre los machos y las hembras de la *Deinacrida* o langosta gigante. La sonrisa de la señorita se fue volviendo más rígida.

—Venga a la biblioteca —la invitó el abuelito—. Tengo un magnífico par de especímenes para demostrarle la diferencia.

La cogió del hombro y se la llevó de la habitación.

—Devuélvanosla pronto —gritó Harry—. No nos prive de su compañía demasiado tiempo. Ja, ja.

Harry irradiaba jovialidad. Me quedé a su lado y le pasé una trufa de chocolate. Deseaba a toda costa que mi hermano me volviera a querer. Con voz débil (yo, la mayor y más gorda mentirosa del mundo), dije:

—Parece muy agradable, Harry.

Las ronchas de mi cuello entraron en erupción; esta vez era la urticaria de la hipocresía.

—Sí —confirmó él—, es una chica estupenda, ¿verdad? Sabía que te caería bien en cuanto tuvieras oportunidad de conocerla. Qué bueno este chocolate. Dame otro.

«Ciego —pensé—, estás ciego.»

En aquel momento, la señorita Goodacre irrumpió en el salón ruborizada y tensa. Muy apurada, se acercó a la señora Goodacre y las dos hablaron en murmullos agitados. La señora Goodacre se volvió hacia la concurrencia y dijo:

—Minerva sufre una fuerte migraña; me temo que debemos llevarla a casa. Cuánto lo siento, es una reunión adorable, pero su madre me la confió para que cuidara de ella. Estoy segura de que se hacen ustedes cargo.

Recogieron sus cosas y se despidieron de forma abrupta mientras el señor Goodacre y Harry preparaban la calesa. Le dieron a mi madre las gracias varias veces, pero no le prometieron volverlo a repetir. Y desaparecieron en la noche.

Harry se puso pensativo.

—Abuelo, ¿ha ido todo bien con la señorita Goodacre en la biblioteca?

—A mí me ha parecido que sí. Ha mostrado cierto interés por las mariposas licénidas. Me hubiera gustado que lo mostrara también por la colección de escarabajos peloteros: al fin y al cabo, son unos ejemplares excelentes. —Se encendió un puro—. En general, hemos tenido una buena charla, diría yo.

Al día siguiente mi madre recibió cartas de agradecimiento entregadas en mano de parte de nuestros invitados, y las dejó en la mesa del comedor para que aprendiéramos una lección sobre buenos modales. Eran notas floridas y efusivas, salvo la de la señorita Goodacre, que, aunque correcta, era tan seca que rayaba la grosería.

Al cabo de dos días, Harry intentó visitarla, pero su tía le informó de que no estaba en casa. Tres días después, la señorita Goodacre regresó a Austin sin previo aviso. Harry lo averiguó cuando volvió a pasar por allí y la doncella de los Goodacre se lo dijo. Vino a casa y se encerró en su habitación.

Mis hermanos mayores especulaban sobre si iban a administrarle aceite de hígado de bacalao. Si no, ¿a qué edad se libraba uno exactamente? ¿Estaría el límite en los dieciséis años? ¿En los catorce? Era un tema de gran interés.

A Harry no le dieron el apestoso aceite. En cambio, recibió una buena dosis de tristeza y confusión cuando sus cartas a la señorita Goodacre le fueron devueltas sin abrir. Se pasó varios días dando tumbos por la casa como si estuviera herido. Daba pena verle. En cuanto a mí, mi tremendo morado fue adoptando un color más desvaído y juré renunciar a mi cargo de entrometida.

Capítulo 8

Microscopio

La corteza terrestre es un vasto museo [...].

Después de nuestro pequeño roce con la sensiblera señorita Goodacre, la casa estuvo un poco descolocada unas cuantas semanas, con Harry lamentándose alicaído. Yo mantuve mi promesa de no meterme más, excepto para escuchar por el ojo de la cerradura cuando el abuelito tuvo una charla con Harry en la biblioteca días después. Algo sobre cómo la ley de la selección natural, que en la naturaleza siempre funcionaba, a veces fracasaba inexplicablemente en el hombre. Mi hermano pareció sentirse algo mejor después de eso, pero tardamos un poco en volver a tener a nuestro Harry de siempre. Me preguntaba si él culpaba en parte al abuelo por enseñarle a la señorita Goodacre sus escarabajos peloteros. Pero si hacía falta tan poco para apartarla de mi hermano, es que no lo merecía.

Me di cuenta de que a mamá le aliviaba que la horrible Goodacre se hubiera esfumado. Su habitual actitud de evasiva formalidad hacia su suegro derivó en algo más cálido, como gratitud o incluso afecto. Le preguntaba por su salud durante la cena y se aseguraba de que tuviera los mejores trozos, aunque no creo que él se percatara.

Harry me perdonó. Después de todo, yo no había podido evitar que tuviera su gran oportunidad con la señorita Goodacre. En la fiesta había mostrado mis mejores modales y no se me podía echar nada en cara. Ocurriera lo que ocurriese esa noche no había sido culpa mía, no le había dado ningún motivo para salir corriendo de la casa. Además, yo era la preferida de Harry desde siempre, su bicho, a la que llevaba a caballito desde pequeña. Y fue un gran alivio ver que volvía a ser todo eso.

El verano seguía adelante. A veces papá le pedía consejo al abuelito sobre un aspecto u otro de la granja o la limpiadora de algodón. A papá le costaba apartar a su padre del estudio del mundo natural y hacer que se centrara en algún tema relacionado con el comercio. El abuelito había fundado el negocio y había triunfado, pero ahora no se le podía molestar. Me parecía raro que mis padres no entendieran cómo el abuelito había podido darle la espalda a su antigua vida. Desde que me contó lo del murciélago, para mí era muy lógico.

—Tampoco me quedan tantos días —dijo al sentarnos juntos en la biblioteca—. ¿Por qué iba a dedicarlos a asuntos como las canalizaciones o las facturas atrasadas? Tengo que ir con cuidado e invertir cada hora con sabiduría. Solo lamento no haber llegado a esta conclusión hasta que alcancé los cincuenta años. Calpurnia, harías bien en adoptar esta actitud a una edad más temprana. Invierte con atención cada una de las horas que te han tocado.

—Sí, señor —dije—. Haré lo que pueda.

No había silla para las visitas, así que me sentaba en

un escabel inclinado, en teoría una silla de montar camellos. No se parecía a ninguna silla que hubiera visto antes, pero olía raro y estaba cubierta de montones de pelitos de color beis similares a los de un chihuahua, así que supongo que era real. Nunca me cansaba de mirar las cosas del abuelito: su catalejo de latón de la guerra; sus cajones anchos y hondos con filas de lagartos, arañas y libélulas disecadas; el reloj de cucú negro y aparatoso que anunciaba los cuartos con voz estrafalaria y resquebrajada... O una insignia azul y mohosa con un grabado empañado que decía: AL GANADO MÁS ENGROSADO, FERIA DE FENTRESS, 1877. Gruesos y apergaminados sobres color crema de la National Geographic Society sellados con cera roja. Una sirena de madera tallada sosteniendo un reposapipas. Y hasta la piel de oso, con su boca abierta. (No sabría decir la cantidad de veces que metí el pie en esa boca.) En la vitrina cerrada con llave del estante encima del libro de oro había ese armadillo tan mal disecado, la peor muestra de taxidermia que yo había visto. ¿Por qué lo guardaba, si todos los demás ejemplares eran lo mejor de cada especie?

—Abuelito —dije—, ¿por qué guarda ese armadillo? Apuesto a que podría comprarse uno mucho mejor.

—Es cierto que podría, pero este es un recuerdo: fue el primer mamífero que rellené yo mismo. Aprendí con un curso por correspondencia, que no te recomiendo. Si te interesa este tema, sugiero que te hagas aprendiz de un maestro. Hay algunas sutilezas de este arte que no se aprenden leyendo un folleto.

—No creo que me interese la taxidermia.

Me puse a toquetear una estantería atestada de fósiles y trozos viejos de hueso.

—Sabia decisión —dijo—: solo el olor basta para desanimar a los principiantes. Debo decir en mi defensa que el siguiente armadillo me salió mucho mejor. Tanto, de hecho, que se lo mandé al gran hombre en persona como prueba de la alta estima en que le tenía.

Yo estaba sopesando un fósil de trilobites y escuchándole a medias. Me fascinaban las ordenadas protuberancias de piedra que antaño habían sido el cuerpo blando de un animal marino.

—Él había hecho un estudio del armadillo sudamericano, por lo que pensé que también debía de tener una muestra del norteamericano. Después de los armadillos, me puse con un lince rojo, y ahora reconozco que fui demasiado ambicioso: los rasgos faciales se me hicieron muy difíciles. Intenté reproducir el gruñido del animal cuando lo estorban en su medio salvaje. Al final, parecía que la pobre criatura tuviera paperas.

¿Cuántos millones de años tendría ese animal petrificado que sostenía en mi mano? ¿Qué antiguos mares habría surcado? Yo nunca había visto el océano; solo podía imaginarme las olas, el viento y el salitre.

—Como agradecimiento, él me mandó la bestia embotellada que hay en ese estante, al lado del armadillo. Es mi posesión más preciada.

—¿Cómo? —dije, y aparté la vista del trilobites.

—La bestia embotellada de esa estantería. —Miré el monstruo del garrafón de vidrio grueso, con sus ojos estrambóticos y múltiples miembros—. Es una *Sepia officinalis* que recogió cerca del cabo de Buena Esperanza.

—¿Quién la recogió?

—Darwin, te estoy hablando del señor Darwin.

—¿En serio? —No podía creerlo—. ¿Se la mandó él?

—Ya lo creo. A lo largo de su vida mantuvo una abundante correspondencia con muchos naturalistas de todo el mundo e intercambió especímenes con varios de nosotros.

—Está de guasa, abuelito.

—Yo nunca hago eso, Calpurnia. Y, por una vez, tu madre y yo estamos de acuerdo en un punto importante: hablar en argot es síntoma de debilidad intelectual y pobreza de vocabulario.

Yo no podía dar crédito. No solo teníamos el libro en casa, sino que también había un monstruo recogido por el mismísimo Darwin. Contemplé esa cosa y traté de dar sentido a sus muchos brazos y patas.

—¿Qué es?

—¿A ti qué te parece que es?

Puse cara de exasperación.

—Parece mamá diciéndome que busque una palabra en el diccionario cuando no sé cómo se escribe.

—Bien. Otro punto de acuerdo.

Me acerqué al tarro e intenté leer la pequeña etiqueta de papel que colgaba de un cordel alrededor del cuello de la botella. La escritura era antigua y estaba desteñida. No pude leerla, pero solo saber que la había escrito el señor Darwin de su puño y letra ya era impresionante.

—¿Puedo sacarla del tarro? Cuesta verla toda apretujada ahí dentro.

—Tiene casi setenta años y se conserva en espíritu de vino. Me temo que si la tocamos, se desintegrará.

Me la quedé mirando. ¿Tierra, mar o aire? Aunque había muchos miembros, parecían de goma y no lo bastante sólidos para soportar peso, así que debía de ser un animal nadador. Mar, entonces. Pero no tenía aletas. ¿Cómo podía nadar sin aletas? Todo un problema. Y tampoco veía branquias. Otro problema. Los ojos eran dos platillos descomunales. ¿Para qué los quería tan grandes? Respuesta: para ver en la oscuridad, por supuesto. Debía de vivir en zonas de poca luz, es decir, es aguas profundas. Dije:

—Es algún tipo de pez y vive en el fondo del océano. Pero no se parece a ningún pez que yo haya visto. No sé cómo se desplaza ni cómo respira.

—De momento, has acertado. Sería injusto esperar que hicieras más conjeturas estando, como tú dices, apretujada ahí dentro. Es una sepia. La familia es Sepiida, y el género, *Sepia*. Se desplaza sorbiendo agua en una cavidad de su manto y expulsándola a través de un sifón muscular. El manto también esconde branquias. Cuando la sorprende un depredador, suelta una nube de tinta oscura para escapar sin ser vista. Su concha interna calcificada se usa como abrasivo. Los propietarios de aves cautivas a veces les dan la cáscara, con la que se afilan los picos.

Aquello me fascinaba. Era un pedazo de historia además de una rareza. Toqué con el dedo el frío cristal.

Más tarde le comenté a Harry lo interesante que era esa bestia embotellada. Sorprendido, alzó la vista del libro que estaba leyendo y preguntó:

—¿Has estado en la biblioteca?

—Sí, me ha invitado el abuelito —contesté.

—Ah, bueno, en ese caso… ¿Te has fijado en el barco de la botella? Yo creo que es lo más interesante de todo, aunque no he tenido oportunidad de echar un buen vistazo a todas sus cosas. Se lo envió el Departamento de Bomberos Voluntarios hace años, cuando él donó dinero y se compraron el coche con bomba. Tengo la esperanza de que me lo deje en su testamento. —Me observó con curiosidad—. Parece que estás pasando mucho tiempo con él.

—A veces.

—¿De qué habláis ese anciano y tú?

Me puse en guardia. Harry no me preocupaba demasiado, pero ¿y si mis otros hermanos descubrían que el abuelito era un tesoro de sucesos extraños y fascinantes sobre las batallas con los indios, los mayores carnívoros o los globos aerostáticos? Nunca volvería a tenerle solo para mí.

—Pues… de cosas —dije, y me puse roja.

Odiaba ocultarle algo a Harry. Volvió a su libro y le di un beso en la mejilla. Él me acarició el pelo con aire ausente:

—Sigues siendo mi bicho, ¿verdad?

—Sí, verdad —declaré.

No se me ocurrió pensar que otros miembros de la familia también notaban que pasaba tiempo con el abuelito, hasta que Jim Bowie me preguntó:

—¿Por qué juegas más con el abuelito que conmigo, Callie?

—Eso no es verdad, J.B. Contigo juego mucho. Además, el abuelito y yo no jugamos. Hacemos ciencia —respondí, presuntuosa.

—¿Y eso qué es?

—Cuando estudias el mundo que tienes alrededor y tratas de descubrir cómo funciona.

—¿Yo también puedo hacerlo?

—Puede, cuando llegues a mi edad.

J.B. pensó un poco y dijo:

—No, no quiero. El abuelito me da miedo, Callie: casi nunca sonríe. Y huele rarísimo. —Era cierto. El abuelito olía a lana, tabaco, naftalina y caramelos de menta. Y, a veces, a whisky. J. B. continuó—: No es muy alegre. Mi amigo Freddy tiene un abuelo alegre. ¿Y dónde está nuestro otro abuelo? ¿No tenemos dos? Freddy tiene dos, ¿por qué nosotros no tenemos dos?

—El otro murió antes de que llegaras tú. Cogió tifus y se murió.

—Oh. —Reflexionó—. ¿Y podemos conseguir otro?

—No, J.B. Primero, él era el padre de mamá, y segundo, cogió el tifus y se murió.

J.B. pareció perplejo ante la idea de que su propia madre también hubiera sido una niña.

—¿Por qué no podemos conseguir uno?

—Es difícil de explicar, J.B. Un día lo entenderás.

—Vale.

Cada vez que le decía eso, en lugar de enfadarse como Sul Ross, siempre lo aceptaba de buena fe. Alzó los brazos pidiendo un beso.

—¿Quién es tu hermana favorita? —le pregunté.

—Tú, Callie Vee. —Soltó una risita.

—Oh, J.B. —Olí su pelo sedoso, vencida por su dulzura.

—¿Qué?

—Nada. Jugaré más a menudo contigo, ¿vale? —lo dije muy en serio.

—Sí.

Pero tuve mucho trabajo que hacer después de ese día concreto en que, mientras flotaba en el río mirando el cielo, me vino como un rayo la teoría sobre los saltamontes o, en el fondo, sobre el mundo en sí. Cuando trepé por la orilla ya me había transformado en una exploradora, y lo primero que descubrí fue a otro miembro de mi curiosa especie que vivía en el extremo opuesto del pasillo. Había un tesoro viviente bajo nuestro techo, y ninguno de mis hermanos podía verlo.

Y

—¿Vienes, Calpurnia? —me llamó el abuelito.

—¡Sí señor, ya voy!

Troté por el pasillo y entré en la biblioteca con una nasa de pescar sobre el hombro. Era una nasa vieja de mimbre que tenía el abuelito y que ya olía muy poco a pescado. Dentro llevaba mi cuaderno, tarros para la recolección, un sándwich de queso, una botella de limonada con un corcho y un cucurucho de pacanas.

—He pensado que hoy usaremos el microscopio —anunció, mientras lo guardaba en su caja y le buscaba un hueco en la mochila—. Es viejo, pero las lentes están bien graduadas y aún se encuentra en buenas condiciones. Espero que en el colegio los tengáis nuevos.

Un microscopio era un objeto raro y valioso y en el colegio no teníamos ninguno. De hecho, habría apostado a que tenía ante mí el único que había entre Austin y San Antonio.

—En el colegio no tenemos, abuelito.

Eso le dio que pensar.

—¿Cómo? De verdad que no entiendo el sistema educativo moderno.

—Ni yo. Tenemos que aprender a coser, tejer y bordar. En conducta, nos hacen caminar por el aula con un libro en la cabeza.

—Yo creo que leer el libro es una forma mucho más efectiva de asimilarlo —dijo el abuelito, y yo me reí. A ver si me acordaba de explicárselo a Lula.

—¿Qué estudiaremos hoy? —quise saber.

—Examinaremos agua de estanque en busca de algas. Van Leeuwenhoek fue el primer hombre que vio lo que tú vas a ver. Era comerciante de lanas, como yo con el algodón. —Sonrió—. Así que ya ves, el aficionado inspirado también tiene cosas que decir. Lo que él vio era inimaginable. Ay, qué bien recuerdo mi primera observación. Fue como atravesar las lentes y penetrar en otro universo. ¿Llevas tu cuaderno? Habrá mucho que registrar.

—Lo llevo.

Fuimos al río. De camino asustamos a una manada de ciervos que salieron en estampida por el sotobosque y desaparecieron en cosa de dos segundos. Esto, por supuesto, hizo que saliera el tema de los ciervos y algo que el abuelito llamó la cadena alimentaria y el lugar de cada animal en el orden natural.

Llegamos a una ensenada poco profunda y sin salida rodeada por una densa franja de maleza musgosa. El aire fresco y el agua estancada olían a barro y putrefacción. Frenéticos renacuajos huían en zigzag de nuestras sombras; otras criaturas de buen tamaño chapoteaban en el agua más arriba de donde estábamos: una nutria, tal vez, o una rata de río. Un par de golondrinas pasaron a toda prisa, acechando a los insectos a unos centímetros del agua.

Dejamos nuestros bártulos y el abuelito cogió el microscopio y montó el cilindro y las lentes, que sacó de sus correspondientes huecos en la caja forrada de terciopelo de imitación. Me enseñó cómo encajaban las piezas.

—Toma, empezarás tú —dijo.

Noté el cilindro de latón frío y pesado en mis manos. Sabía que me estaba confiando algo precioso. Después, colocó la caja sobre una roca plana y equilibró el microscopio encima.

—Ahora —continuó—, elige una gotita de agua.

—¿Cualquiera? —pregunté.

—Cualquiera servirá.

—Es que hay tanto de donde coger…

Sonrió.

—Verás cosas más interesantes cuanto más cerca esté tu muestra de las plantas verdes de río que crecen por aquí.

Me agaché y mojé un dedo en el agua para recoger mi gotita, que luego dejé caer en una de las piezas de cristal. Él me indicó que pusiera la otra encima.

—Ahora ponlo aquí, en la plataforma. Así. Lo complicado es girar este reflector de modo que atrape la luz del sol en su mejor ángulo. Se necesita luz suficiente para iluminar el material, pero no tanta que difumine los detalles.

Moví el reflector y pegué el ojo al cilindro, pensando que algo memorable iba a suceder. Pero lo que vi solo podría describirse como un campo de niebla gris pálido. Fue extremadamente decepcionante.

—Abuelito, aquí no hay nada…

—Coge el botón de enfoque, que está aquí —guio mi mano—, y gíralo despacio alejándolo de ti. No, no apartes la vista. Sigue mirando mientras lo giras. —Era un ejercicio delicado—. ¿Tienes suficiente luz? No olvides el reflector.

Entonces ocurrió. Un universo que bullía y se retorcía con enormes criaturas ondulantes irrumpió ante mis ojos, poniéndome los pelos de punta.

—¡Aj! —grité, y retrocedí y casi tiré el aparato—. ¡Uyyy! —dije, sosteniendo el microscopio. Miré al abuelito.

—Veo que has observado tus primeras criaturas microscópicas —señaló, con una sonrisa—. Platón decía que toda ciencia empieza con el asombro.

—¡Madre mía! —exclamé, y volví a mirar por el ocular.

Algo con muchos pelillos pasó a toda velocidad; otra cosa con una cola como un látigo pasó serpenteando; una esfera con púas, como una maza medieval que daba vueltas, pasó rodando; sombras delicadas y vaporosas como fantasmas revoloteaban entrando y saliendo del campo. Era caótico, era salvaje, era… lo más sorprendente que había visto nunca.

—¿En esto me baño yo? —pregunté, deseando no haberlo sabido—. ¿Qué es todo esto?

—Ya lo averiguaremos. Tal vez puedas dibujar algunos para identificarlos luego en los libros de texto.

—¿Dibujarlos? ¿Con lo rápido que se mueven?

—Desde luego, es un desafío. Toma un lápiz.

Me senté de forma que llegara y miré y dibujé y miré y dibujé lo mejor que pude. Al cabo de un rato, me di cuenta de que algunas criaturas empezaban a reaparecer, lo que me facilitó la tarea de dibujarlas. El abuelito tarareaba Vivaldi y se entretenía por ahí con su red de filtrar. Yo mordisqueé el lápiz y fruncí el ceño ante mi obra, que consistía en formas torpes y blandengues repartidas por la página.

—Lo siento, pero me parece que no son muy buenos —avisé mientras le enseñaba la página al abuelito.

—Desde el punto de vista artístico, tienes toda la razón. Pero lo más importante es que sean representaciones lo bastante fieles como para poder compararlas con los ejemplos del atlas de la biblioteca. Si es así, habrás hecho un trabajo aceptable.

—Puede que sea capaz de distinguirlos —dije—, pero no sé si podré volver a bañarme en el río.

—Todas estas criaturas son completamente inofensivas, Calpurnia, y llevan muchos más eones que tú disfrutando del río. Por otro lado, consuélate pensando que tú te bañas en el río propiamente dicho, y a estos animales no les gusta el agua corriente.

—Está bien —contesté. Aun así…

Los arbustos crujieron y *Áyax*, el perro de papá, llegó brincando, muy satisfecho de habernos encontrado. Seguro que había estado por ahí cortejando a *Matilda*, la perra sabuesa del señor Gates, que emitía un alarido tirolés tan especial que podía oírse por todo el pueblo. Nos saludó a los dos por turnos, pidiendo palmaditas con el hocico, y luego chapoteó en los bajíos y sorbió el agua salobre. Una tortuga del tamaño de un puño se dejó caer de un leño putrefacto y *Áyax* fue torpemente a por ella. Le encantaba jugar a perseguir tortugas y otros animales pequeños de río, pero nunca le había visto cazar de verdad nada acuático. Más que nada, era especialista en aves. En cambio, esta vez me sorprendió hundiendo la cabeza entera y saliendo, sobresaltado, con una tortuga igual de sobresaltada en la boca.

—*Áyax* —lo reñí—, ¿qué estás haciendo? Ya basta, deja eso donde lo has encontrado.

Se acercó haciendo cabriolas, contento consigo mismo, y dejó la tortuga diligentemente a nuestros pies antes de sacudirse el agua y salpicarnos. Se sentó y me miró con expectación.

—Él cree que está haciendo su trabajo —señaló el abuelito—. Será mejor que lo alabes o todo el entrenamiento de tu padre no servirá para nada.

—Oh, *Áyax*. Bueno, muy bien. —Le di una palmada—. ¿Qué vamos a hacer con tu tortuga? Travis ya tiene una en su habitación, y dudo que mamá tolere otra. A lo mejor usted lo puede agarrar por la correa mientras yo la suelto.

—Me iré con él orilla arriba —respondió el abuelito—. Es mejor que no vea que la sueltas, o pondrá en duda el propósito de su trabajo y quizá se desanime.

Se llevó a *Áyax* y, cuando ya no se les veía, inspeccioné a la tortuga. ¿Por qué se había dejado capturar por un animal de tierra tan grande y bobo? ¿Era vieja? ¿Estaba enferma? A primera vista no había nada raro en ella. Tenía el mismo aspecto que todas las tortugas de río. A lo mejor era tonta y nada más. A lo mejor valía más que muriera y así no produciría más generaciones de tortuguitas tontas. Pero era demasiado tarde: yo había interferido y eso me hacía responsable de su bienestar. Al tiempo que me preguntaba si, a mi manera, estaba favoreciendo la supervivencia de los peor preparados, la metí en el agua, donde desapareció en un abrir y cerrar de ojos.

—¡Vale —grité—, ya puede soltarlo! —Subí por la orilla tras ellos y *Áyax* me recibió en lo alto del terraplén—. No está, ¿lo ves? —le dije, y le enseñé mis manos vacías. Juro que me entendió, porque dejó caer las orejas y se alejó de mí—. No está, *Áyax*, lo siento. Sé un buen perro y ven aquí. Buen chico. Eres muy buen chico.

Le acaricié el pelaje y le aporreé los costados tal como le gustaba, aunque sabía que las manos me olerían a perro mojado durante el resto del día. Esto lo alegró un poco, y me perdonó lo bastante como para andar conmigo mientras alcanzábamos al abuelito. Por el camino, *Áyax* encontró la mayor madriguera que yo había visto en mucho tiempo. Parecía y olía como un hoyo de tejón, y los tejones eran cada vez menos habituales en nuestro rincón del mundo. *Áyax* se divirtió hundiendo el hocico dentro y olisqueando excitado.

—¿Qué hay ahí? —le grité al abuelito, que observaba con interés una planta pequeña y poco interesante—. Vamos, *Áyax*.

Le tiré del collar para que no perdiera la nariz por un ataque del irritable inquilino de esa madriguera.

—Una algarroba —contestó el abuelito—. Parece una especie vellosa, pero tal vez sea mutante. Mira, tiene esta hoja subordinada tan rara en el pie. —Arrancó de un pellizco unos cinco centímetros de tallo y me lo dio—. Nos guardaremos esto.

Era una planta aburrida, pero la puse en un tarro y escribí: «Algarroba vellosa (*¿muntante?*)» en la etiqueta. Después me dijo:

—También he visto por aquí una oruga tigre. ¿Has criado alguna?

Alzó una ramita en la que se retorcía la oruga más gorda y peluda que yo había visto, de un par de pulgadas de largo (o, para ser más correctos, cinco centímetros: el abuelito me había explicado que los científicos de verdad usaban el sistema métrico decimal, que pronto iba a extenderse por Norteamérica). La oruga estaba cubierta de un denso pelaje que parecía tan afelpado y agradable como el pelo de un gato, pero yo sabía que no había que acariciarla: toda mi vida me habían dicho que las orugas tigre pican un horror. Aunque no sabía si un horror muy grande o un horror muy pequeño.

—¿De qué clase es? —quise saber.

—No estoy seguro de la especie —contestó él—. Hay varias que se parecen a primera vista, y no puedes saber cuál tienes hasta que emerge como imago alado.

—¿Y pica mucho?

—Supongo que si lo tocas lo sabrás. Lo que nos lleva a una cuestión interesante: ¿hasta dónde quieres llegar en nombre de la ciencia? Esto es algo en lo que debes reflexionar.

Bueno, tal vez. O quizá podía darle un penique a uno

de los pequeños a cambio de que la tocara, pero entonces pensé en el precio que tendría que pagar luego, con mamá. Definitivamente, no valía la pena.

—Llevémosla a casa y la criaré —dije—. Creo que la llamaré *Petey*.

—Calpurnia, descubrirás que es mala idea poner nombres a tus objetos de experimento.

—¿Por qué? —pregunté, mientras dejaba caer a *Petey* y su ramita en el mayor tarro de conservas que teníamos, de un litro de capacidad, con la tapa agujereada.

—Tiende a anular la objetividad de la observación.

—No estoy segura de lo que significa eso, abuelito.

Pero él ya estaba absorto con unas huellas de animales.

—Un zorro, me parece —murmuró—. Con un par de cachorros, por lo visto. Es alentador: creía que los coyotes habían acabado con todos.

Al llegar a casa supimos que Sam Houston y Lamar habían traído un sorprendente siluro que pesaba veinte kilos en la balanza de la limpiadora. Rodeaban su boca inmensa y fruncida unos barbillones gruesos como lápices; daba miedo. Ni los mayores ejemplares de esos peces se resistían demasiado al anzuelo, así que para mis hermanos no contaban como trofeos. El reto principal era sacarlos del río a peso y llevarlos a casa sin tocar las púas venenosas de las aletas.

Esa noche cenamos unos buenos pedazos rebozados en harina de maíz y fritos, y en su carne aún se notaba el sabor soterrado del barro, que no parecía molestarle a nadie más. Yo no quería comérmelo. Ni siquiera quería verlo. Era tan grande como J.B. Lo que quiero decir que ese bicho tenía un tamaño… Era lo bastante grande como para llevarse mi pierna de un bocado, y yo bañándome en el río cada día. Me lo imaginé agarrándome y arrastrándome al fondo, reteniéndome allí demasiado rato, o tal vez el rato suficiente, según se mirase desde mi perspectiva o la del pez. Mi familia me encontraría más tarde, con el pelo flotando a mi alrededor como la trágica Ofelia. O a lo mejor no encontrarían fragmentos del tamaño mínimo para justificar el coste de un funeral; tal vez solo encontrarían mi camisola. ¿Quién iba a encargar un ataúd y una ceremonia para una simple camisola? Seguramente nadie. ¿Y para un miembro? ¿Acaso el brazo del general Jackson no había tenido un funeral completo? ¿Y una cabeza? Supuse que una cabeza serviría.

Después de eso, decidí que ya había reflexionado lo bastante en el asunto e hice lo que pude para dejar de pensar en ello. Aun así, durante meses, cada vez que entraba en el río, pensaba en ese Leviatán en un extremo de la balanza aguardando para mutilarme, y en las pululantes criaturas microscópicas en el otro extremo, esperando para hacer su aparición. Era una lástima, pero a veces un poco de conocimiento podía estropearte el día, o al menos quitarle un poco de su esplendor.

Capítulo 9

Petey

Se sabe que hay particularidades del gusano de seda que han aparecido en la correspondiente fase de oruga o capullo.

$\mathcal{A}$ medida que el verano avanzaba, dedicaba cada vez más tiempo a estudiar ciencia y menos a practicar piano. Esto resultó poco práctico a largo plazo, pues por cada práctica que me saltaba tenía que recuperar el tiempo perdido y compensarlo con media hora extra. El sábado, después de tocar dos horas enteras (¡!) me escapé con mi cuaderno y llamé a la puerta de la biblioteca.

—Adelante, si no hay más remedio —gritó el abuelito. Estaba examinando unas láminas del *Atlas de la vida microscópica de estanque*—. ¿Ya has terminado con tus obligaciones culturales de hoy? —me preguntó sin alzar la vista, y comprendí que, con los montantes abiertos, sin duda me había oído aporrear el piano en el salón, al otro extremo del pasillo—. A mí me gusta la *Música acuática*. Espero que no te canses tanto de estudiar que lo dejes de lado para el resto de tu vida. Es el gran peligro de practicar demasiado con el piano. Espero que Margaret lo entienda.

—Mamá dice que mañana puedo volver a hacer media hora. ¡Oh! —exclamé, al ver las láminas por encima de su hombro—. Es lo que yo dibujé, ¿verdad? —Abrí mi cuaderno por la página de las ilustraciones que hice de las criaturas microscópicas del río. Mi maza medieval se parecía a la del libro—. «*Volvox*» —leí—. Es un *Volvox*. ¿Se dice así?

—Correcto. Una clase muy satisfactoria; confieso que siento debilidad por ella entre todos los Chlorophyta.

—Mire —dije—, aquí hay otro.

Mis dibujos eran buenos. Me sentí satisfecha de mí misma.

—Sigue y cataloga cada uno de ellos en tu libro —indicó el abuelito—, y apunta la página del atlas para que puedas volver a encontrarlo.

Me decidí por la tinta en vez del lápiz, lo que me hacía poner más nerviosa, aunque al final solo hice un borrón pequeñísimo. Entonces pregunté:

—Abuelito, ¿con qué alimento a *Petey*?

—¿Quién?

—*Petey*, la oruga.

—Calpurnia, ¿he de darte la respuesta masticada como si fueras un bebé? Seguro que puedes averiguarlo tú sola. Piensa en ello: ¿recuerdas dónde la encontramos? ¿En qué tipo de árbol estaba viviendo?

—Ah —dije, y salí en busca de la misma clase de hojas de las que sacamos a *Petey*.

Tenía sentido: las orugas se dedican básicamente a comer, así que no sería natural encontrarlo holgazaneando en algo que no le gustara. *Petey* se enroscó en forma de coma peluda cuando metí las hojas en su tarro. Sustituí su flaca ramita por otra más grande y con formas, para que hiciera ejercicio y se divirtiera si tenía necesidad. Coloqué su tarro en mi tocador, entre el nido de colibrí y un cuenco con renacuajos que estaba estudiando. Aquello empezaba a estar abarrotado. Media hora después, cuando volví a mirar, *Petey* estaba masticando su follaje y parecía bastante contento, aunque uno nunca puede estar seguro cuando se trata de una oruga.

Volví a observarlo media hora más tarde: estaba inmóvil, tendido cuan largo era sobre su rama. Parecía dormido. Al menos, esperaba que solo fuera eso. Miré a ver si tenía ojos y si estaban cerrados. Sus dos extremos tenían el mismo aspecto, pero al inspeccionarlo con una lupa encontré dos puntos negros y brillantes hundidos en el pelo, en una punta. Debían de ser sus ojos, ¿no? Por lo visto, no tenía párpados. Pregunta para el cuaderno: ¿por qué las orugas no tienen párpados? Uno pensaría que les hacen falta, pasándose todo el día al sol como hacen.

Travis lo inspeccionó a la mañana siguiente y sacó un tema curioso que yo no había tenido en cuenta:

—¿Por qué le has puesto *Petey*? ¿Cómo sabes que es chico? —dijo.

—Pues no lo sé —reconocí—. A lo mejor lo averiguamos cuando salga del capullo. Tampoco sé qué clase de mariposa va a ser.

Más preguntas para el cuaderno: ¿Tienen machos y hembras las orugas? ¿O se convierten en machos o hembras mientras duermen en sus capullos? El abuelito me había hablado de la avispa, que podía optar por ser macho o hembra en su fase larvaria. Una idea interesante. Me preguntaba por qué los niños humanos no tienen esta opción en su fase de larvas, pongamos hasta los cinco años.

Con todo lo que había visto de las vidas de chicos y chicas, yo elegiría ser una larva chico, seguro.

A mamá le desagradaba la presencia de *Petey*, pero lo toleraba porque al final se convertiría en algo hermoso. Mamá anhelaba belleza en su vida. Colaboraba con la Orquesta de Cámara de Lockhart y una vez al año nos llevaba a todos al ballet en Austin. Tardábamos todo el día en llegar en tren y pasábamos la noche en el hotel Driskill, donde tomábamos batido con helado en la fuente y el té de la tarde en la sala de cristal.

Todos los meses, mamá devoraba las revistas que le llegaban por correo (*El magacín femenino* y *McCall's*). De ellas sacaba ideas para diseñar, cortar y coser flores con las que después adornaba la sala. Aunque en primavera tenía campos llenos de flores silvestres, a esas no les hacía caso. A veces yo recogía unas cuantas y las ponía en una jarra al lado de mi cama. Eran bonitas, pero solo duraban uno o dos días. Luego, más que ponerse mustias, desaparecían. Y te quedabas con una jarra llena de agua maloliente.

A *Petey* le traía sin cuidado el mundo a su alrededor; de hecho, le traía sin cuidado todo excepto los fajos de hojas que le llevaba. Comía y dormía, comía y dormía, y entre una cosa y otra expulsaba diminutas y compactas bolas verdes por su extremo posterior. Esto implicaba dedicar parte del día a limpiar sus dependencias. Yo no había contado con ello y enseguida me cansé, pero me decía a mí misma que todo valdría la pena cuando *Petey* se convirtiera en una espléndida mariposa. Se estaba poniendo increíblemente gordo, igual que una salchicha. Un día le llevé un tipo equivocado de planta y se enfurruñó y no se la comió. A punto estuve de deshacerme de él por todos los problemas que me daba. Además, no era una mascota muy entretenida. Cuando se lo comenté al abuelito, me reprendió diciendo:

—Recuerda, Calpurnia, que *Petey* no es tu mascota. Es una criatura del orden natural de las cosas. Aunque es más fácil encontrar interesantes a los animales de órdenes superiores, y yo mismo debo confesarme culpable de esta debilidad, eso no significa que podamos dejar de lado el estudio de los inferiores. Hacerlo indicaría falta de determinación y una erudición muy superficial.

Así que, en nombre de la Ciencia, estuve limpiando cacas de oruga. Entonces *Petey* dejó de alimentarse sin motivo aparente. Comprobé su forraje y era de la clase correcta, pero no le interesaba. Pensé: «Oruga malcriada y cascarrabias, debería arrojarte al césped. Ya verás cuando te encuentres con un pájaro: entonces sabrás lo que es bueno, señorito».

Para mi sorpresa, cuando me desperté a la mañana siguiente vi que tenía su capullo muy avanzado. Así que a fin de cuentas no había estado de morros, sino que descansaba y se preparaba para su tarea. Qué cerca había estado de tirar a una oruga inocente.

Se pasó el día echando chorros de hilo fino y gris por su extremo frontal, creo, y muy ocupado enredándose por aquí y por allá, creando un desordenado capullo con trocitos de hilo que asomaban de vez en cuando. Parecía un trabajo chapucero. *Petey* no tejía mejor que yo, y eso me despertaba cierta simpatía. Poco a poco se encerró en su cápsula como una oruga de Edgar Allan Poe.

—Buenas noches, *Petey*. Que duermas bien —me despedí.

Él se removió y se instaló de forma definitiva en su

cárcel autofabricada. El capullo permaneció inmóvil dos semanas enteras, mientras *Petey* llevaba a cabo la lenta y mágica empresa de transformar su cuerpo durante el sueño. Aquello era algo maravilloso y misterioso, pero también un poco desagradable si lo pensabas muy bien. Me hacía pensar en la vida y en la muerte.

Yo nunca había visto a una persona muerta. Lo más parecido era un daguerrotipo que había en la biblioteca y que mostraba a mi tío Crawford Steele, muerto a los tres años de difteria, envuelto en encaje blanco. Se veía algo de blanco en sus ojos hundidos, por lo que sabías que no es que estuviera dormido, sino que algo no iba bien. Fui a preguntarle a Harry:

—Harry, ¿has visto a un muerto alguna vez?

—¿Por qué lo preguntas? —replicó.

—Por saberlo.

—¿Cómo es que sales con estas cosas? A veces me asustas.

—¿Que yo te asusto? —La idea de asustar al mayor y más fuerte de mis hermanos me dio risa—. Es que pienso en *Petey* cambiando su cuerpo y eso me hace pensar en las cosas vivas, lo que me hace pensar en las cosas muertas. Cuando haya otro funeral en el pueblo, ¿me llevarás?

—Callie Vee…

—No es nada asqueroso. Es interés científico. A mí me parece que Backy Medlin ya está muy decrépito. ¿Cuántos años dirías que tiene?

—¿Por qué no sales a la calle y le inspeccionas la dentadura?

—Muy bueno, Harry, pero no creo que la tenga a estas alturas. ¿Piensas que se irá pronto?

Yo pasaba por delante de Backy Medlin cada día, al ir y al volver de la escuela. Se sentaba con los demás viejales en la galería de la limpiadora y todos se mecían y se escupían y se interrumpían mientras contaban historias de la guerra, y se sujetaban el brazo unos a otros para decir que no, que aquello no había ocurrido así, sino así, etcétera. (Backy venía de «tabaco», y este hombre debía su nombre a las cantidades prodigiosas que tomaba de tabaco de mascar y a su mala puntería con la escupidera. Escupía con frecuencia, al tuntún y con todas sus fuerzas, así que había que andarse con mucho cuidado por la repugnante lluvia de color marrón que caía constantemente a su alrededor.) Ya nadie prestaba la menor atención a esos ancianos. A veces hasta se cansaban de cotorrear y se dedicaban al dominó; jugaban con unas viejas fichas talladas, cuyos puntos estaban tan gastados después de un millón de manos que casi eran indescifrables. Las fichas emitían un sonido agradable y de vez en cuando alguno de los viejos exclamaba: «¡Ja!», y entonces sabías que había hecho una jugada magistral.

—¿Qué, me llevarás al funeral de Backy? —insistí.

—De verdad, Callie, que no me resulta un tema agradable —me dijo.

—No es que desee que se muera; solo tengo curiosidad. El abuelito dice que una mente curiosa es un per... perc...

—¿Prerrequisito?

—Sí, eso, para la comprensión científica del universo.

—Bien. ¿Pero ya has terminado tus prácticas de piano? Mañana viene la señorita Brown.

—Ya pareces mamá. No, aún no he practicado, y sí, lo haré. Harry, ¿cuántos años nos quedan de clases? Yo empiezo a cansarme, ¿tú no? ¿Por qué no lo hacen los demás? Yo tengo cosas mejores que hacer.

—Querrás decir que el abuelo y tú tenéis cosas mejores que hacer.

—Bueno, sí.

—Ya te pregunté una vez y no me contestaste: ¿de qué hablas con él?

—Caramba, Harry, hay muchas cosas de qué hablar. De bichos y serpientes, gatos y coyotes, de árboles y mariposas y colibríes, de nubes, del clima y del viento... Están los osos y las nutrias, aunque cada vez es más difícil encontrarlos por aquí. Están los barcos balleneros, o...

—Está bien.

—Los Mares del Sur y el Gran Cañón. Los planetas y las estrellas.

—Que sí, que sí.

—Los principios de la destilación... Ya sabes que intenta convertir pacanas en licor, ¿no? No le va muy bien, pero no le digas que te lo he dicho, ¿vale?

—Claro —respondió Harry.

—Están las leyes de Newton, los prismas y los microscopios, el...

—He dicho que vale.

—La gravedad, la fricción, las lentes, los prismas...

—Ya me hago una idea.

—La cadena alimentaria, el ciclo de la lluvia, el orden natural... Harry, ¿adónde vas? Hay renacuajos y sapos, lagartos y ranas... No te vayas. Hay unas cosas que se llaman microbios, los gérmenes, ya sabes. Los he visto por el microscopio. Las mariposas y las orugas, lo que nos lleva a *Petey*, no nos olvidemos de él. ¿Harry?

Por la mañana me despertó un ruidito de «cric-crac» como el que hace un ratón en la pared, solo que venía del tarro de *Petey*. Estaba demasiado oscuro para ver, por lo que descorrí la cortina y puse el tarro en la repisa de la ventana. Su capullo cabeceaba de aquí para allá. A medida que la habitación se iba iluminando, se sacudió y mordisqueó y, o no vio mi cara pegada a su tarro, o le dio igual. Al fin hizo un buen agujero en un extremo del capullo y lo que antes había sido *Petey* asomó despacio con un poderoso esfuerzo.

Y ahí, en vez de la criatura preciosa y brillante que me había imaginado, se agazapaba una mariposa de aspecto raro y cuerpo grueso con unas alas húmedas y plegadísimas. Se sacudió para intentar estirarse. También pude ver que ya no era *Petey*. Tendría que buscarle otro nombre, algo que reflejara su tan esperado esplendor, algo como… *Flor*, ya que vivía de néctar, o tal vez *Zafiro*, o *Rubí*, según el color final de sus alas. La dejé a lo suyo y bajé a desayunar. Ya en la mesa, anuncié:

—*Petey* ha salido del cascarón. Ahora se está secando las alas.

—Oh, qué maravilla —exclamó mamá—. ¿De qué color es?

—Todavía no lo sé, mamá. Aún está todo arrugado. Pero desde luego, necesita un nuevo nombre ahora que ya no es *Petey* la Oruga.

—Niños —dijo mamá—, ¿alguna sugerencia?

Sul Ross, el de siete años, declaró:

—Tendríamos que llamarlo… tendríamos que llamarlo… —buscó la palabra—… *Mariposa*.

—Es muy bonito, cielo —opinó mamá.

—O *Bella* —propuso Harry—, por su belleza.

—Muy bonito, Harry. ¿Más sugerencias?

—Tal vez prefiráis esperar a ver qué aspecto tiene primero —propuso el abuelito.

Me pareció una intervención curiosa, pero si alguien conocía a las mariposas ese era el abuelito, así que supuse que lo que decía respondía a algún motivo.

—Sí —convine—, veamos cómo es antes de bautizarlo, aunque *Bella* es buena idea. —Como Sul Ross pareció alicaído, añadí—: Y *Mariposa* también, Sully. A lo mejor lo llamo *Bella la Mariposa*.

—¿Es él o ella, Callie? —preguntó Travis.

—Ni idea —repuse, y ataqué las tortas.

—Haced el favor de no hablar con la boca llena —dijo mamá.

Después del desayuno corrí a mi habitación, con mis tres hermanos pequeños pisándome los talones mientras discutían qué nombre poner a nuestro nuevo protegido. Y ahí, en toda su gloria, estaba *Petey*, o *Bella*, extendido en su ramita con las enormes alas llenando el tarro. Era inmenso, era pálido, era peludo por todas partes... Era la polilla más grande del mundo.

—Pues es una mariposa muy graciosa —dijo Sul Ross—. ¿Qué tiene de malo?

—No es una mariposa, Sully —replicó Travis—: es una polilla. Callie, ¿tú sabías que sería una polilla?

—Pues... —dije, desconcertada ante su tamaño— la verdad es que no.

—Caramba, nunca había visto una tan gorda —contestó Travis.

—Ni yo. Es un poco asquerosa —opinó Sul Ross—. ¿No creéis?

—Mmmm...

Realmente era un poco asquerosa, pero yo no lo habría reconocido jamás. No tenía ni idea de que las polillas pudieran alcanzar esas dimensiones. Y esa solo acababa de nacer.

—¿Qué vas a hacer con ella? —quiso saber Travis.

—La estudiaré, por supuesto —dije, preguntándome qué narices iba a hacer con ese monstruo.

—Ah, vale. ¿Y qué vas a estudiar?

—Pues su... pues los hábitos alimenticios y cosas así. Los hábitos de apareamiento. Eso, sí: el territorio, la envergadura y esas cosas.

—¿Tendrás que tocarla? —preguntó Sul Ross—. A mí no me gustaría tener que tocarla.

—Puede que aún no. Es una recién nacida, necesita tiempo para acostumbrarse a las cosas.

—Será mejor que busques pronto un tarro más grande, Callie, o este va a reventar.

—No creo que crezca más. —Era imposible.

—Igual tienes que dejarle volar por tu habitación —propuso Travis.

Ni en broma.

—Aaaaaj —exclamó Sul Ross, y dio un paso atrás—. Tengo que irme.

—Y yo, es hora de ir al colegio. —Travis también se marchó.

—¡Eh! —los llamé—. Volved. ¡No voy a soltarla!

¿Y ahora qué? *Petey* o *Bella* o lo que fuera eso revoloteaba en su tarro con un ruido seco, ominoso y morboso. Me preparé para el colegio intentando no mirarlo y estremeciéndome cada vez que se agitaba. Me daba cuenta de que tendría que soltarlo, pero no quería pensar en ello; pasé casi todas las horas de clase procurando no hacerlo.

Cuando llegué a casa, me demoré en el piso de abajo e hice unas prácticas extra de piano, tras lo cual mamá me ordenó que subiera a cambiarme el delantal. Me arrastré hasta mi cuarto y sufrí un espasmo repentino de ansiedad al poner la mano en el picaporte: ¿y si había salido?

¿Apreté bien la tapa después de abrirla la última vez? ¿Y si volaba suelto por la habitación? Pero me sobrepuse: «Calpurnia Virginia Tate, no seas ridícula. ¿Eres una científica o no? Solo es una polilla».

Muy bien. Lo hice. Me asomé por la puerta y ahí estaba, encogido en su tarro, demasiado grande hasta para darse la vuelta. Al agitarse batía las alas contra el cristal.

—*Petey* —dije—. ¿Qué voy a hacer contigo? Necesito averiguar de qué especie eres. Y tengo que encontrarte una casa mayor.

Cogí de mi estante la *Taxonomía del mundo de los insectos* del abuelito y busqué el orden de los lepidópteros. Por su color y su tamaño absurdo, debía de ser algún tipo de Saturniidae. Distinguir entre las dos opciones más probables significaba examinar las alas del espécimen extendidas, pero en el tarro no había espacio suficiente. No había nada que hacer: o le buscaba una casa mayor o lo soltaba. Lo observé durante un rato. No era tan feo una vez te acostumbrabas a su tamaño estrafalario. Tenía unas lindas antenas como plumas. Yo lo había llevado a esa situación: estaba atrapado en un tarro por mi causa; ahora no podía hacer como si no existiera.

—Está bien, *Petey*, le haremos una visita al abuelito a ver qué nos dice.

Cogí el tarro con los brazos extendidos y mientras bajé con él las escaleras no dejó de vibrar. En el recibidor me crucé con Harry, que echó un vistazo a *Petey* y dijo:

—Santo Dios, ¿eso es tu mariposa? Parece un albatros.

—Ja, ja —repliqué.

—¿Sabías que se convertiría en esto?

—Claro que sí —dije, como si nada.

Harry me miró y dijo:

—Déjame verlo. Está hecho un campeón, ¿eh? Si las polillas participaran en la Feria de Fentress, ganarías de calle.

Una idea interesante. Junto a las clasificaciones de cerdos y las confituras caseras, una categoría para las polillas. Lo que me llevó de forma natural a acordarme de la competición de mascotas infantiles de la feria. Los críos llegaban con sus gatos y perros y periquitos: un puñado de mascotas normales y aburridas. ¿Por qué no algo más interesante, como por ejemplo una polilla gigante?

—Oye, Harry, ¿crees que podría meter a *Petey* en la muestra de mascotas?

—No es una gran mascota, Callie Vee —respondió él, riéndose.

—¿Y qué? Dovie Medlin se presentó el año pasado con su pez naranja, *Burbujas*, que tampoco era una gran mascota. No tienen que hacer trucos ni nada, solo deben estar ahí y los jueces pasan a mirarlos. Seguro que él conseguiría puntos extra por ser diferente, ¿no te parece?

—Supongo, pero faltan meses —dijo—. ¿Cómo piensas mantenerlo vivo? No puedes guardarlo en ese tarro.

—Claro que no. Intento pensar en algún sitio para él. ¿Cuánto viven las polillas, por cierto?

—No lo sé, la naturalista eres tú —me contestó—. Supongo que unas cuantas semanas.

Mamá salió de la cocina y se detuvo de golpe, contemplando el tarro de *Petey* sin podérselo creer.

—¿Qué es esa cosa que llevas ahí, Calpurnia? —preguntó, alzando la voz.

Yo suspiré.

—Es *Petey*, mamá. O puedes llamarlo *Bella*, si lo prefieres —añadí con falsa alegría, como si un nombre bonito pudiera cubrir de algún modo su fealdad.

Cuando *Petey* se tensó bruscamente, mi madre dio un paso atrás. No podía apartar la vista de él.

—¿Qué le ha pasado a tu… bonita mariposa?

—Que resulta que era más bien una polilla, ya ves —respondí, y sostuve el tarro para mostrárselo. Ella retrocedió otro paso.

—Quiero que saques esto de aquí. ¡Una polilla, por el amor de Dios! ¡Imagínate lo que haría algo de ese tamaño con las prendas de lana!

Me había olvidado de que ella y SanJuanna tenían declarada una guerra permanente a las hordas de pequeñas polillas que intentaban apropiarse de nuestras mantas y ropa de invierno, y de que sus armas insignificantes, como las virutas de cedro o el aceite de lavanda, no eran rival para el impulso continuo de la naturaleza.

—Este no come lana, mamá —le contesté—. Al menos, eso creo. Puede que solo coma néctar o que no coma nada de nada, depende de la especie. Algunas no se alimentan en toda su fase adulta. Aún no lo he averiguado.

Mamá alzó las manos.

—No sueltes esa cosa por aquí bajo ninguna circunstancia. La quiero fuera de la casa. ¿Me has oído?

—Sí, mamá.

Se llevó una mano a la sien, dio media vuelta y subió las escaleras. Harry comentó:

—Qué pena: me hubiera gustado verlo en la muestra de mascotas. ¡Pasen, amigos, vengan a ver a Calpurnia Virginia Tate y su polilla gigantesca!

—Muy gracioso. Vale, tendré que soltarlo, pero antes se lo he de enseñar al abuelito.

Fui a buscarlo a la biblioteca, pero no estaba allí. Podía salir por la puerta principal y dar un largo rodeo hasta el laboratorio posterior o bien atajar por la cocina y enfrentarme a más caras de asco y más explicaciones. Me metí el tarro debajo del brazo y pasé por la cocina. Viola me lanzó una mirada y dijo:

—¿Qué llevas ahí?

—Oh, nada —contesté mientras salía deprisa por la puerta de atrás.

Petey se agitó en su tarro. Deseé que se estuviera quieto. Me había acostumbrado a su aspecto, pero ese ruido... tenía algo de sombrío y primigenio. Me ponía los pelos del brazo de punta.

Encontré al abuelito encorvado sobre su libro de registros.

—Hola, abuelito, mire lo que tengo. —Le enseñé el tarro.

—Vaya, vaya, sin duda se trata de un espécimen notable. Nunca he visto uno de estas proporciones. ¿Has identificado la familia?

—Diría que es un Saturniidae, o un Sphingidae, tal vez —dije, orgullosa de mi pronunciación.

—¿Qué piensas hacer con él?

—Pensaba inscribirlo en la muestra de mascotas de la feria, pero Harry no cree que vaya a vivir tanto, y usted siempre me dice que no es una mascota. Y mamá lo quiere fuera de casa. O sea que a lo mejor puedo matarlo y quedármelo para mi colección. O lo puedo soltar.

El abuelito me miró. Ambos miramos a *Petey*, embutido en su tarro.

—Es un bello ejemplar —opinó el abuelito—. Puede que no vuelvas a ver otro igual.

—Lo sé. —Fruncí el ceño—. Ya me avisó de que no le pusiera nombre. Pero yo lo he criado hasta ahora. Me parece que no puedo matarlo.

Υ

Al ponerse el sol, cuando nos reunimos en el césped a esperar la primera luciérnaga, mis hermanos se quedaron en el porche mientras yo ponía el tarro de *Petey* en el suelo. El abuelito me observaba desde una mecedora y tomaba sorbos de *bourbon* de una botella. Destapé el tarro y retrocedí.

Durante un minuto, *Petey* se quedó acurrucado sin moverse. Luego se arrastró hasta el borde del tarro y emergió de su capullo de cristal. Mientras se tambaleaba sobre la hierba, *Áyax* llegó trotando por un lado de la casa. *Petey* extendió sus alas de par en par. Un poco tarde, vi por el rabillo de ojo que el perro venía a la carga con las orejas al viento, emocionado ante la perspectiva de algo nuevo que perseguir. *Petey* palpitó débilmente en el aire y se posó medio metro más allá para descansar, con *Áyax* acercándose deprisa. Ese perro iba a zamparse a mi mejor espécimen, a mi proyecto de ciencia, a mi *Petey*. La furia se desató en mí. ¡Estúpido animal! Corrí hacia él y grité «¡*Áyax*!» tan fuerte, que yo misma me asusté. ¿Quién hubiera dicho que tenía tan mal genio? Las palomas de los árboles echaron a volar y *Áyax* vaciló. Quise agarrarle del collar, pero él saltó de lado creyendo que se trataba de un nuevo juego. Volvió a lanzarse y *Petey* se volvió a elevar, esta vez a la altura del pecho, y revoloteó como una torpe gallina probando sus alas.

—¡No! —chillé.

Esta vez *Áyax* reconoció la palabra. Atónito, me miró con *Petey* entre sus garras delanteras. Se lo decía en broma, ¿no? Su trabajo era cazar cosas voladoras, ¿no? Yo ya estaba corriendo hacia el perro cuando *Petey*, con un poderoso esfuerzo, se lanzó al aire y en medio segundo pasó de ser un desgarbado morador de los suelos a ser otra cosa, una criatura del viento, un ciudadano del aire.

Lo observé asombrada. Parecía que *Petey* hubiera volado toda su vida. *Áyax* se enfurruñó y tiró de su collar, y yo lo solté: ya nadie podría pillar a esa polilla.

—¡Uau! —exclamaron mis hermanos.

—Bien hecho, Callie.

—Creí que esa polilla ya estaba muerta.

El abuelito alzó sus gafas a modo de saludo mientras *Petey* desaparecía en la maleza.

Aquella noche me quedé sentada en el porche principal mientras oscurecía, aplazando cuanto pudiera el momento de acostarme, hasta que ya solo veía el lirio blanco más cercano en el camino de entrada. Brillaba en la oscuridad como una pálida estrella en miniatura que hubiera caído a la tierra. Fue entonces cuando algo pasó zumbando a mi lado para ir directo hacia los lirios, donde montó un jaleo revolcándose en una flor tras otra. Sonaba como un colibrí, pero no podía verlo. ¿Los colibríes volaban de noche? ¿Sería un murciélago comedor de néctar? No lo sabía, y aunque nunca podría estar segura, decidí que tenía que ser *Petey*. Al menos, eso me dije. Prefería un final feliz.

Capítulo 10

Lula arma un lío aunque no es su intención

El tordo rupestre de Guyana, el ave del paraíso y algunas otras se congregan, y los machos exhiben sucesivamente su magnífico plumaje y ejecutan curiosas gracias ante las hembras, que permanecen como espectadoras y al final eligen al compañero más atractivo.

A mi amiga Lula Gates le llevó mucho tiempo olvidar la ignominia de ponerse mala en público en el recital de piano. Se pasó semanas sin poder hablar de otra cosa. Yo ya me estaba cansando y le dije que podía haber sido peor, que una vez al maestro Frédéric Chopin le había pasado lo mismo en una actuación para el rey y la reina de Prusia.

—¿De verdad? —dijo Lula, animada por fin.

No. Me lo acababa de inventar. Pero hizo que se sintiera mejor y, por lo tanto, que se callara de una vez.

Supongo que Lula era guapa, aunque en esa época yo no era consciente de ello. Hebras de plata y miel se entrelazaban en su larga trenza rubia, que le caía por la espalda y oscilaba con vida propia cuando tocaba una pieza vigorosa al piano. Tenía los ojos de un curioso color claro, entre el azul y el verde, cuyo tono dependía del color de su cinta para el pelo. Había en ella algo extraño que yo encontraba fascinante: siempre, tanto en invierno como en verano, tenía el puente de la nariz empañado por una delicada capa de transpiración. Apenas bastaba para humedecer la yema de un dedo, pero si se lo secabas, reaparecía de inmediato. Sonará poco atractivo, pero era más divertido que desagradable. De pequeña, me quedaba allí quitándoselo y viendo cómo le volvía a salir durante todo el rato que ella me dejara. No parecía haber ninguna explicación.

Pensaréis que tener a Lula de amiga sería un gran alivio para mí, que solo tenía hermanos, y normalmente era así, pero a veces podía ser un poco sosa. No recogía especímenes conmigo en el embalse (serpientes). No iba conmigo andando hasta el viejo campo de entrenamiento confederado (ampollas y serpientes). No se bañaba en el río (desnudarse y serpientes). Pero compartíamos pupitre en la escuela desde siempre. Así había empezado nuestra amistad y en parte continuaba por eso, supongo. Además, creo que su madre la favorecía; consideraba una ventaja social para Lula el hecho de ser amiga de alguien de la familia Tate. ¿Acaso abrigaba también la esperanza de que Lula pescara algún día a uno de los chicos Tate como marido? Es posible. Es verdad que teníamos más dinero que otras familias del condado, pero la familia de Lula parecía bastante acomodada. Su padre poseía establos, se podían permitir pagar clases de piano y tenían criada, aunque no cocinera. Solo tenía ese hermano, Toddy, que era deficiente; no iba al colegio, sino que se pasaba el día en un rincón de su habitación, aferrado a los restos harapientos de un viejo edredón y balanceándose sin cesar. Era pacífico a no ser que le quitaras su trozo de edredón, porque entonces se disgustaba y emitía unos mugidos horribles y muy fuertes hasta que lo recuperaba. A su familia le parecía demasiado complicado para que mereciera la pena lavárselo, y en consecuencia olía fatal. Aparte de eso, la casa de los Gates resultaba tranquila comparada con la mía.

Lula ganaba premios por sus labores de bordado, mientras que las mías eran descuidadas y lamentables. Yo no comprendía su poder de concentración a la hora de hacer un nudo francés o de trabajar un cuello destrozado en clase de costura.

—Es como aprenderse una pieza de piano, Callie —me decía ella—, y eso lo haces bien. Solo has de practicar una y otra vez hasta que te salga.

Pensé en ello y decidí que tenía razón. Pero entonces, ¿por qué la música me parecía tan diferente de las labores? Al tocar el piano, las notas se desvanecían en el aire al cabo de un segundo y te quedabas sin nada, y aun así, la música aportaba alegría incluso cuando las notas se evaporaban, y si sonaba un *ragtime* todo el mundo se alborozaba hasta el punto de ponerse a saltar por el salón. ¿Qué aportaban los bordados? Algo decorativo y permanente y alguna que otra vez útil, sí, pero yo lo encontraba un trabajo aburrido y sosegado, adecuado para un día de lluvia con la sola compañía del monótono tic-tac del reloj del salón. Un trabajo de mojigatos.

Convencí a Lula de que tocase conmigo una cosa de Sousa con arreglos para cuatro manos, y no lo hicimos mal: sacamos el doble de música en un verdadero torrente de acordes de riguroso tempo, cosa que resultó altamente gratificante.

Una tarde, mi hermano de trece años Lamar, se me

acercó con sigilo mientras yo estaba sentada en el porche contando lepidópteros.

—Callie…

—¿Qué?

—¿Tú crees que le intereso a Lula?

—Claro, Lamar.

—No, me refiero a si crees que… le intereso.

Fue toda una sorpresa. Lamar nunca había mostrado ningún interés por las chicas.

—¿Por qué me lo preguntas? —dije—. ¿Por qué no se lo preguntas a ella?

Pareció aterrado.

—No, no podría.

—¿Por qué?

—Pues… no lo sé —contestó sin convicción.

—Entonces no sé qué decirte. —Tuve un golpe de inspiración—. ¿Por qué no lo hablas con Harry?

Se quedó más aliviado.

—Sí —respondió—, buena idea. Pero no se lo dirás a Lula, ¿verdad?

—No.

—Y a los demás tampoco, ¿verdad?

—No.

—Vale. Gracias, Callie.

No pensé demasiado en esta conversación hasta unos días después, cuando Sam Houston, el de catorce años, vino hacia mí en el pasillo y me dijo entre dientes:

—Oye, Callie, tengo que hablar contigo. ¿Crees que a Lula Gates le gusto?

—¡¿Qué?! —exclamé.

Él se estremeció.

—No te pongas así. Solo me preguntaba si puede ser que le guste, ya está.

—Caray, Sam.

—¿Qué? —dijo.

Me entró un leve pánico.

—Tal vez deberías preguntárselo a ella.

Pareció consternado.

—No puedo.

—Pues mejor que hables con Harry: él lo sabe todo de estos temas —le aconsejé. ¿Quién dijo que la inspiración nunca llama dos veces?

—Tienes razón, Callie. Hablaré con él. No le dirás nada a Lula, ¿verdad?

—No, nunca lo haría.

—¿Prometido?

—Prometido.

—¿Lo juras por tu vida y si no que te mueras?

—Lo juro por mi vida y si no, que me muera.

—¿Doble juramento de hermanos de sangre y si no que te mueras?

—Doble juramento.

—No cuenta si no lo dices todo.

—Saaaam…

—Vale, vale. Pero dilo, va.

—Doble juramento de hermanos de sangre y si no que me muera —repetí—. Y ahora déjame en paz.

—Jo, seguro que serás una vieja gruñona —dijo, y se alejó, sin duda en busca de Harry. Me froté las sienes, donde empezaba a instalarse un dolor de cabeza.

Un par de días más tarde, estaba leyendo en un rincón tranquilo cuando mi hermano de diez años, Travis, apareció con una extraña expresión en la cara. Me lo quedé mirando y solté:

—¿Qué quieres?

Pareció herido.

—Preguntarte una cosa.

—Vas a preguntarme si le gustas a Lula Gates, ¿no? Ahogó un grito y la cara se le transformó de miedo.

—¡¿Qué?! —exclamó—. No, no, solo quería saber si le gustan los gatos, nada más.

—No tengo ni idea de si le gustan los gatos, o tú o lo que sea. Ya estoy harta. Ve a pedirle consejo a Harry. —Recogí mis libros y me esfumé mientras farfullaba—: Esto ya pasa de la raya.

—¿Harta de qué? ¿De qué estás hablando? ¿Qué es lo que pasa de la raya? —gritó a mi espalda.

Yo le ignoré. Seguro que en el pueblo no había plagas de hermanos incordiando a sus hermanas sobre si le gustaban o no a Callie Vee. De todos modos, ¿qué más daba? ¿Me importaba? A mí no. No. Claro que no.

Harry entró en mi habitación una hora después, riéndose.

—Tienes que parar de enviármelos: no me dan ni un respiro. Ofréceles el don de tu propio y sabio consejo.

—No sé qué contestarles. Es la Lula de siempre. ¿Se puede saber qué les ha dado?

—Una epidemia de enamoramiento. Están en la edad.

—Pues ya pueden dejarlo correr.

—Imposible, llegado a este punto —dijo—. Y la cosa irá a peor. Por curiosidad: ¿le gusta alguno de ellos?

—No especialmente, que yo sepa. ¿Se lo pregunto?

—Si te apetece meterte en plena batalla campal… Yo de ti me mantendría alejada.

Pensé que tenía razón y dije:

—Sí, Harry, es lo que haré. Fingiré no saber nada.

—No te será complicado —señaló, y se escabulló por la puerta.

—¡Muy gracioso! —grité. Le habría lanzado algo, pero

lo que más a mano me quedaba era mi precioso cuaderno, y eso nunca lo tiraría.

El siguiente día de clase quedé con Lula en la calle principal, como de costumbre, e hicimos juntas el último medio kilómetro hasta la escuela mientras charlábamos de cualquier cosa. Se me ocurrió mirar atrás y ahí estaban mis tres hermanos, repartidos detrás de nosotras a intervalos regulares y con los ojos fijos en ella. Madre mía, aquello era peor de lo que pensaba. Ese cambio repentino que experimentaban me hacía sentir incómoda. ¿No eran demasiado jóvenes para eso? ¿Por qué no podía tener una familia normal como las otras chicas? ¿Por qué les tenía que pasar a todos a la vez?

A la hora del recreo, los tres se buscaron una excusa para estar cerca de la línea invisible que, por un acuerdo no escrito, dividía el lado de las chicas del de los chicos. Se apoyaban en los árboles del patio con aspecto de holgazanes despistados pero clavando la mirada en Lula con estudiado descuido, para después cruzarlas entre ellos como si fueran asesinos.

Lula y yo jugábamos a la rayuela. Su trenza plateada lanzaba destellos bajo la luz del sol, como si estuviera viva. Las enaguas se le hinchaban hasta llegarle a las rodillas, lo que produjo un grito ahogado por parte de Lamar. Le lancé una mirada. Un mes antes, si Lula se hubiera paseado en camisola por el patio él ni se habría enterado. Ahora, en cambio… Se avecinaban tiempos difíciles.

—Lula —dije al lanzar mi piedra.

—¿Qué?

—Nada, da igual.

—No, ¿qué, Callie?

—Que… ¿Tú…?

Lo había jurado por mi vida y no me iba a chivar. Y

aunque no conocía a nadie que hubiera muerto después de romper una promesa, no valía la pena arriesgarse.

—¿Yo qué? —me preguntó.

Pensé deprisa.

—¿Crees que habría que preguntarle a Dovie si quiere jugar?

—Creía que no te caía bien.

—Bueno —repliqué mientras saltaba—, yo nunca he dicho que Dovie me cayera mal...

—Sí, sí lo dijiste, Callie. La semana pasada. Exactamente con estas palabras.

—Es de buenas cristianas invitarla, ¿no crees?

Lula me observó con curiosidad.

—Si quieres.

No quería (no podía soportar a Dovie), pero me acerqué a ella. Iba a preguntarle si quería jugar cuando la señorita Harbottle hizo sonar la campana. Dovie me miró extrañada. Por lo visto, estaba de moda mirarme raro. Y yo no me merecía esas miradas.

Desfilamos hacia el aula, las chicas en una cola y los chicos en otra. Empezaba a temer el trayecto a casa después de clase y traté de inventarme una excusa para irme sola. A la señorita Harbottle no se le escapó mi estado distraído y me preguntó una cantidad exorbitante de veces sobre la historia de Texas; preguntas que yo no supe responder, para gran entretenimiento de la clase.

—Calpurnia Tate, ¿te estamos interrumpiendo? —dijo.

—¿Interrumpirme, señorita? Si no estoy haciendo nada.

—Exacto. ¿Dónde tienes hoy la cabeza?

—Me la habré dejado en casa, señorita Harbottle —contesté. Hubo risitas por toda la clase.

—Precisamente —replicó ella—. Y no seas descarada

conmigo, Calpurnia. Vete al rincón. Una hora. Otro comentario y probarás la vara.

Me quedé en el rincón de la vergüenza, de cara a la pared, una hora entera; estuve pensando en la situación de mis hermanos, pero no obtuve ninguna respuesta. Luego llegó la hora de comer.

Nos llevamos nuestra comida afuera y nos dispersamos bajo los árboles. Lamar y Sam Houston se sentaron con sus respectivos amigos. Sentí pena por Travis, el más joven y sensible del grupo, que se puso a comer a solas mientras le lanzaba a Lula unas miradas lastimeras y soñadoras. Ella lo notó y dijo:

—¿Qué le pasa a Travis? ¿Está enfermo?

—Me parece que es fiebre primaveral.

—Pero si no es primavera —replicó, y me miró extrañada—. ¿Le pedimos que coma con nosotras? Se le ve muy solo.

—No creo que sea muy buena idea, Lula.

—¿Por qué no? Desde luego estás muy rara, Callie Vee.

«¿Rara yo? —pensé—. Si tú supieras…»

—No te preocupes, Lula, Travis está bien. Será mejor que lo dejes tranquilo.

Pero ya era demasiado tarde, pues se dirigió hacia él, que abrió más y más los ojos y se puso más y más rojo a medida que ella se le acercaba. Lamar y Sam Houston, por su parte, pusieron cara de pocos amigos.

Lula se agachó para hablarle. No oí lo que decía, pero él se puso en pie de un salto y la siguió hasta nuestro sitio. Parecía que a Lamar y Sam Houston les fuera a dar un ataque. Travis se sentó y me dio la sensación de que iba a estallar de contento.

—Hola, Callie. Lula me ha pedido que venga.

—Ya lo sé, Travis.

—Es un buen sitio para comer, ¿no crees? Habéis elegido un sitio buenísimo. Lula, ¿quieres la mitad de mi sándwich? Viola los ha hecho de ternera asada, está muy rico. Si quieres, lo compartimos. Y tengo pastel. ¿Quieres compartir mi pastel, Lula? O si quieres puedo darte el trozo entero. Me parece que es de melocotón. Espera, que lo miro. Sí, de melocotón.

—Gracias, Travis —contestó ella con gentileza—, pero ya me he traído suficiente comida.

—Oye, Lula —continuó él—, ¿te gustan los gatos? Nuestra vieja gata del establo, *Ratonera*, tuvo gatitos y tengo que cuidarlos a todos yo mismo. Lo dijo mi madre. También les he puesto los nombres. ¿Quieres saber cómo se llaman?

Suspiré. ¿Os parece divertido saber cómo alguien de diez años intenta ligar?

—Y *Jesse James*, y *Billy el Niño*, y *Doc Holliday*, y... —siguió con la cantinela hasta recitar los ocho nombres. De hecho, Lula parecía interesada—. Mi preferido es *Jesse James*. Tiene todo de rayas excepto en los dedos de los pies, que tienen manchas blancas. Parece que lleve calcetines. —Soltó una risita—. Es muy simpático, me deja llevarle en todos mis petos. Oye, Lula, ¿quieres ver a mis gatitos algún día?

—Estaría muy bien, Travis. Me gustan los gatos. Nosotros teníamos uno, pero mi madre no le dejaba entrar en casa. Desapareció y no volvió nunca.

Casi pude oír los engranajes funcionando en la cabeza de mi hermano.

—Oye, Lula, a lo mejor puedes quedarte uno de mis gatitos —dijo despacio—. Si quieres.

—Vaya, Travis, ¿de verdad? —A Lula se le iluminó la cara—. Sería genial. —Travis pareció aturdido ante aquella sonrisa radiante—. Claro que antes tengo que preguntárselo a mi madre. Quizá pueda venir mañana después del colegio.

—Vale. —Él tragó saliva.

Cielos, mi hermano de diez años acababa de conseguir una cita. Entonces eché un vistazo y vi a mis hermanos mayores fulminándolo con la mirada.

Oh-oh.

La tarde pasó despacio. Yo estaba tan tensa como un gato en una sala llena de mecedoras. Al terminar las clases, Lula y yo quedamos afuera como siempre, y ahí estaba Travis, con la esperanza pintada en la cara. Unos pasos detrás de él, Lamar y Sam Houston merodeaban con aspecto furtivo.

—Hola, Lula —dijo Travis—. Hola, Callie. ¿Puedo ir con vosotras?

Gruñí sin comprometerme a nada, lo que Travis decidió interpretar como un sí; se colocó a nuestro lado y estuvo charlando con Lula sobre los gatitos. Lamar y Sam Houston nos seguían veinte metros más atrás, conspirando y dándose codazos.

—Estás muy callada, Callie —observó Lula.

—¿Mmm? Ah, es que estoy pensando en mi redacción.

Y en cómo evitar que dos de mis hermanos matasen a un tercero. Tendría que pedir consejo a Harry, aunque mi estima por él como asesor en asuntos del corazón había sufrido un revés considerable debido a la horrible señorita Minerva Goodacre. Me entraron ganas de echar a correr y dejar atrás a Lula y Travis y su conversación idiota, pero temía que cayeran en manos de matones durante el trayecto.

—¿Y sobre qué libro es tu redacción, Callie? —preguntó Lula.

—Oh, mi redacción, sí. Bueno, aún no lo he decidido.

Quizá sobre *Raptados*. O sobre *La isla del tesoro*. ¿Sobre qué escribirás tú?

—*La última rosa del verano*, creo. O *La dulce canción del amor*.

Me daba cuenta de que los gustos literarios de Lula se habían ido alejando de las historias más amenas para acercarse a un romanticismo pegajoso. Travis parecía impaciente por volver a meterse en la conversación, pero se había quedado sin tema. Después de pensar mucho, dijo:

—¿De qué van esos libros, Lula?

La táctica no estaba mal, así que fingí interés en las descripciones floridas de amores frustrados y complicados sufrimientos durante todo el camino hasta la calle principal, donde Lula se desvió hacia su casa mientras Travis la despedía agitando enérgicamente la mano y gritándole «adiós». Seguimos andando y él estuvo cotorreando un rato. Una pequeña nube se cernía sobre su horizonte, por lo demás soleado, pues me preguntó, pensativo:

—No creo que tenga que darle a *Jesse James*, ¿no, Callie? Es el que más me gusta. A lo mejor tendría que haberle dicho que escogiera a cualquiera excepto a él. A lo mejor tendría que habérselo avisado.

—No te preocupes, Travis. Lula no se lo llevará.

—¿Estás segura, Callie? ¿Cómo puedes saberlo?

—Nunca lo haría. Ella no es así.

Estuvo cinco minutos largos dándome la lata con esto hasta quedarse tranquilo, mientras yo me giraba de vez en cuando para lanzar miradas fulminantes a Lamar y Sam Houston y mantenerlos a distancia.

—¿Por qué no han venido hoy con nosotros? —quiso saber Travis cuando ya llegábamos a casa.

Sentí un escalofrío. Travis no entendía que sus propios hermanos —mayores, más fornidos, más fuertes y más espabilados— competían con él por el afecto de Lula. Era tan blando y poca cosa y fácil de herir como un polluelo recién salido del cascarón. ¿Cómo iba a protegerlo de un desengaño amoroso?

Esa noche, Lamar se sentó a cenar con expresión inmutable y Sam Houston no abrió la boca. Yo esperaba que uno de los dos se abalanzara sobre Travis de alguna manera. Este no cabía en sí de entusiasmo al contar que había vuelto con Lula a casa, lo que divirtió a papá y alarmó a mamá, que sin duda lo consideraba demasiado joven para esos temas. El abuelito estaba distraído, como de costumbre: normalmente no le interesaba demasiado la conversación de la cena. Pienso que hubiera preferido comer a solas en la biblioteca, y pienso que mamá lo hubiera preferido también, pero eso no se hacía y ya está. Comíamos *en famille*, como lo llamaba ella, y todos (salvo el abuelito) debíamos hacer alguna contribución educada a la conversación general, aunque no fuese más que una breve descripción del día de cada cual.

—Callie —dijo mamá—, ¿qué has aprendido hoy en la escuela?

—Poca cosa —respondí.

Lamar alzó la vista y dijo:

—Hoy a Callie la han enviado al rincón.

Vaya pelma. Mamá dejó el tenedor y me miró.

—¿Es cierto?

—Sí, mamá.

—¿La señorita Harbottle te ha mandado al rincón?

—Sí, mamá.

—¿Por qué?

—No estoy muy segura —repliqué.

—¿Y cómo es eso? —preguntó ella con voz de acero.

—No prestaba atención en clase —intervino Lamar, que se estaba convirtiendo rápidamente en mi hermano menos preferido.

—Lo siento, mamá —dije—. Estaba… Estaba pensando en mi redacción y no la he oído, nada más.

—No quiero volver a enterarme de que has estado en el rincón, Calpurnia. Los chicos, puedo entenderlo alguna vez. Pero tú… Tu comportamiento es una mancha para el buen nombre de la familia.

—Pues no es justo —me enfadé.

Hubo un silencio helado. Uy. Todos alzaron la vista, incluido el abuelito, que a continuación echó atrás la cabeza y soltó una risa que impactó aún más a la concurrencia. Todos los rostros se volvieron en su dirección. Fue un timbre sorprendentemente vigoroso, en absoluto el resuello propio de un anciano. Yo casi esperé que la araña empezara a tintinear. Y casi respondí con otra risa. Dijo:

—En eso lleva razón, Margaret. Pásame la salsa, por favor. ¡Ja!

Con eso rompió la tensión del comedor y desvió cualquier castigo que me hubiera podido caer. Harry me guiñó el ojo. Lamar me sacó la lengua, pero, por supuesto, eso no lo vieron los guardianes de la mesa.

Después de cenar le pedí a Travis que me volviera a enseñar sus gatitos y fuimos al compartimento más apartado del establo, donde *Ratonera*, cansada, hacía guardia para su peluda familia en el nido que había escarbado en la paja. Los gatitos retozaban encima de ella, mordiéndose unos a otros.

—Mira, Callie, ¿verdad que *Jesse James* es el mejor? Ronronea muy alto. Se le oye desde lejísimos.

Levantó al gatito de la paja y se lo metió en la pechera

del peto, donde se le veía como en casa y emitió un ronroneo sordo y grave realmente considerable para algo de su tamaño.

—¿Seguro que Lula no se lo llevará?

—No, Travis, ya te he dicho que ella no es así.

—Es majísima, ¿verdad?

—Travis. —Suspiré—. Escucha, Travis, ¿sabes que a Lamar y Sam Houston también les gusta?

—Ah, ¿sí?

—Sí. Quería decírtelo.

—Seguro que les gusta a un montón de chicos.

Eso me desconcertó. Me senté en la paja y acaricié a *Ratonera*, que por lo visto toleraba ciertas atenciones.

—Travis, ¿a ti te gusta?

—Supongo.

—¿Entonces por qué no estás preocupado?

—¿Preocupado por qué? —preguntó, rascando a *Jesse James* bajo la barbilla.

—Por Sam Houston y Lamar.

—¿Por qué tengo que estar preocupado? —Miró a los gatitos—. ¿Cuál piensas que es el segundo mejor después de *Jesse James*? Creo que tal vez sea *Bat Masterson*, ¿tú no?

—¿Cuál es? —dije.

—El anaranjado. Tiene los ojos del mismo color que Lula: un poco verdes y un poco azules. ¿Lo ves? —Me pasó a un protestón *Bat Masterson* y vi que, en efecto, sus ojos eran como los de Lula—. Puede que lo escoja a él.

—Travis, no te gustará Lula porque sus ojos son como los de tu gato, ¿no?

—No, Callie, claro que no, no seas tonta.

—Vale —contesté—. ¿Y lo de Sam Houston? ¿Y Lamar? —Me miró sorprendido y vi que no tenía ni idea de qué le estaba hablando. Pero ya crecería y cambiaría y lo entendería pronto—. No importa. Desde luego, tienes unos gatos muy monos.

A la mañana siguiente fuimos juntos al colegio, con mis otros hermanos un poco por delante. Nos encontramos con Lula en el puente. Llevaba un delantal blanco y una cinta verde oscuro en el pelo que hacía que sus ojos fueran como los de *Bat Masterson*. Pareció contenta de ver a Travis. Estuvieron hablando el resto del camino sobre gatos, perros, caballos, la escuela, Halloween, Navidades, etcétera. Quién hubiera dicho que una chica de doce años tendría tanto que decirle a un niño de diez. Para mi alivio, los demás dejaron a Travis tranquilo todo el día.

Pero el trayecto a casa fue otra historia. Travis volvió a pegarse a Lula, y lo mismo hizo Lamar. Yo deseaba salir corriendo, pero el peligro se palpaba en el ambiente.

—Hola, Lula —dijo Lamar, al acecho de una oportunidad—. ¿Quieres que te lleve los libros hasta casa?

Tanto Lula como Travis se sonrojaron.

—Gracias, Lamar —contestó ella, y le entregó su correa con los libros.

Se instaló un incómodo silencio mientras andábamos. Entonces Lamar dijo:

—Dime, Lula, ¿cómo es que vas a casa con un crío como Travis? ¿Por qué no vas con un hombre de verdad como yo? —Y sacó músculo—. Mira, Lula: duro como el cuero.

Oh, Lamar, habría sido mejor no hacerlo. La cara que puso Travis, y la de Lula…

—Yo no soy un crío —gritó el otro en voz alta e insegura, lo que, por supuesto, le hizo sonar ni más ni menos que como un crío.

—Yo no soy un crío —lo imitó Lamar.

—Déjalo, Lamar —dije—. No tienes por qué ser tan malo.

—Mira qué crío: necesita que su hermana lo defienda. Eres un niño de teta.

Eso fue más de lo que Travis podía soportar delante de Lula. Así que el más plácido de mis hermanos soltó los libros, se lanzó contra Lamar y lo empujó con todas sus fuerzas. Este se tambaleó. Se le cayeron los libros de Lula y su fiambrera, pero consiguió mantener el equilibrio girando de lado como un torero borracho. Vi que a Lamar le asustó esta demostración, pero no se hizo ningún daño. Chilló:

—¡Crío!

Travis estaba al borde de las lágrimas. Dio media vuelta y corrió a casa lo más rápido que pudo, levantando nubes de polvo en el camino.

—¡Crío! ¡Cobarde! —gritó Lamar.

Pero yo sabía que si Travis se precipitaba calle abajo no era por cobardía. Era por no pasar la vergüenza de llorar delante de Lula. Como un crío.

Los tres nos quedamos allí en un incómodo silencio. Recogí los libros de Travis. Lula se aclaró la garganta y dijo:

—Tengo que irme a casa. Adiós.

Cogió sus propios libros antes de que Lamar pudiera echarles mano y salió disparada, con su larga trenza dando bandazos al correr.

—¡Eh, Lula! —la llamó Lamar—. ¡Eh, Lula!

Pero ella no dio muestras de oírle y siguió corriendo.

—Lamar —le dije—, a veces eres horrible.

—¿Pero qué dices? Si me ha atacado él. Me ha pegado. Me ha hecho daño.

—No es verdad. Se lo diré a mamá.

—Chivata.

—Malo.

—Acusica.

—Cruel.

—No quiero andar contigo.

—Perfecto, yo tampoco.

—Iré delante.

—No, yo iré delante.

—¡Vale, pues pasa tú!

Y echando humo los dos, llegamos a casa antes de darnos cuenta.

No sé por qué, nuestra familia veía con malos ojos lo de chivarse. Entré por la puerta sopesando el coste de hablar y el de no hablar, pero me salvé de tomar una decisión cuando mamá me llamó a la sala.

—Calpurnia, ven aquí y dime qué le pasa a Travis.

—Quizá deberías preguntárselo a Lamar —dije, mientras este intentaba cruzar el recibidor a hurtadillas.

—Lamar, ven aquí y explícate —le ordenó ella.

Travis estaba sentado en la alfombra a sus pies, abrazándose las rodillas y con la cara roja e hinchada. Miró con furia a Lamar.

—¿Qué ha pasado hoy en el colegio? —preguntó mamá. Señaló a Travis con la cabeza—. Él no quiere contarme nada. —Lamar pareció sorprendido: eso no se lo esperaba—. ¿Lamar? —insistió mamá. No contestó. Apartó la mirada y raspó la alfombra con la bota—. ¿Calpurnia? ¿Qué ha pasado? —Miré a Travis en busca de orientación, pero su rostro era una máscara—. Calpurnia, no te estoy pidiendo que me lo expliques, sino que te lo estoy ordenando. Ahora mismo.

Así que lo expliqué, con la esperanza de que mis dos hermanos entendieran que cumplía órdenes y no tenía elección. Mamá escuchó en silencio toda la historia sobre Lula y, para mi sorpresa, pareció más triste que enfadada. Impuso un leve castigo de tareas extra y ahí se acabó todo, o eso esperábamos. Pero como los chicos eran chicos y Lula era una belleza, no fue así.

Durante los días siguientes estuve bullendo de ansiedad, y sin duda Travis también. Lula vino a buscar un gatito a una hora que convinimos las dos, después de asegurarnos de que ninguno de mis hermanos anduviese por ahí. Me alivió ver que elegía a *Belle Starr*.

Yo mantenía la guardia en alto respecto a Lamar y Sam Houston en los viajes de ida y vuelta a la escuela, y empezaba a perder la paciencia. Llegó un momento en que ya no pude más y una noche, después de la cena, los reuní a los tres en el porche y dije:

—Mirad, no os podéis seguir apiñando alrededor de Lula y de mí como si fuerais un rebaño. Estoy cansada. Tenéis que dejarnos en paz. Y tenéis que dejaros en paz entre vosotros. Si no paráis de pelearos, me aseguraré de que no vuelva a hablaros a ninguno nunca más. En toda vuestra vida.

No tenía muy claro cómo me las arreglaría, pero allí la experta en Lula era yo, yo era su querida mejor amiga, y hablé con tanta convicción que parecieron creérselo.

—Os diré lo que vamos a hacer —continué—: cada uno de vosotros puede acompañarnos un día de la semana. Travis, a ti te tocan los lunes; Lamar, a ti los miércoles; y Sam Houston, los viernes. Y ya está.

—¿Y los martes y jueves? ¿De quién son? —quiso saber Sam Houston.

—De nadie. Nos dejaréis tranquilas. Y hablo en serio. ¿Alguna pregunta?

Para mi gran satisfacción, no hubo ninguna.

Capítulo 11

Clases de punto

La selección natural modificará la estructura del hijo en relación al padre y del padre en relación al hijo.

*E*l sistema Lula que concebí acabó funcionando bastante bien, al menos durante unas semanas. La invité a tocar el piano en casa después de clase y nos aprendimos un par de duetos populares a petición de nuestras madres. Sabíamos que no tendríamos que tocarlos en el próximo recital. En ninguno, de hecho. Después cometí el error de invitarla a trabajar en una de nuestras tareas de bordado y mamá pudo ver cómo lo hacía. Por el amor de Dios, ¿cómo pude ser tan estúpida?

—Calpurnia —dijo mamá días después, en un tono que yo temía—, creo que es hora de que aprendas a tejer bufandas y calcetines. No hay nada como unos buenos y gruesos calcetines hechos por unas manos amorosas. Si empezamos ahora, te dará tiempo de regalar un par a cada uno de tus hermanos para Navidad, y quizá también a papá y al abuelo. ¿No te gustaría? Trae tu bolsa de tejer, que nos sentaremos en el salón.

Cuánta presión.

Suspiré y dejé la lupa. Justo estaba colocando un ejemplar particularmente hermoso de mariposa Viceroy en un cristal enmarcado para colgarlo junto a los especímenes del abuelito en la biblioteca, pero afuera llovía y un trabajo tan delicado requería la luz del sol directa.

Mamá pareció complacida al sacar de su bolsa las madejas de lana con agujas clavadas de todos los tamaños. La lana era de un bonito y oscuro marrón chocolate y estaba recogida en grandes madejas. Ella se sentó con las manos alzadas como palas y yo fui desenrollando las madejas y las ovillé formando una bola. Aunque no me excitaba la perspectiva de tejer calcetines, el rítmico ir y venir de la lana resultaba hipnótico, y tuve que admitir a regañadientes que tal vez no fuese la peor forma de pasar un día de lluvia. Tal vez. A mamá también la vi tranquila y relajada con ese eterno ritual doméstico; tejer siempre parecía suavizarle las migrañas, y así no necesitaba dosis tan frecuentes de Lydia Pinkham. El clima era un poco más frío. Aunque no estaba justificado, un pequeño fuego de leños de pacana ardía en la chimenea para alimentar la ilusión de que el verano ya quedaba muy atrás. Travis entró con *Jesse James* y *Billy el Niño*. Agitó un poco de lana delante de ellos y enseguida los tuvo saltando de aquí para allá y revolcándose en la alfombra. Vino Lamar y, a petición de mamá, puso unas canciones de Schubert en el gramófono.

—Empezaremos con unos calcetines para Jim Bowie, ¿de acuerdo? —propuso mamá—. Unos pequeños y lisos; ya aprenderemos estampados más adelante. En filas de… va, pongamos cuarenta puntos, y empezaremos por la pantorrilla.

Me pasó cuatro agujas diminutas de tejer.

—¿Cuatro? —fruncí el ceño—. ¿Qué hago con cuatro?

—Tejer en un círculo perpetuo en vez de volver al final de la fila.

¡Socorro! ¡Si yo ya era bastante patosa con dos agujas! Aquello iba a ser peor de lo que creía. Mamá emitía sonidos de ánimo mientras yo componía la primera fila de mi primer calcetín. Había tantos extremos puntiagudos de agujas asomando en ángulos inesperados que era como hacer malabares con un puercoespín.

—Mira —dijo—, si te enrollas la lana en el dedo anular, así, es más fácil controlar la tensión y los puntos salen uniformes.

Procuré hacerlo tal como me decía y, la verdad, la siguiente fila me quedó mejor. Y la de después, mejor todavía. Observé que, cuando cogías cierto ritmo, los puntos fluían de la aguja de modo que ya estabas recogiendo el siguiente antes de darte cuenta.

—Ahora empieza a cerrar para que te quede más estrecho hacia el tobillo. Así, muy bien.

Despacio —sumamente despacio—, la masa de lana empezó a tomar forma en mis manos. Transcurrió la tarde y, aunque no la calificaría de divertida, no fue tan terrible como me había temido. Cuando terminó, había tejido una cosita marrón de aspecto gracioso. La sostuve en alto para inspeccionarla y decidí que parecía bastante calcetinesco. A mamá se la veía muy contenta. Dijo:

—Es igual que el primero que hice yo a tu edad.

—Bueno, pues ya está —concluí mientras recogía mi bolsa de costura—. Terminado.

—¿Cómo que terminado? ¿Adónde vas? —La miré sin comprender—. Ahora empezaremos el otro.

—¿El otro? —aullé. ¿Estaba loca? ¡Me había llevado horas hacer ese!

—Desde luego que sí, y ten la bondad de no alzar la voz de ese modo. ¿Qué va a hacer Jim Bowie con un solo calcetín?

—No lo sé —dije. Y deseé añadir: «Ni me importa. A lo mejor puede usarlo como muñeco».

—¿Y los demás chicos? ¿Y papá? ¿Y el abuelo? —preguntó.

Hice cuentas. Había seis hermanos además de papá y el abuelito, lo que en total sumaba muchos pies. Eso implicaba tejer al día siguiente, y al otro y al otro. La cabeza me dio vueltas. Vi toda mi vida dedicada a eso, vi calcetines que se extendían hasta el horizonte infinito, vi un valle abismal de tedio tejedor. Me empecé a marear.

—Por favor, mamá, déjame hacerlo mañana —supliqué en un tono lastimero—. Creo que se me ha cansado la vista.

La vi tan preocupada ante este hecho, que me di cuenta de que acababa de tocar alguna fibra. Quizá se le hiciera insoportable la idea de añadir unos anteojos a los rasgos poco prometedores de su única hija. Fue un pequeño pero útil aprendizaje, que me apunté como futuro recurso. A lo mejor también podría servirme de las migrañas.

—Está bien —cedió—, ya basta por hoy.

Recogí mi bolsa de costura y me fui de allí antes de que a mamá se le ocurriera alguna otra habilidad casera que enseñarme. Llevé la bolsa a mi cuarto y bajé corriendo al laboratorio ya oscuro, pero el abuelito no estaba ahí. Seguro que estaba recogiendo plantas. Los días lluviosos eran un buen momento para hacerlo; en cambio era imposible encontrar vida animal o insectívora, porque todos los bichos se esfumaban con la lluvia y se escondían hasta que volviera a salir el sol. Encendí una lámpara y me senté en su raído sillón de muelles para contemplar los destellos de las filas de botellas. La lluvia tamborileaba en el techo como un arrullo.

Cuando me desperté, el abuelito estaba colgando de un clavo su impermeable chorreante.

—Buenas tardes, Calpurnia. ¿Estás bien?

—Sí, señor, pero me he cansado de todo lo que he tenido que tejer hoy.

—¿Y te ha gustado?

—No es lo peor del mundo —reconocí—, pero es que tengo que trabajar un montón. Se supone que he de hacer calcetines para todos antes de Navidad, y eso es una cantidad de calcetines tremenda. Espero que le gusten lisos, porque aún no he aprendido a hacer estampados.

—Me gustan lisos. Yo tampoco aprendí nunca a hacer estampados.

—¿Sabe tejer? —pregunté asombrada.

—Oh, sí, y también zurcir. Algunos hombres de mi regimiento eran tejedores de primera. —Vio la cara que ponía y continuó—: En el campo teníamos que ser autosuficientes. Si necesitabas un calcetín nuevo, te lo hacías tú mismo. Allí no había esposas, ni hermanas, ni nietas, para el caso, que cuidaran de nosotros, y los paquetes que nos mandaban desde casa rara vez llegaban. Recuerdo que un sargento escribió a su mujer pidiéndole un nuevo par de guantes de conejo; le llegaron en pleno verano siguiente, y para entonces ya había perdido dos dedos por congelación. Pero conservaba los pulgares y se alegraba de ello. Claro que tenía un problema con los dedos vacíos de sus guantes: le impedían agarrar bien el rifle, pero los recortó por el nudillo y los cerró cosiéndolos. Aún me acuerdo del buen trabajo que hizo.

—Autosuficientes.

Lo estuve pensando un rato. Si nuestros soldados habían aprendido a tejer, si mi abuelo había aprendido, tal vez no hubiese para tanto. Me miró:

—Me imagino que tu madre espera además que aprendas a cocinar. Nosotros también cocinábamos.

—Abuelito, ¿intenta hacerme sentir mejor?

Sonrió.

—Eso creo.

—Mamá me está amenazando con enseñarme a hacer un nuevo plato cada semana. Puede que no esté tan mal, pero es que tardas horas en hacerlos y luego desaparecen en quince minutos. Después recoges la cocina y friegas la encimera y tienes que empezar otra vez sin un segundo de descanso. ¿Qué te aporta eso? ¿Cómo lo aguanta Viola?

—Es todo lo que sabe hacer —respondió él—. Y cuando algo es todo lo que sabes hacer, es fácil de aguantar. Y hay otra cosa que sabe: que su vida podría ser mucho más dura. Viola está en casa y no en el campo. Tiene tíos y tías en Bastrop recogiendo algodón con un rozón y arrastrando un largo saco.

—Papá no permitiría que se usaran rozones aquí.

—¿Sabes por qué? —preguntó el abuelito.

—No, señor.

—Porque, cuando tenía más o menos los mismos años que tú, le di la oportunidad de pasarse un día entero en el campo usando uno. Espero que les ofrezca a tus hermanos la misma experiencia.

—¿Crees que a mí me dejaría probar?

—Dudo que quiera ver a su hija ahí fuera.

—Ya. ¿Qué ha encontrado hoy?

Se sacó los anteojos del bolsillo y subió la cartera a la mesa.

—Tenemos unos buenos especímenes de *sangre de drago*. Los indios lo utilizaban para tratar las encías inflamadas. He visto una *Olaxis violacea*, pero creo que de esa ya tenemos suficiente. Y mira, un *Croton fruticulosus*: nunca antes lo había visto florecido a estas alturas del año; puede que lo hayas oído con el nombre de encinilla. Intentaremos que eche raíces.

Las plantas no me resultaban ni mucho menos tan interesantes como los insectos, ni estos tanto como los animales, pero el abuelito me había enseñado que todos ellos eran interdependientes y que había que estudiar y valorar todas las conexiones si se quería entenderlos. Así que observé esas briznas mustias que él estaba separando con el dedo y procuré aprender algo.

—¿Te acuerdas de esa algarroba peluda que encontramos hace ya tiempo? ¿La posible mutante?

Me había parecido extremadamente aburrida, pero la recordaba.

—¿Me la puedes buscar? —pidió—. Creo que aún debe de estar por aquí: no he tenido tiempo de prensarla.

Rebusqué entre tarros y envolturas y di con ella, aunque ya era un mendrugo disecado y sin ningún atractivo.

—El *muntante* —anuncié—. Aquí está.

—Se dice «mutante».

—¿Cómo se escribe? Y por favor, no me diga que lo busque.

—Solo por esta vez. M-U-T-A-N-T-E.

—Me gusta más como lo digo yo. *Muntante* —repetí—. ¿Qué es? ¿Qué significa?

—Darwin lo explica con detalle. ¿Todavía no has llegado a ese capítulo?

Con él me sentía lo bastante cómoda como para admitir lo mucho que me costaba leerlo.

—Aún me estoy estudiando el capítulo sobre la selección artificial. Me lleva más tiempo del que creía: es una lectura muy densa.

—Supongo que para alguien de tu edad, sí —caviló mientras inspeccionaba el tarro. Lo abrió y le dio unos golpecitos para que la muestra cayera sobre un trozo limpio de papel secante—. Pásame la lupa, por favor. —Se tiró un minuto escudriñando el *muntante* y después dijo—: Humm.

Esto en sí ya era raro: mi abuelo solía hablar con frases completas.

—¿Humm?

—Vamos a mirarlo afuera.

Seguía nublado, pero la luz del exterior era mejor que la penumbra del laboratorio. Salimos y él observó largo rato la planta a través de la lupa. Yo aguardé hasta que no pude más.

—¿Qué es, abuelito?

—La verdad es que no lo sé —contestó, meditabundo. Eso era aún más raro: él siempre lo sabía todo—. Parece una hojita uncinada dependiente del nódulo principal, pero al estar tan reseco es difícil de decir. No recuerdo esto en ninguna de las descripciones, ni haberlo visto en ningún dibujo, y los tenemos excelentes en el atlas del doctor Mallon.

—¿Y eso qué significa?

—Está tan deshidratado que no sabría decirlo. Puede que sea una anomalía o puede que no sea nada. —Me miró—. O puede que hayamos encontrado una especie completamente nueva.

—¡No! —exhalé.

—Es posible. Sentémonos a beber algo y a pensar en ello.

Volvimos al laboratorio y él puso el hierbajo en el centro del mostrador y se dejó caer en el sillón, cuyos muelles chirriaron de una manera que normalmente me habría dado risa. Se quedó mirando la algarroba.

—Tengo una botella para las ocasiones especiales en esa esquina, en el estante de arriba —dijo—. ¿Me la puedes alcanzar? Buena chica.

La pesada botella de cristal verde estaba cubierta de polvo de hacía siglos. La frágil etiqueta decía: EL MEJOR BOURBON DE KENTUCKY, y mostraba un dibujo de un purasangre corveteando. El abuelito se sirvió un vaso lleno y lo engulló de un trago. Repitió el proceso y después lo llenó por tercera vez y me lo pasó a mí. Yo me estremecí al acordarme de mi primer vaso de whisky («Provoca un poco de tos»; ya lo creo). Pero estaba tan perdido en sus pensamientos que no me vio rechazarlo con un gesto. Lo cogí y lo dejé a un lado. Aguardé, ansiosa. Al cabo de mucho rato murmuró:

—Vaya, vaya. Llevo mucho tiempo esperando este día. —Alzó la vista—. Y aquí estamos.

—¿Seguro? —respondí, también con un susurro—. ¿Cómo podemos saberlo?

—Debemos encontrar un ejemplar fresco y arrancarlo enseguida. Tenemos que hacer un dibujo detallado. Señalar en el mapa el lugar preciso donde lo hayamos encontrado. Fotografiarlo para mandar la foto al Smithsonian, y más adelante tal vez un esqueje. Y después, a ver. —Respiró hondo—. ¿Quieres otra copa?

—No, gracias, abuelito, pero tómesela usted —dije, devolviéndole su vaso.

—Creo que lo haré. Sí, creo que sí. —Se tomó la copa y nos miramos el uno al otro—. Y ahora, a trabajar. Vamos a buscar uno fresco para completar nuestra documentación. Y necesitaremos otros iguales para obtener una buena muestra. ¿Dónde encontramos este?

Cogí el tarro y miré la etiqueta. Y ahí, debajo de «muntante», donde yo siempre indicaba la localización tal como él me había enseñado… no había nada. Se me cayó el alma a los pies. Me faltó el aire. Empecé a ver borroso. Aparté la vista un segundo y les di a mis embusteros ojos la oportunidad de detener su artimaña, de que vieran lo que tenía que estar ahí. Pestañeé fuerte y miré la etiqueta de nuevo. Nada.

Con una gran fuerza de voluntad, jadeé en busca de aire y este me entró en los pulmones de golpe.

—Calpurnia, ¿estás bien?

Resoplé como un siluro fuera del agua.

—Uh-no, uh-no, uh-no.

Se levantó.

—Lo sé, es un momento sobrecogedor. Tal vez debas sentarte un minuto. Ponte aquí —dijo, y me ofreció su sillón. Yo no lograba articular palabra. No podía decírselo—. ¿Quieres que llame a tu madre? —me preguntó, consternado.

Yo negué con la cabeza y controlé mi respiración.

—No, señor.

—¿Necesitas algo de whisky?

—¡No, señor! —grité, ahogada por el miedo.

—Tranquila, cuéntame qué te pasa.

—Es la algarroba —lloré—. No lo apunté. No está.

Cogió el tarro y lo miró.

—Oh, Calpurnia —dijo en voz baja—. Oh, Calpurnia.

Cada palabra suave era como un bofetón en mi cara. Hundí la cabeza entre mis manos.

—Lo siento mucho —sollocé—. ¡Lo encontraré, lo encontraré!

—¿Cómo ha ocurrido? —dijo él.

—Sé que me enseñó a hacerlo, lo sé. Volvíamos del río. Yo estaba pensando en la tortuga de *Áyax*. Pensaba en la supervivencia del más apto. —Me arranqué el pañuelo del bolsillo—. Oh, lo encontraré, se lo prometo. Por favor, no se enfade conmigo, lo encontraré.

—Sí. Por supuesto que sí —respondió con calma.

—Voy ahora mismo.

—Calpurnia, está oscureciendo.

—Pues me doy prisa —dije, y me puse en pie de un salto y agarré el tarro—. ¿Dónde hay un lápiz? Necesito un lápiz, seguro que hay alguno por aquí —farfullé.

—Basta. Esta noche ya se ha hecho tarde, tendremos que ir mañana. Siéntate y tranquilízate. Vuelve a pensar. Dices que regresábamos del río —apuntó. Yo me senté otra vez—. Cierra los ojos y obsérvalo en tu mente —me dijo.

Cerré los ojos, pero estaba demasiado abrumada para concentrarme. Haciendo un gran esfuerzo, escuché sus palabras e intenté ralentizar mi respiración.

—Estábamos utilizando el microscopio. En la ensenada.

—Lo recuerdo —confirmó el abuelito—. Respira hondo. Conserva la calma y piensa. Volvíamos de la ensenada.

—Volvíamos de la ensenada —repetí—. Exacto. *Áyax* había atrapado una tortuga, no lo había hecho nunca. Recuerdo que se la quité. Usted se lo llevó para que yo la soltara. Hay... hay algo más sobre *Áyax*, no me acuerdo de qué es.

—Seguro que lo consigues —me animó. Su voz me calmaba.

Áyax junto al *muntante*. El *muntante* y *Áyax*. Supe

que iba por el buen camino. Uno tenía que ver con el otro, pero ¿qué? Hurgué en los senderos de mi memoria como un perro de caza en busca de un rastro perdido. Por aquí y por allá, todo eran callejones sin salida. ¿Qué había estado haciendo *Áyax*? Tenía la sensación de que era algo molesto, pero él siempre hacía cosas molestas a su estilo torpe y bonachón, así que eso no me servía de nada. ¿No había estado rondando a *Matilda*? Pero después, ¿qué?

—Oh, no me sale. Está en algún sitio aquí dentro —gimoteé, y me di un manotazo en la frente—, pero no lo encuentro.

—Me parece, Calpurnia, que tendrás que consultarlo con la almohada. Lo encontraremos. Tenemos que encontrarlo. Aunque tengamos que examinar cada cosa verde que crezca en este tramo.

Contempló sombrío el tarro del *muntante*. Después suspiró y, aunque no vi ningún reproche en su rostro, se me rompió el corazón. En aquel momento y lugar resolví que recorrería nuestros seis acres de rodillas con una lupa durante el tiempo que hiciera falta, si había que hacerlo. Cerramos el laboratorio y volvimos a la casa en silencio. Nunca me había sentido tan desdichada.

¿Creéis que aquella noche pude dormir? Estuve tumbada en la cama como un cadáver, incapaz de generar siquiera la energía para darme la vuelta. Pregunta para el cuaderno: ¿cómo era posible que Calpurnia Virginia Tate fuese tan estúpida? Excelente pregunta. Mi abuelo me había enseñado a apuntar la localización de cada espécimen, y yo lo había hecho justo hasta el momento —el único momento— en que realmente importaba. Otra pregunta para el cuaderno: ¿cómo podía esperar que me perdonara? «Otra pregunta excelente, Calpurnia. A lo mejor no te perdona. A lo mejor no puede soportar ni verte. En ese caso, estás perdida.»

Por la mañana desperté con unas grandes ojeras oscuras y mamá me miró con cierta inquietud. Yo fui incapaz de mirar al abuelito en el desayuno.

Las clases fueron un martirio de agotamiento y tensión nerviosa. Estuve peligrosamente cerca de replicarle a la señorita Harbottle y acabar en el rincón de la vergüenza para el resto de mis días. Fue cuando me sacó a la pizarra a resolver una división larga, que hice mal. En el recreo, Lula me preguntó.

—Callie, ¿qué te pasa?

—¡Nada, Lula, estoy bien! —le chillé. Ella me dio la espalda y se fue a jugar con esa pánfila de Dovie Medlin—. Eh, Lula, perdona. Vuelve —la llamé, pero la señorita Harbottle tocó la campana.

Al final del día me arrastré hasta casa muy a la zaga de mis hermanos, que ya habían dejado de preguntarme por mi humor. Avanzaba a duras penas mientras iba pensando en *Áyax*. De no estar tan agotada, quizás hubiera podido concentrarme bien. Ese estúpido perro era la clave de todo. Yo le había quitado la tortuga. Nos habíamos alejado del río. Lo había tirado del collar. Porque... porque... porque tenía la nariz metida en un gran agujero.

—¡Sí! —grité, y mis hermanos se volvieron a mirarme. Yo me puse a dar saltos y a chillar—: ¡Sí! ¡El tejón, el tejón! ¡Ya sé dónde está! ¡Ya sé dónde está la algarroba! —Corrí hasta Lamar y Sam Houston y les endilgué mis libros de texto—. Llevádmelos: ¡yo me voy a buscar el *muntante*!

Y me metí en la maleza, en busca de una de las sendas de ciervos.

—¿Qué estás haciendo? —gritó Lamar—. ¿Qué es un *muntante*?

Pero yo estaba demasiado ocupada apartando los arbustos, y mi corazón palpitaba diciendo «sí, sí, sí» al correr.

La mayor madriguera de tejón que había visto nunca. Tan grande, que quise volver a investigarla mejor. El abuelito se había tropezado con la algarroba a unos metros de allí, ¿verdad? Podía encontrarla, la iba a encontrar. Tenía el mundo en mis manos. Mi abuelo volvería a ser mío.

Tres horas más tarde, en el crepúsculo inminente, sedienta y llena de ampollas y rasguños, metí el pie en dicha madriguera y casi me rompo el tobillo. De paso desperté al tejón, que reaccionó con un irritado siseo y unos golpazos desde lo hondo de su agujero. Eso me hizo sacar la pierna de allí a toda velocidad, pese al dolor.

No quedaba mucho tiempo: pronto estaría todo demasiado oscuro para ver; además, el tejón no tardaría en salir para hacer su ronda, aterrorizando a topos y taltuzas. Y era mejor no toparse con un tejón malhumorado. Cojeé unos cuantos metros más allá y pensé. «Nosotros veníamos del río. Íbamos en dirección a casa. Lo que significa que estábamos atravesando… por ahí.» Salí disparada aunque renqueante, con la mirada clavada en el suelo. Y ahí, justo ahí, había una pequeña acumulación verde que podía ser algarroba. Caí de rodillas, rezando «que lo sea, tiene que serlo, por favor que lo sea». Escarbé con las uñas en el suelo endurecido, liberando la tierra para sacar las raíces en la medida de lo posible y maldiciéndome por no traer una pala y un tarro para agua.

Jadeando de ansiedad, la saqué al cabo de cinco minutos largos de trabajo. La mayor parte de la raíz estaba intacta. Me senté apoyándome en los talones, consumida e ignorando el dolor del tobillo. Habría descansado más tiempo de no ser por el indescriptible y fétido olor y los fuertes soplidos que llegaban desde unos metros detrás de mí. Me giré y vi que el tejón se me estaba acercando.

Hice una buena marca para ser una chica lisiada que llevaba un tesoro inestimable.

Viola tocó la campana en el porche de atrás cuando llegué al camino de grava. Tendría problemas por llegar tarde a cenar, sobre todo estando tan sucia. Llegar tarde a la cena era una grave ofensa en nuestra casa, pero si entraba directamente tendría que dar explicaciones y lavarme y retrasarme, y todo ello demoraría el instante crucial de poner la algarroba en agua. Me retiré bajo los árboles y rodeé la casa para ir al laboratorio, lo que se sumaba a mi tardanza y a las repercusiones que tendría que afrontar en la mesa.

El laboratorio estaba a oscuras. En el mostrador había varios tarros vacíos y una garrafa de agua potable. Llené de agua uno de los tarros y puse allí la algarroba, pensando: «Por favor, que sea la correcta. Si no, tendré que matarme. O eso o escaparme de casa». Caminé hasta la puerta de atrás mientras intentaba recordar cuánto dinero había en la caja de estaño que escondía debajo de la cama. La última vez que lo conté llevaba ahorrados veintisiete centavos para la Feria de Fentress. No iba a llegar muy lejos con eso. «Mejor que no seas pesimista, Calpurnia. Tiene que ser esa.»

Entré por la puerta de atrás justo cuando Viola sacaba el asado del horno. SanJuanna esperaba para llevarlo al comedor.

—Llegas tarde —dijo Viola—. Lávate aquí.

—Lo siento. ¿Mamá está enfadada?

—Mucho.

Bombeé agua en el fregadero de la cocina y me limpié las manos con el cepillo de uñas.

—Lo siento.

—Eso ya lo has dicho. —Me miré el delantal desgarrado y manchado de tierra—. Quítatelo. No puedes hacer nada. Entra ahí.

Me lo quité y lo colgué del gancho junto al fregadero y entré cojeando en el comedor, escondida detrás de San-Juanna y el asado. Tal vez exageré un poco mi cojera. Se interrumpió la conversación. Agaché la cabeza y murmuré «lo siento» mientras ocupaba mi sitio. Mis hermanos nos miraron con expectación a mi madre y a mí.

—Calpurnia —dijo mamá—, llegas tarde. ¿Y por qué caminas así?

—Me he caído en la madriguera más grande del mundo y creo que me he hecho algo. Siento llegar tan tarde, mamá, de verdad. He tardado siglos en volver estando tan herida y todo.

—Hablaremos después de la cena —respondió.

Mis hermanos mayores se pusieron a comer otra vez, decepcionados al ver que no habría azotes públicos, pero el más pequeño, Jim Bowie, dijo:

—Hola, Callie. Te echaba de menos, ¿Dónde has estado?

—Recogiendo plantas, J.B. —dije en voz alta y eufórica. Mi madre y mi abuelo alzaron la vista—. Y entonces he pisado la madriguera de tejón. A lo mejor me he roto el tobillo.

—¿En serio? —preguntó J.B.—. ¿Lo puedo ver? Nunca he visto un tobillo roto.

—Luego —musité.

Mamá volvió a centrar su atención en su plato, pero el abuelito continuó mirándome. Yo estaba a punto de desternillarme. Me volví hacia Jim Bowie y dije:

—J.B., puede que haya encontrado algo especial, una planta especial. Sí, señor. La he dejado en el laboratorio. Después te la enseño, si quieres. Mejor que no juegues así con los guisantes.

Eché un vistazo al abuelito, que todavía me observaba con gran concentración. Empezamos con la carne. Aún faltaban treinta minutos largos para la botella de oporto, pero entonces el abuelito hizo algo sin precedentes en toda la historia de las cenas: se fue antes del oporto. Se levantó de la mesa, se limpió la barba con la servilleta, le hizo una reverencia a mi madre y dijo:

—Como siempre, una cena excelente, Margaret. Os ruego que me disculpéis.

Y salió por la cocina, dejándonos a todos con la boca abierta. Oí la puerta de atrás cerrarse tras él y sus botas en las escaleras. Ninguno de nosotros había visto nunca nada igual. Mi madre se sobrepuso y me miró.

—¿Tienes algo que ver con esto? —dijo.

—No. —Mantuve los ojos fijos en mi plato.

—Alfred —dijo mamá, buscando información en papá—, ¿se encuentra bien el abuelo Walter?

—Eso creo —respondió él con aire perplejo.

Al ver una oportunidad, Jim Bowie, que seguía jugueteando con sus guisantes en vez de enfrentarse a la dura prueba de comérselos, preguntó:

—Por favor, mamá, ¿puedo dej...?

—No, no puedes. No digas tonterías.

—Pero el abuelo se ha dej...

—Ya basta, J.B.

El resto de la cena transcurrió en silencio. A mí me obligaron a quedarme en la mesa una hora entera después de que se fueran ellos y SanJuanna recogiera, por lo que me perdí la competición de luciérnagas. ¿Qué más me daba eso? Pero no poder ir al laboratorio sí que me mató. Me sorprendí retorciéndome las manos, algo de lo que solo había leído en empalagosos relatos sentimentales. Cuando el reloj sonó, me levanté de la silla y crucé la cocina antes de que terminase de dar las horas. Viola estaba dando de comer a *Idabelle*, la gata de interior, mientras SanJuanna lavaba los platos.

—Oye, tú… —dijo Viola cuando salí como un vendaval por la puerta de atrás.

Una vez fuera me paré en seco. Ahí, sentado en la oscuridad mientras acariciaba a uno de los gatos de exterior, estaba el abuelito, fumándose un cigarro y contemplando el cielo. De la cocina, a mi espalda, llegaban los sonidos familiares de la vajilla. Y de la oscuridad llegaba el gorjeo de alguna extraña ave nocturna. Me quedé un momento de pie, con todo mi mundo pendiente de un hilo.

—Calpurnia —me dijo—, hace una noche preciosa. ¿Te sientas conmigo?

Y así supe que todo iba bien.

Capítulo 12

Un estudio científico

Hay pocas personas que se dediquen a la laboriosa tarea de examinar órganos internos importantes y compararlos en varios ejemplares de la misma especie.

*E*l sábado siguiente, el abuelito y yo fuimos a Lockhart en la calesa. Como excusa les dije a mis padres que quería visitar la biblioteca. El abuelito no dio ninguna; solo le pidió a Alberto que enganchara un caballo. Aunque él mismo se había apartado de los asuntos domésticos, todo el mundo lo seguía tratando con enorme deferencia. Invocar su nombre era como girar una llave de oro para abrir puertas que de otro modo quizás hubieran permanecido cerradas para mí.

Él conducía y yo llevaba el valioso espécimen en mi regazo, en una caja de cartón. Aunque el día estaba nublado, uno de los viejos parasoles de mamá nos protegía a mí y a la planta, cómodamente instalada en su macetita de barro. Yo había observado al abuelo practicar un agujero en la tierra con un lápiz antes de asentar con ternura al pequeño brote verde en su nuevo hogar. Lo regamos con agua fresca del pozo. Me sentía honrada de que me lo hubiera confiado.

Para mi horror, la planta empezó a ponerse un poco mustia en mi regazo a lo largo del trayecto.

—Abuelito, la planta está un poco… cansada.

Le echó un vistazo, pero no pareció preocupado.

—No es raro, teniendo en cuenta que la hemos arrancado del suelo no hace mucho. Dale un poco de agua de la cantimplora. ¿No hace un día estupendo para un paseo?

Estuve de acuerdo y me relajé un poco. Él silbó Mozart un rato y después rompió a cantar algo grosero sobre un marinero borracho y lo que habría que hacer con él. Para pasar el tiempo, me enseñó la letra.

Ya en Lockhart aparcó la calesa delante del SALÓN FO-TOGRÁFICO HOFACKET. GRANDES FOTOGRAFÍAS PARA GRAN-DES OCASIONES; una vez dentro, al abuelito le costó que el señor Hofacket entendiera lo que necesitábamos.

—¿Quiere que retrate una planta? —repetía sin parar. Tal vez fuera muy diestro manejando la cámara, pero estuvo muy lento a la hora de captar nuestra petición. El abuelito se lo explicó otra vez y el señor Hofacket dijo, de mala gana—: Bien, pero tendré que cobrarle la tarifa habitual: un dólar por retrato.

—Hecho —respondió el abuelito sin vacilar.

El señor Hofacket pareció disgustado: tal vez se reprochaba no haber añadido un recargo especial para plantas.

—De acuerdo —dijo—. Entremos en el estudio. Niñita, tú espera aquí.

—No, señor —replicó el abuelito—. Ella forma parte de esta expedición.

El señor Hofacket lo miró y luego nos guio al otro lado de la cortina sin volver a pronunciar palabra.

En la trastienda había sillas, divanes variados y percheros de mimbre. Todo me resultaba familiar, cosa que me desconcertó hasta que me di cuenta de que había visto esos objetos en distintos retratos familiares repartidos por todo el condado: los mismos accesorios utilizados una y otra vez. El señor Hofacket hurgó en un cajón y sacó una hoja de papel blanco y liso. Después abrió otro cajón y encontró un álbum de fotos vacío, desató la cinta y sacó una hoja de papel negro y áspero.

—¿Así? —le preguntó al abuelito—. ¿Quiere una negra y una blanca?

—Sí, gracias.

—Está bien —dijo el señor Hofacket, que aún tenía problemas con el concepto—. Es su dinero.

—Sí, señor, y pronto será suyo —se explayó el abuelito con el mejor humor que le había visto nunca, sobre todo teniendo en cuenta que no había tomado whisky, por lo que yo sabía.

Me guiñó el ojo y yo intenté hacer lo mismo, pero solo me salió con los dos ojos a la vez, lo que me hizo parecer idiota. Otra habilidad importante que tendría que trabajar.

El señor Hofacket pegó la hoja blanca a la pared y colocó la planta enfrente, sobre una caja de madera. Después hizo rodar su gran cámara de fuelles hasta su sitio y se puso a toquetearla.

—Más cerca —dijo el abuelito—. Todo lo cerca que pueda conservando el detalle. Tenemos que poder distinguir esa hoja ganchuda, la que cuelga ahí.

—¿Esa? —preguntó el señor Hofacket, asombrado—. ¿De eso quiere el retrato?

—Sí, señor.

El señor Hofacket frunció el ceño.

—Si me acerco demasiado, quedará borroso. Deje que

lo piense un segundo. —Examinó la planta desde varios ángulos. Después dijo—: Creo que necesitaremos luz extra procedente de esta dirección. Eso dará relieve a esta zona y el flash la mostrará mejor.

Arrastró junto a la planta un ingenioso soporte con faroles apilados y los encendió, nueve en total. Giró el soporte hacia un lado y hacia otro hasta quedar satisfecho con el ángulo de la luz que proyectaba. Entonces miró a través de la lente y anunció:

—Bien, esto es lo mejor que puedo conseguir. Pero le advierto que tendrá que pagarme aunque no le guste el resultado.

—Sí, señor, lo comprendo.

A mí no me pareció justo, pero el abuelito no se inmutó.

—Incluso si no se ve ese… esa cosa que cuelga de ahí.

—Señor, acepto sus condiciones. Tenga —buscó en su bolsillo—, deje que le pague ahora.

—No, no —respondió el señor Hofacket—. Solo quería asegurarme de que lo entendía.

Llenó una cubeta de polvo de flash y se metió debajo de la tela negra, y un segundo después oímos un suave *fuup* al tiempo que en la habitación estallaba una luz blanca y brillante que me cegó durante largos segundos.

—No se muevan hasta que vuelvan a ver bien —nos avisó el señor Hofacket al emerger de su carpa—. Una vez, una dama tropezó y casi se rompe el puñetero pie.

—Sacó la lámina de la cámara, se volvió y, al verme, dijo—: Uy, nena, perdona mi lenguaje. Haz como que no lo has oído y no se lo cuentes a tu madre, por favor. Vuelvo en cinco minutos.

Se llevó la lámina y desapareció en un gabinete minúsculo. Le oímos entrechocando cosas y haciendo ruidos ahí dentro, y al cabo de unos minutos salió con una fotografía blanda agarrada con unas tenazas de madera.

—No suelo sacarlo cuando aún está húmedo, pero he pensado que les gustaría verlo. No lo toquen.

Miramos y ahí estaba: la planta y, claramente visible en la base del tallo, la pequeña hoja de importancia capital. El abuelito sonrió:

—Buen trabajo, señor, muy bueno.

El señor Hofacket se sonrojó y agachó la cabeza, y seguro que habría chutado una piedra de haber habido alguna en el suelo de su estudio.

—¿Le gusta? —farfulló.

—Es perfecta. Estoy muy satisfecho.

—La forma de la hoja en cuestión se ve muy clara.

—Es perfecta. Hagamos la otra.

Creo que el señor Hofacket se habría quedado todo el día ahí, escuchando las alabanzas que le había procurado esa empresa tan extraña. Colocó la planta frente al papel, esta vez negro, y repitió todo el proceso. Cerré los ojos antes de que el magnesio chispeara, pero aun así vi un resplandor deslumbrante, incluso a través de mis párpados. El señor Hofacket se apresuró a salir con la siguiente fotografía para recibir más alabanzas. Y ahora que formaba parte del proyecto, acribilló al abuelito a preguntas sobre la nueva especie, el Smithsonian, Washington, etcétera.

Yo ya guardaba la planta en su caja de cartón para irnos a casa cuando el abuelito dijo:

—Espera, Calpurnia. Señor Hofacket, creo que sacaremos una última foto. —Puso la planta en un elaborado soporte de mimbre—. Calpurnia, tú ponte a este lado, que yo me pondré aquí.

Me alisé el delantal y el abuelito se atusó la barba. Yo adopté mi mejor postura, bien alta y orgullosa.

—Contengan el aliento —nos ordenó el señor Hofacket—. No respiren. Tres, dos, uno.

Esta vez, el destello en nuestra cara habría bastado para detener a un rinoceronte en marcha. Todo el universo se puso blanco. Me pregunté si sería ese el aspecto de la nieve. El señor Hofacket se alejó parloteando mientras mi visión volvía a la normalidad. Trajo los tres retratos al mostrador principal, y ya estaba a punto de estampar su sello con «Retratos de calidad Hofacket» en relieve dorado, en la esquina inferior izquierda de cada uno, cuando el abuelito lo detuvo:

—Señor, tenga la amabilidad de poner su sello en el dorso de los retratos, pues son muestras científicas y las imágenes deben conservarse intactas. —El señor Hofacket puso cara larga hasta que el abuelito añadió—: Con su sello en el dorso, el mundo sabrá que usted tomó estas fotografías. Puede ponerlo en la parte frontal del que nos hemos hecho mi nieta y yo para conmemorar este día.

Y le entregó tres dólares de plata. El fotógrafo envolvió los retratos en papel marrón y los ató con un cordel. Ya era hora de irnos, pero le pesaba decirnos adiós. Nos acompañó hasta la calesa sin dejar de hablar e insistió en aguantar la caja de la planta mientras yo me montaba. La observó fascinado como si esperase que le fuese a hablar. Después la cogí, me la puse en el regazo y abrí el parasol, y el abuelito le chasqueó al caballo. El señor Hofacket se quedó en la calle y chilló:

—¡Adiós, y vuelvan pronto! ¡Vengan a contarme qué pasa! ¡Háganmelo saber si gustan mis fotografías!

—Cuando lleguemos a casa —me dijo el abuelito—, escribiré una carta y mandaré las fotografías enseguida. Luego ya no quedará más que esperar, que a veces es la parte más dura. Échale a nuestro espécimen un poco de agua de la cantimplora, haz el favor.

En el largo camino de regreso a Fentress, a mi abuelo y a mí nos sobraba energía. Quemamos un poco cantando salomas marineras y canciones de piratas de letras picantes, aunque procurábamos cambiar a algún himno cuando aparecían otros viajeros a la vista. Llegamos a la hora de la cena, polvorientos y agotados pero todavía eufóricos por lo sucedido durante la tarde. Aparcamos la planta en el laboratorio y nos unimos a los demás. La cena duró una eternidad.

—¿Qué noticias traéis de Lockhart? —quiso saber papá.

—He oído decir que los futuros del algodón están altos —comentó el abuelito—. Y Calpurnia y yo nos hemos hecho una foto.

—¿De verdad? —preguntó Sul Ross. Me lanzó una mirada acusatoria—. ¿Cómo es que tienes una foto?

—Porque hoy es un día memorable —respondió el abuelito. Miró a toda la mesa—. Es posible que Calpurnia y yo hayamos descubierto una nueva especie de planta.

—Eso está muy bien —comentó mi madre con aire distraído.

—¿Qué tipo de planta? —quiso saber Harry.

—¿Me pasas las patatas? —pidió Lamar.

—Tal vez sea una nueva especie de algarroba —contestó el abuelito.

—Oh —dijo Sam Houston—, una algarroba.

«Oh, una algarroba.» Una rabia asesina fluyó por mi pecho. Me entraron ganas de arrojarme encima de él, pero en vez de eso estuve echando humo en silencio durante el resto de esa comida interminable. Nunca antes me había sonado tan absurda la conversación obligatoria de la cena. Nunca antes mis familiares me habían parecido tan atontados, pueblerinos y estúpidos. El único que se salvaba era papá, que, como propietario de ganado, apreciaba la importancia de una posible nueva cepa de «oh, una algarroba» y preguntó si podría utilizarse como forraje, pero yo estaba demasiado enojada para prestar atención.

Finalmente aquello terminó y el abuelito y yo nos retiramos a la biblioteca y cerramos la puerta. Cogió una de las llavecitas de la cadena de su chaleco, abrió el cajón cerrado de su escritorio y sacó unas hojas de grueso papel de carta color crema. Dijo:

—Enciende la lámpara, Calpurnia. Arrojemos algo de luz en los sombríos rincones de la *terra incognita*. Alcemos la lámpara del conocimiento y suprimamos otro dragón del mapa.

Acerqué una cerilla a las ramitas de la chimenea y corrí a buscar algunas lámparas más, y las coloqué en el perímetro como si fuesen nuestra constelación privada. Él mojó su pluma, hizo una pausa y contempló el vacío, volvió a mojar la pluma y escribió con su caligrafía arcaica:

15 de septiembre de 1899

Estimados señores:

Durante una de nuestras caminatas diarias por este pequeño rincón del condado de Caldwell, situado en el centro de Texas setenta kilómetros (aprox.) al sur de la capital del estado, Austin, hemos tenido conocimiento de que podría existir una nueva especie de algarroba, que tenemos el honor de presentarles a ustedes, caballeros. Según un primer examen, la planta es un miembro común de la Vicia villosa, también conocida como algarroba vellosa. Verán, sin embargo, como se describe más abajo y como se aprecia en la fotografía adjunta, que...

Necesitó dos páginas enteras para describir la planta y su pequeña hoja de importancia capital. Y al terminar firmó, como vi al mirar por encima de su hombro:

Atentamente,
Walter Tate y Calpurnia Virginia Tate

Se recostó en su silla:

—Ya está —dijo—. Y ahora, a ver. A esperar y ver qué. —Le puse la mano en el hombro. Él respiró hondo y despacio y declaró—: Pensé que nunca iba a llegar este día, pequeña. Pensé que moriría antes de que ocurriera.

Y ahí estaba. Una nueva especie. Una fotografía. Y yo, su pequeña.

Capítulo 13

Correspondencia científica

Una vez que una raza de plantas está bastante bien establecida, los criadores de semillas no eligen los mejores ejemplares, sino que solo repasan sus almácigas y arrancan las «granujas», como llaman a las plantas que se apartan del canon correcto.

*I*nstalamos la planta en la repisa de la ventana del laboratorio y, después de cierta ansiedad por mi parte, se agarró a la vida con mano firme. La examinábamos varias veces al día, atentos a los signos de falta o exceso de riego o de demasiado o poco sol y a los ácaros, las corrientes de aire, la clorosis y las dolencias en general. Cada vez que encontraba una mariquita, me la llevaba corriendo a la planta para que montase guardia contra las pestes, pero mis pequeños centinelas carmesí siempre se acababan yendo. Cada día apuntábamos notas detalladas en el registro, un nuevo cuaderno con cubierta jaspeada reservado a la planta. Como teníamos pavor a que alguien tirase la planta en un arrebato innecesario de limpieza, metí un letrero de advertencia debajo de la maceta:

Experimento en marcha.
Que nadie se meta con esta planta. En serio.
Calpurnia Virginia Tate (Callie Vee)

Doce días más tarde, recibimos la primera carta sobre el tema. Era del señor Hofacket, que nos escribía preguntando si sabíamos algo del Smithsonian. Había puesto una copia de las fotografías en su escaparate, entre la novia estirada y el bebé desnudo apoltronado en una alfombrilla de piel de oso, y había atraído a varios clientes nuevos que entraban a preguntar por la curiosa instantánea de un hierbajo anodino.

—Calpurnia, tú eres parte de este proyecto —me dijo el abuelito—. ¿Me harías el favor de escribirle al señor Hofacket y recordarle otra vez que aún es pronto para recibir una respuesta? Ya le dije que tardarían meses. No obstante, hemos de cultivar el entusiasmo del profano siempre y donde lo encontremos.

¡Oh! Tenía la misión de iniciar una correspondencia científica —más o menos— con un adulto. Escribí el borrador a lápiz y, cuando hube quedado satisfecha con el resultado, busqué al abuelito para enseñárselo. Llamé a la puerta de la biblioteca y contestó:

—Adelante, si no hay más remedio.

Lo encontré hurgando en uno de sus cajones de lagartos de la biblioteca, mascullando algo sobre un espécimen que faltaba.

—Calpurnia, ¿tú has visto mi eslizón de cinco rayas? Tendría que estar ordenado entre el de cuatro y el de varias, naturalmente, pero supongo que lo puse en otro sitio.

—Pues no, señor, no lo he visto; pero le he escrito una carta al señor Hofacket y me gustaría que la viera.

—¿A quién? —preguntó mientras rebuscaba.

—Al fotógrafo. Ya sabe, el de Lockhart.

—Ah, sí. —Hizo un gesto de rechazo con la mano y dijo—: Confío en que hayas hecho un buen trabajo; adelante, mándala. Aquí están los tritones —murmuró— y aquí las salamandras. ¿Dónde están el resto de eslizones?

La emoción me recorrió el espinazo. Me disponía a irme corriendo cuando me acordé de otro problema:

—No tengo sellos, abuelito.

—¿Eh? Ah, toma —dijo, y buscó una moneda en su bolsillo.

Me dio diez centavos y los cogí y corrí a mi habitación, donde saqué un plumín nuevo y mi caja de papel satinado, reservado para las ocasiones especiales. Dispuse estos artículos sobre mi tocador y me senté. No era una carta larga, pero tardé una hora en tener la copia definitiva, pues estaba nerviosa por si hacía un borrón.

27 de septiembre de 1899

Estimado señor:

Tengo en mi mano su carta del miércoles.
Mi abuelo el capitán Walter Tate me pide
que le informe de que, por ahora, no hemos recibido
ninguna respuesta de la Institución Smithsonian.
Mi abuelo el capitán Walter Tate desea que sepa
que se lo hará saber en el momento que reciba
una respuesta. Mi abuelo le envía sus saludos
y le agradece su interés en el tema.

Muy atentamente,
Calpurnia Virginia Tate
(nieta del capitán Walter Tate)

La puse en un sobre grueso y troté escaleras abajo, decidida a echarla al correo ese mismo día. Travis y Lamar estaban jugando a indios y vaqueros en el porche delantero y se disparaban pistolas de juguete el uno al otro. Ignoré sus gritos de «¡Eh, Callie! ¿Adónde vas?» y me fui lo más rápido que pude, pues no me apetecía compartir ni tampoco explicar nada. Ellos tenían sus propias vidas. «Y ahora yo tengo la mía», pensé, exultante, mientras corría.

Llegué a la oficina de correos en tiempo récord, resoplando y llena del polvo fino del camino. El señor Grassel, nuestro cartero, estaba detrás del mostrador. Había algo en él que no me gustaba, aunque no sabía muy bien qué. Siempre convertía en toda una ceremonia el hecho de atender a un Tate; cuando entraban mis padres, doblaba la cerviz ante ellos. Fingía que le gustaban los niños, sobre todo los Tate, pero yo estaba segura de que en el fondo no era así. Estaba charlando con la madre de Lula Gates y entregándole un paquete, así que esperé como una buena niña.

—Buenas tardes, Callie —me saludó la señora Gates, al verme al cabo de un minuto—. ¿Cómo está tu familia? Espero que a tu madre no la fatiguen demasiado las migrañas.

—Hola, señora Gates —respondí—. Estamos todos bien, gracias. ¿Y ustedes?

—También estamos bien, gracias a Dios.

Tras unos cuantos cumplidos más y su petición de que transmitiera sus respetos a mi madre, se fue. Yo me asomé al borde del mostrador y dejé mi sobre encima, para no tener que dárselo en mano al señor Grassel, cuyas palmas hinchadas siempre estaban sudorosas. Me ponía la carne de gallina.

—A ver, señorita Tate —dijo, y cogió e inspeccionó el sobre—, quieres escribir a Lockhart, ¿verdad?

—Quiero un sello —contesté, a punto de cruzar la línea de la mala educación. Él entornó los ojos. ¿Acaso me estaba poniendo impertinente? Al cabo de solo un segundo, añadí—: Por favor, señor.

El señor Grassel consultó la dirección de mi sobre.

—¿Es que Hofacket va a sacarte una *fotofragía*?

A menudo te preguntaba a quién escribías y por qué. Mamá decía que era el colmo de la grosería que un servidor público se entrometiera en información privilegiada, y por una vez estaba de acuerdo con ella.

—Sí. —Pausa—. Señor. —Y, llena de audacia en aquel día tan especial, añadí con mi más dulce voz de niñita—: Me voy a sacar una fo-to-gra-fí-a.

La boca se le puso tensa. ¡Ja! Dejé mis diez centavos ante él, en el mostrador. Él cogió un sello, lo mojó en una esponja húmeda, lo pegó en mi sobre con un gesto teatral y dijo:

—¿Alguna ocasión especial?

—No, señor.

Contó ostentosamente los ocho centavos de mi cambio y los sostuvo de tal forma que tuve que alzar la mano para recibirlos.

—¿Toda la familia? —continuó, apretándome los dedos con su palma sudada.

—¿Qué? —pregunté mientras me embolsaba las monedas.

—¿Va a ir toda la familia? ¿O solo tú, señorita? Pero si tú ya eres más guapa que cualquier *fotofragía*… ay, perdón, fotografía.

—¡Sí, señor! —grité mientras daba media vuelta y salía corriendo de allí, guardándome para mí la privada y preciosa información sobre la planta.

Nunca habría compartido eso con él. Como si fuera contando mis cosas por todo el pueblo. ¿Y si resultaba que el abuelito —Dios no lo quisiera— se equivocaba? Yo podría soportarlo, pero no soportaría que otras personas se mofaran de él. Había notado que la comunidad aún lo tenía en alta estima por la construcción de la limpiadora y otros negocios que emprendió décadas atrás, pero a veces veían con cierto tono de burla sus intereses actuales. Había oído a más de un gracioso semiletrado del pueblo llamarlo «el Porfesor» con un matiz que podría considerarse algo socarrón. A mi abuelo no le importaba lo que otros pensaran de él, pero a mí sí. A tan desleales pensamientos los seguía un rotundo: «¿Y si tiene razón?». Por supuesto que la tenía. Tenía que tenerla. En el tiempo que habíamos pasado juntos, nunca le había visto equivocarse en nada. Tal vez perdiera un eslizón de cinco rayas de vez en cuando (¿y quién no?), pero nunca se equivocaba respecto a los hechos.

Yo sabía muy bien que la espera de las próximas semanas iba a ser un tormento y que estar desocupada lo empeoraría aún más. Decidí sumergirme en un frenesí de recogida de especímenes, ciencia, deberes escolares… cualquier tipo de tarea que hiciera pasar el tiempo más deprisa. Lo que no había previsto es que esas tareas fuesen domésticas.

Capítulo 14

El rozón

La naturaleza (...) no se preocupa por las apariencias, salvo en la medida en que puedan resultar útiles para algún ser.

*E*l abuelito y yo continuamos vigilando la planta. Para mi gran alivio, esta prosperó bajo nuestro afectuoso cuidado, estirándose primero hacia la luz y arrastrándose luego por el alféizar. El abuelito la llamaba «el Probando». Me explicó que este era el nombre que recibía el primer ejemplar de cada clase. Yo la sacaba unos minutos cada día para exponerla a la polinización de las abejas. Me concentraba en mis funciones y espantaba a todos los saltamontes y demás comedores de plantas que se aventuraban demasiado cerca.

Empecé a centrarme en otros experimentos concebidos por mí misma; lo que fuera con tal de alejarme de los calcetines navideños. Se avecinaba la recogida del algodón, así que estuve dando vueltas al asunto del rozón, que todavía causaba estragos en nuestra parte del mundo. El abuelito me había enseñado que la mejor manera de aprender algo era pasar por la experiencia o realizar el experimento uno mismo, y él le había dado a papá la oportunidad de estudiar el rozón siendo joven, haciéndole pasar un día de duro trabajo con él. Así pues, como parte de mi nueva campaña de actividad para acelerar el tiempo, cogí una azada larga normal del cobertizo de herramientas (no había rozones en la propiedad), y pensé que si la sostenía desde la mitad, sería como trabajar con el rozón, que es más corto. Me fui a nuestra hilera de algodón más cercana, a unos cincuenta metros largos del porche de atrás. Mamá siempre decía que una dama de verdad ha de tener césped y un jardín; las que no son damas de verdad tienen algodón plantado hasta su misma ventana.

Las cápsulas colgaban hinchadas de las plantas, donde llevaban a cabo su milagrosa transformación de vainas verdes y duras a esferas blancas y esponjosas. Dinero en metálico que crecía en nuestro suelo.

Di un golpe de azada.

Oh, qué difícil era, la verdad. Y eso que no hacía mucho calor, ni tenía que hacerlo hora tras otra para ganarme el pan, ni era una persona mayor con reuma, como las había visto a veces en los campos. Me estaban pasando todas esas cosas por la cabeza cuando oí un chillido como el de una lechuza procedente de la casa. Casi me muero del susto.

—¿Qué estás haciendo? —Viola se abalanzaba sobre mí desde el porche de atrás. Nunca en mi vida la había visto tan alterada.

—Estoy cortando algodón, ¿qué parecía?

—Por todos los santos, ¡vete dentro! ¡Ahora mismo! Que Dios nos asista. —Me arrebató la azada de las manos y me empujó hacia casa con fuerza—. ¿Se puede saber qué te pasa? ¿Es que has perdido el juicio? Actuando como si fueras negra… —me regañó.

—Solo quería ver cómo es. El abuelito me explicó que…

—No quiero oír hablar de ese viejo. Ese hombre ha perdido la cabeza y ahora tú también. —Refunfuñó y me dio codazos todo el trayecto hasta casa—. Una niña recogiendo algodón. Una niña blanca recogiendo algodón. ¡Una Tate recogiendo algodón! Que Dios me asista.

Hasta que llegamos a la cocina no dejó de mirar alrededor, alarmada y agarrándome todo el camino.

—Dame el delantal —dijo, y me lo arrancó—. Ve ahora mismo a ponerte uno limpio. Si te ve tu mamá, le da un ataque. No se lo cuentes a nadie. Hablo muy en serio.

—¿Por qué? ¿Por qué te pones así? Solo lo estaba probando.

—Dios del cielo, dame fuerzas.

—No te enfades conmigo, Viola.

—Tengo que sentarme un minuto.

—Espera, te traeré un vaso de limonada.

Se sentó a la mesa de la cocina y se abanicó con un cartón mientras yo iba a la despensa, donde vi una vasija de barro con sidra fermentada. Dudé y al final me decidí por eso: Viola parecía necesitarlo.

—Con esto te encontrarás mejor —le dije.

Se lo bebió de un trago y se quedó con la mirada perdida, sin dejar de abanicarse. Le llevé otro vaso y suspiró. Por lo visto, un montón de gente de la que frecuentaba últimamente bebía o suspiraba.

—Callie —dijo al fin—, alguien podría haberte visto, hija.

—¿Y qué?

—Tu mamá tiene planes para ti, ¿lo sabes? La semana pasada dijo que quiere presentarte, y ahora esto. No, señor. Las debutantes no recogen algodón.

—¿Presentarme yo? ¿Para qué?

—Porque eres una Tate. Tu papá tiene algodón. Es el dueño de la limpiadora.

—Creo que todavía es del abuelito.

—Ya sabes lo que quiero decir, señorita listilla. ¿No quieres ser una debutante?

—No estoy segura de lo que eso significa, pero si significa ser como la tonta esa que se trajo Harry, pues no.

—Desde luego, era una dama muy boba. Pero no significa eso, sino montones de fiestas lujosas con montones de caballeros jóvenes. Significa tener montones de pretendientes.

—¿Y para qué quiero yo montones de pretendientes?

—Eso lo dices ahora. Pero ya verás más adelante.

—De verdad que no, Viola. ¿Qué sentido tiene?

—Complacería a tu madre, ese es el sentido.

—Oh.

—Pequeña egoísta —dijo.

—Yo no soy egoísta —repliqué.

—Has de convertirte en una señorita de sociedad —continuó ella—. No en un espantajo.

Ignoré este último y desafortunado comentario y reflexioné un segundo:

—¿Mamá se presentó?

—Estuvo a punto, pero al final, nada.

—¿Por qué?

Viola me miró.

—Pregúntaselo a ella.

—¿La guerra? —pregunté. Ella asintió—. Pero si entonces ya había terminado. Mamá debía de tener… —Llevé la cuenta con los dedos.

—No quedó nada de dinero y ya está —dijo Viola—. Y luego su papá se muere de tifus y fin de la historia.

—¿Por eso tengo que presentarme yo? ¿Porque ella perdió su turno?

—Te estoy diciendo que se lo preguntes a ella. Ve a lavarte, que estás hecha un desastre. Yo descansaré un poco: el corazón me late como una mariposa. Que Dios me asista.

La dejé abanicándose.

A mi madre le había salido una chica de siete intentos. Supongo que yo no era exactamente lo que ella tenía en la cabeza, es decir, una hija primorosa que la ayudara a lidiar con la creciente marea de energía muchachil y atolondrada que siempre amenazaba con devorar la casa. No se me había ocurrido que ella esperaba una aliada y nunca la tuvo. A mí no me gustaba hablar de recetas y estampados y servir té en el salón. ¿Y por eso era una egoísta? ¿Por eso era una rara? Y lo peor de todo: ¿por eso era una decepción? Seguramente podría vivir sabiendo que me consideraban egoísta y rara, pero una decepción… Eso era otra cosa, y mucho más dura. Procuré no pensar en ello, pero la idea me persiguió por la casa durante toda la tarde, como un mal olor o un perro pesado pidiendo atención.

Me senté en mi dormitorio y miré los árboles de afuera mientras daba algunas vueltas al asunto. Yo no era así a propósito. ¿Podían echarme la culpa por mi naturaleza? ¿Podía el leopardo dejar de tener manchas? Y en todo caso, ¿cuáles eran mis manchas? Qué confuso era todo. No saqué ninguna conclusión, pero sí un buen dolor de cabeza. A lo mejor necesitaba un poco de Lydia Pinkham, como mamá. A lo mejor me parecía a ella más de lo que creía.

¿Tan malo era que me presentaran como debutante? Tal vez no me importara tanto… al final. Mientras, tendría que averiguar más al respecto.

El abuelito me había enseñado que uno no puede responder a las preguntas importantes sin cultivarse lo mejor posible, y sin dedicar mucho tiempo a sopesar y calibrar las alternativas. Me quedaban seis o siete años más para pensar en ello. Sería tiempo suficiente. No conocía a nadie que pudiese hablarme de tales asuntos excepto mi madre, pero si le preguntaba a ella, ¿no le haría tener esperanzas, unas esperanzas que luego quizá se vieran truncadas? La cabeza me dolía y el cuello me empezaba a picar. Otra vez la urticaria.

A la mañana siguiente encontré a mamá afuera, examinando el huerto de la cocina con un sombrero ancho de paja que le protegía el rostro y unos guantes de algodón blanco en las manos, siguiendo su propia máxima según la cual una dama siempre oculta el rostro y las manos del sol. Me acerqué a ella con cautela, por si acaso Viola le había contado lo de mi vergonzoso experimento en público, pero sus ojos no reflejaban una alarma especial. No más de lo acostumbrado.

—¿Dónde está tu sombrero? Ve adentro a buscarlo —me mandó.

Corrí a por él, pues no tenía sentido empezar esa conversación con mal pie. Lo descolgué del gancho de la puerta de atrás y salí otra vez.

—Así está mejor —dijo—. ¿Me ayudas con las flores?

—Quería preguntarte algo —comencé—. Viola me ha explicado… Me ha explicado que tú ibas a presentarte en sociedad cuando eras joven pero que no pudiste. ¿Es cierto?

Una sombra de sorpresa, enojo o tal vez pesar le oscureció el rostro. Se agachó y cortó una rosa Cherokee.

—Sí, lo es.

—¿Y qué pasó?

—La guerra nos dejó arruinados. Arruinó a muchas familias. La gente se moría de hambre. Hacer un debut habría resultado... indecoroso.

—Pero de todos modos conociste a papá.

Sonrió.

—Así es; fui de las afortunadas. Tu tía Aggie no lo fue tanto.

La hermana de mi madre, Agatha, vivía soltera y sola en Harwood, en una casa que olía a gatos y a moho.

—O sea que no te hizo falta ser una debutante —dije mientras tiraba de una mala hierba.

—No, supongo que no. Pero muchas chicas aún lo hacen.

Me miró. Ya no pude seguir evitando la pregunta, por lo que fui al grano:

—¿Yo tengo que presentarme?

—Eres la única hija, Calpurnia.

No quise ser grosera y recalcarle que no había contestado a mi pregunta.

—¿Y eso qué significa... exactamente?

—Que una niña de buena familia se ha convertido en una jovencita y está lista para introducirse en la sociedad. Que está lista para ocupar el lugar que le está designado. Que pueden presentarle a jóvenes de buenas familias. Significan bailes y distracciones y un vestido nuevo para cada una de ellas.

A mamá se le iluminó la cara.

—¿Cuánto dura? —quise saber.

—Un año.

—¿Un año entero? —No presté mucha atención a cómo lo decía—. ¿Y qué ocurre después?

Pareció confusa.

—¿A qué te refieres?

—Dices que dura un año; ¿y luego, qué?

—Pues normalmente, para entonces la joven dama ha encontrado un marido.

—O sea que son un montón de fiestas lujosas para casar a chicas.

Mamá chasqueó la lengua.

—Dios santo, yo no lo diría de ese modo.

«¿Por qué no?», pensé. No había forma de disfrazarlo.

—Mamá…

—¿Sí, querida?

—Entonces… ¿tengo que presentarme? —Endureció el rostro. Rápidamente añadí—: ¿Tú quieres que me presente?

Me escudriñó.

—Callie, creo que queda mucho tiempo para pensar en eso. Pero sí, me gustaría que tuvieras la oportunidad que yo perdí. Muchas chicas jóvenes se alegrarían de poder hacerlo.

—¿Qué piensa papá? Lo de un vestido nuevo cada vez suena caro.

Puso expresión de reproche.

—No se debe hablar así de dinero: no está bien visto. Tu padre representa un sostén excelente. Seguro que estaría orgulloso de presentarte.

—Ya…

Y ahí quedó el asunto… de momento. Más tarde se me ocurrió pedirle al abuelito su opinión sobre el tema, pero después comprendí que no la necesitaba: no costaba imaginarse cuál era.

Capítulo 15

Un mar de algodón

Linneo calculó que si una planta anual producía solo dos semillas [...] y al año siguiente las plantas nacidas de estas producían dos, y así sucesivamente, al cabo de veinte años habría un millón de plantas.

$\mathcal{U}$n par de semanas después, mi padre se reunió en Moose Lodge con los demás terratenientes principales y declaró la fecha de inicio de la cosecha de algodón, sin duda el acontecimiento más importante de todo nuestro condado.

Un ejército de trabajadores procedentes de tres condados vecinos invadió nuestros sembrados para recoger desde el alba hasta la noche cerrada; hombres, mujeres y niños que paraban solo a mediodía para la comida y un pasaje breve de la Biblia, que leía un predicador incluido en su grupo.

Viola reclutó a tres de las mujeres para que la ayudaran a guisar en la vieja cocina de piedra de la parte de atrás. De ahí brotaba una cantidad prodigiosa de sémola, tocino, alubias, bollos y sirope, y todo ello se cargaba en la calesa en cestos gigantescos y se llevaba a los campos, junto con un barril de agua fresca y un balde inmenso de café. Mamá pasaba a la cocina para alimentarnos a nosotros. También se ocupaba de curar los cortes y las ampollas de los recogedores y otras heridas consideradas demasiado pequeñas para mandarlos al doctor Walker.

Harry iba de aquí para allá con el carromato para comprar azúcar, harina de maíz y de trigo y demás provisiones. Sam Houston y Lamar transmitían mensajes a la velocidad del rayo entre la casa de pesas y el tablón de cuentas, y a veces los recompensaban con un centavo, que en la tienda se transformaba en diez caramelos o un lápiz nuevo. La de mensajero de cuentas era una posición muy codiciada.

Papá se quedaba hasta tarde en la limpiadora y volvía a casa cuando llevábamos rato acostados. El único que estaba exento de toda tarea era el abuelito. Él había fundado la empresa de la limpiadora y durante treinta años había supervisado ese acceso estacional de actividad desenfrenada, así que ya no tenía ningún interés ni obligación. Se retiraba a su laboratorio o bien salía por la mañana con la cartera al hombro.

La limpiadora funcionaba día y noche. El herrero y el carpintero ni siquiera dormían, para que las máquinas siguieran en marcha y el algodón circulara: entraban carromatos hasta los topes y salían inmensas balas atadas, rumbo a Austin, Galveston y Nueva Orleans. Las balas pesaban tanto y formaban unas pilas tan altas que resultaban una auténtica amenaza. Embalarlas y mantenerlas en equilibrio era todo un arte, y cada año muchos hombres morían en todo el sur aplastados por columnas inestables.

Desde casa oíamos el trajín y los golpes rítmicos de

los grandes cinturones de cuero de la maquinaria, a medio kilómetro de distancia. Al cabo de un par de noches te acostumbrabas a todo otra vez, y aunque yo no había oído nunca el océano, el ruido de la maquinaria a lo lejos me hacía sentir como si me durmiera arrullada por el oleaje, al menos tal como yo me lo imaginaba. Pero en vez de agua, prodigiosas olas de algodón envolvían nuestra casa.

La escuela cerraba durante diez días. Muchos de mis compañeros eran de familias que no podían permitirse contratar a nadie, por lo que todos, niños incluidos, recogían hasta decir basta. A mí me confinaban a las tareas de la cocina junto con mi madre. Una mañana tamicé un saco entero de harina, y al día siguiente tenía las manos tan doloridas que no pude coger el lápiz y escribir en mi cuaderno. Me dediqué a quejarme tan amargamente que me buscaron un nuevo destino.

Mi siguiente trabajo fue vigilar a un par de docenas de niños que jugaban en el patio, entre la casa y la cocina exterior, mientras sus madres trabajaban en los campos, y asegurarme de que no los picaran las gallinas atareadas y hacendosas, ofendidas ante esa invasión de su hábitat de siempre. Tampoco me encantaba esa misión no retribuida, sobre todo cuando veía que Sam Houston y Lamar se iban tan contentos a la limpiadora y regresaban a casa con dinero. Tras todo un día regañando a los niños y con pensamientos sombríos sobre esos centavos, lancé una nueva campaña por la noche, durante la cena.

—¿Por qué tengo que ocuparme de los niños? —le pregunté a papá.

—Porque eres la chica —replicó Lamar con brusquedad. Yo lo ignoré.

—¿Por qué tengo que ocuparme yo de los niños? ¿Por

qué no puedo llevar mensajes? ¿Por qué no puedo ganar dinero?

—Porque eres la chica —volvió a decir Lamar, alarmado y oliéndose un posible peligro.

—¿Y eso qué se supone que significa?

—A las chicas no les pagan —se burló él—. Las chicas no votan y no se les paga. Se quedan en casa.

—Vete a contar eso en la escuela de Fentress —contesté, orgullosa de mi réplica—: A la señorita Harbottle le pagan, ¿no?

—Es diferente —se enfurruñó.

—¿En qué es diferente?

—Lo es y ya está.

—¿En qué exactamente, Lamar?

Insistí tanto y tan alto que mi agotado padre, desesperado por un poco de paz, dijo:

—Está bien, Callie, te pagaré cinco centavos.

Guardé un silencio triunfante y Lamar pareció aliviado por conservar su puesto de chico de las cuentas. Pero entonces mis tres hermanos pequeños iniciaron su propio lloriqueo a coro por lo injusto que era que a ellos no les pagaran por nada. Después de ganarse un severo «¡Ya está bien!» de mamá, se callaron y estuvieron de morros y en silencio el resto de la cena mientras yo soltaba una cháchara informal y agradable, tal como me habían dicho que hacían las damas, comentando el tiempo y preguntando a todos cómo les había ido el día. El abuelito parecía sorprendido; mamá parecía tener dolor de cabeza, pero llevó resueltamente su parte de la conversación.

Al día siguiente me senté en los peldaños de atrás sin perder de vista a los veintinueve pequeños que tenía a mi cargo. Ahora que me pagaban, ahora que era una profesional, me tomaba muy en serio mi labor y contaba las cabezas una y otra vez. La mayoría de los niños eran bebés que jugaban tan contentos con la tierra, pero de vez en cuando alguno conseguía levantarse y tambalearse, chillando de placer, tras un perro o un gato que pasaba, y si les hacías volver empezaban a protestar. Había otro problema, y es que se llevaban a la boca las cosas más dispares que encontraban en el suelo; les salvé la vida a algunos escarabajos y a una oruga nocturna desorientada. Tenía intención de leer un libro, pero no podía apartar la mirada ni un segundo. Para ser unos organismos tan pequeños e inestables, se te podían escapar realmente deprisa. Y las gallinas eran un incordio: se lanzaban como una flecha desde la periferia hacia el meollo y provocaban un alboroto tremendo e histérico. Yo les tiraba piedrecitas para que se fueran.

Sul Ross pasó por allí mientras yo les disparaba. Supongo que creyó que lo hacía por pasar el rato, aunque no era así. Estaba agobiada y a punto de decirle que se fuera cuando noté que miraba con interés, como si tal vez quisiera añadirse. Lo observé por el rabillo del ojo y pensé deprisa.

—Esto sí que es divertido —comenté.

—Sí —dijo él—. Ya te digo. Pero a mí siempre me gritan cuando lo hago.

—Qué pena, porque mira que es divertido —insistí, con una picardía más propia de Tom Sawyer que de su novia Becky.

Minutos después ya estaba corriendo por el prado detrás del abuelito, al que había visto pasar.

—¡Espere, espere! —grité. Ya desaparecía por el fondo sombrío de pacanas cuando se giró sorprendido.

—Me encanta disfrutar de tu compañía, pero ¿qué haces aquí? —preguntó—. Creía que te habían puesto a trabajar con los demás y te habían contratado.

—Me he cambiado por Sul Ross.

—¿Qué es lo que has cambiado?

—Bueno, nada exactamente, señor. Lo he contratado yo a él. Le he dicho que si cuidaba de los niños le daría dos centavos. Además, le he dicho que podía tirar piedras a las gallinas para mantenerlas alejadas. —Me apresuré a añadir—: Pero solo piedras pequeñas, del tamaño de una uña; eso se lo he dejado claro. Le he visto muy contento con el pacto. Así me saco tres centavos y puedo pasar el día con usted.

—Ah —exclamó el abuelito—, veo que ya eres toda una mujer de negocios.

Y, aunque lo dijo en tono bastante cordial, advertí algo (¿desencanto?) en su expresión.

—No, no lo creo —contesté tras pensar un rato—. ¿Le parece que hoy veremos algo nuevo?

Le cogí la mano. Él puso una cara más alegre.

—Estoy seguro de ello —dijo, y partimos hacia el río.

Capítulo 16

Llega el teléfono

Aunque algunas especies puedan estar creciendo en número con más o menos rapidez, no pueden hacerlo todas, pues el mundo no lo soportaría.

Se avecinaban cambios, en el pequeño escenario de mi vida y también en el más amplio de nuestro pueblo. La Compañía Telefónica Bell había instalado una línea desde Austin hasta la sede del condado en Lockhart, y ahora podíamos realizar la increíble proeza de hablar por un cable delgado con alguien que estuviera a cincuenta kilómetros de distancia (o, más que hablar, gritar, pues la interacción tenía fama de ruidosa). Veinte años atrás, el trayecto hasta Austin llevaba tres días en carromato; diez años atrás, medio día en tren; y ahora se podía transmitir un mensaje en el tiempo que tardaba un hombre en respirar.

Se discutió mucho sobre dónde habría que poner la centralita y el teléfono (solo había uno). Algunos dijeron que en la limpiadora, por ser el eje del comercio; otros, que en la oficina de correos; pero el alcalde, el señor Axelrod, decretó que iría en el periódico, el corazón informativo de nuestra ciudad. La redacción estaba justo delante de la limpiadora, por lo que el aparato podía utilizarse para recibir encargos de algodón y comprobar los precios del mercado.

El abuelito estaba emocionado con el teléfono, y su andar era más saltarín cuando salíamos a recoger especímenes.

—Dios santo —decía—, el progreso es algo maravilloso. Y ese muchacho, Alex, lo ha conseguido.

—¿Alex? ¿Se refiere al señor Bell?

—Sí, señora. El mismo.

—Vaya —dije—, ¿lo conoce?

—Un buen chico. Lo conocí hace unos años a través de la *Geographic*, me sorprende no haberte hablado de él. Le presté algún dinero cuando estaba empezando, y él me dio unas acciones de su empresa. Recuérdame que compruebe las cotizaciones la próxima vez que vaya a Austin: seguro que esas participaciones ya tienen algún valor. —Y luego añadió—: ¡Dios santo, si puedo telefonear a la central y enterarme de los valores! No necesito ir a Austin. ¡Ja!

En el pueblo no se habló de otra cosa durante semanas. La Compañía Bell insertó un anuncio en el *Fentress Indicator* para comunicar que contrataría a una operadora telefónica y que dicha persona debía ser una joven formal, seria y trabajadora de entre diecisiete y veinticuatro años. Por lo visto, la compañía había tenido muy malas experiencias con operadores anteriores, todos ellos reclutados en las filas de telegrafistas hombres (un puñado de rudos peones con tendencia a beber, ser groseros y desconectar la línea). El anuncio también estipulaba que la joven tenía que ser alta, lo que disparó toda clase de especulaciones, unas corteses y otras no tanto. Ofrecía alojamiento y comida y, por si eso fuera poco, la asombrosa suma de seis dólares a la semana. ¡Para una chica! No un carretero o un herrero, sino una chica. Y un trabajo bajo techo, además. Era algo inaudito. ¡Dinero, prestigio e independencia! Me moría por ese puesto.

Le pregunté a J.B., el hermano que tenía más a mano:

—¿Crees que aparento diecisiete?

Me miró y respondió con gravedad a través de un grueso y húmedo caramelo de *toffee*:

—Pareces muy mayor, Callie.

Esto me complació, pero él solo tenía cinco años, por lo que no era una información demasiado fiable. Fui a buscar a Harry al establo, donde estaba reparando un arnés.

—Harry —dije—, ¿crees que podría pasar por alguien de diecisiete años?

—¿Te has vuelto loca? —contestó sin alzar la vista.

—No. Mira, ¿y si hago esto? —Me sostuve el pelo en lo que pensé que serían unos atractivos moños encima de las orejas—. ¿Parece que tengo diecisiete?

Me observó.

—Pareces un cocker. La respuesta es no. —Interrumpió su reparación y me miró con ojos entornados—. ¿Por qué? ¿Qué estás tramando?

—No, nada…

Por un instante fugaz me había visto a mí misma como la señorita Tate, operadora telefónica, ataviada con un elegante vestido camisero, encaramada a un taburete con ruedas y comunicando cada llamada con gran eficiencia y aplomo, y diciendo con voz bien modulada: «Central, ¿diga? ¿Número, por favor…?». Ya estaba deseando mentir sobre mi edad y «tomar prestados» un vestido y un sombrero del vestidor de mi madre ante tanto esplendor potencial. Lo tenía todo pensado cuando, de repente, me vino a la cabeza algo obvio: que medio pueblo me conocía de nombre y el otro medio de vista. ¿Acaso me había vuelto tonta? Di gracias a Dios por mostrarme a tiempo la estupidez de mi ridículo y peligroso propósito. Pero aun así…

Cuando llegó el gran día, unas cuantas chicas altas y menos altas se presentaron con sus sombreros más sobrios, aferradas a sus cartas de referencia con sus pulquérrimos guantes blancos. Formaron una fila a lo largo del entarimado elevado, frente a la redacción del periódico, y esperaron horas, algunas de ellas de puntillas. Cuando entraron, las hicieron poner de espaldas a la pared y les midieron la distancia entre las yemas de los dedos. Resulta que necesitaban a alguien de brazos largos, capaz de enchufar clavijas a lo largo y ancho de la centralita. Al final del día anunciaron que la señorita Honoria Goates, de Staples, sería nuestra nueva operadora telefónica. Esto levantó una controversia importante: era alta, sí, y puede que tuviera los brazos largos, pero Fentress estaba lleno de muchachas adecuadas; ¿o no? ¿No era la Compañía Telefónica de Fentress? ¿Por qué contrataban a una forastera de Staples, que estaba a siete kilómetros? ¿Cogería la habitación y se alojaría allí o vendría cada día? Y en tal caso, ¿cómo se las arreglaría cuando hiciera mal tiempo? Y así hasta el infinito.

Honoria Goates y su baúl de estaño llegaron dos días después y se instalaron en una habitación mínima, del tamaño de un gabinete, que contenía la centralita y un catre para que ella pudiera responder al teléfono a cualquier hora del día y de la noche. Le traerían las comidas de la pensión de Elsie Bell, al final de la calle. Aquello era una extravagancia sin precedentes.

Sea como sea, al final no importó que Honoria fuese de Staples o que tuviera brazos largos. La Compañía ignoraba (los demás no) que a su tío, Homer Ray Goates, lo había alcanzado un rayo mientras araba y que la propia Honoria lo había encontrado en su terreno, carbonizado y algo humeante. El señor Goates sobrevivió, pero perdió la mayor parte del oído y desde entonces siempre llevaba una trompetilla inmensa. También era propenso a carcajearse de repente por nada, cosa desconcertante pero que lo convertía en una compañía entretenida.

Desde aquel día, la pobre Honoria le había cogido un miedo horrible a la electricidad. ¿Y quién no lo tendría en su lugar? Así que, cuando le tocó enchufar su primera clavija en el tablero, con el supervisor a sus espaldas dándole indicaciones, chilló y huyó del edificio, temiendo quedarse frita como su tío por culpa de una chispa diabólica que le saltara desde los cables. Cruzó el puente a trompicones, sin recoger siquiera sus cosas, y corrió hasta llegar a Staples avergonzada y llorando. Su padre mandó a por su baúl al día siguiente.

En su lugar contrataron a Maggie Medlin, la sobrina-nieta de Backy Medlin. Era más baja que Honoria, pero de carácter más tenaz. Su aborrecible hermana menor, Dovie, se regodeaba en el reflejo de la gloria de Maggie y le dio por empezar todas las frases con «Pues mi hermana la operadora dice…». Todos la odiábamos por ello.

Finalmente, los hombres de la Compañía Bell llegaron a Fentress, y con ellos el gran día de la inauguración de la línea telefónica. Los representantes de la empresa vinieron en tren desde Austin. No había espacio para celebrar la ceremonia dentro de la redacción del periódico, así que nos reunimos fuera, en la calle. La Odd Fellows' Brass Band interpretó una breve selección de temas, la Moose Band tocó largo y tendido y la banda con menos miembros, la International Woodmen of the World, no acababa nunca. El alcalde y los de la Compañía dieron largos y aburridos discursos sobre ese gran día. El alcalde Axelrod cortó una cinta roja con unas tijeras de cartón falsas y gigantescas para inaugurar oficialmente la Compañía Telefónica de Fentress. Se lanzaron vítores, se estrecharon manos y se repartió limonada y cerveza gratis. Sam Houston intentó gorronear una, pero no se salió con la suya.

Y entonces, a las doce en punto del mediodía, ocurrió. Un estridente sonido metálico retumbó en el aire expectante y ansioso. La multitud jadeó y coreó: «Oooh». Al teléfono estaba el senador del estado, que llamaba desde Austin para felicitar a nuestro pueblo por lanzarse al encuentro del siglo XX. Maggie Medlin comunicó la llamada y nuestro alcalde entró en el gabinete y le chilló al senador, que le devolvió el chillido desde setenta kilómetros de distancia, para darle el precio del algodón de aquella mañana en el mercado de valores de Austin. El abuelito me susurró:

—¿Te das cuenta de lo que esto significa, Calpurnia? Los tiempos del aceite de ballena y la carbonilla han terminado. El viejo siglo está muriendo ante nuestros ojos. Acuérdate de este día.

El señor Hofacket, del Salón fotográfico Hofacket («Grandes fotografías para grandes ocasiones»), estaba allí con su gran cámara de fuelles para inmortalizar la jornada. Quiso hablar de la planta con el abuelito y le decepcionó saber que todavía no había respuesta. Se hubiera pasado el día charlando de eso, pero el alcalde Axelrod lo llamó de vuelta a su deber como fotógrafo oficial. La multitud se aglomeró en la tarima, rebosándola y ocupando la calle. El señor Hofacket preparó la cámara. El abuelito me cogió la mano. Entonces el señor Hofacket se metió debajo de su tela negra y alzó su flash de polvo de magnesio.

—¡No se muevan! —gritó.

Nos quedamos inmóviles. El polvo del señor Hofacket nos iluminó como relámpagos de verano y nos atrapó en el tiempo durante ese segundo. Cuando luego vimos una copia de la fotografía, casi todos los rostros estaban solemnes y serios. A mí se me veía pensativa. La única cara alegre era la del abuelito, que sonreía como el gato de Cheshire.

Capítulo 17

Enseñanzas del hogar

Puesto que se producen más individuos de los que es posible que sobrevivan, en todos los casos debe haber una lucha por la existencia, ya sea de un individuo con otro de la misma especie, o entre individuos de especies diferentes o con las condiciones físicas de vida.

*E*n contra de mi voluntad, había alcanzado la edad en que una chica empieza a adquirir esas habilidades que necesitará para gobernar su propio hogar una vez casada. Y, por supuesto, todas las chicas a las que yo conocía esperaban casarse. Todo el mundo lo hacía, a menos que fueras tan rica que no tuvieras que hacerlo, o tan desagradable a la vista que ningún hombre te quisiera. Algunas chicas se iban a hacer de maestras o enfermeras durante un tiempo antes de casarse, y yo las consideraba afortunadas. Y ahora teníamos el ejemplo de la operadora telefónica Maggie Medlin, una mujer independiente con su propio dinero, que no respondía ante ningún hombre excepto el señor Bell. Puesto que aún había un solo teléfono en el pueblo, su labor no era muy pesada. Se sentaba ante la centralita con el receptor en torno al cuello, y comía manzanas y leía el periódico hasta que en el tablero zumbaba una llamada que había que transmitir. Entonces ella enchufaba un cordón y decía, siempre con la misma voz seca: «Central, ¿diga? ¿Número, por favor?». Tenía que decirlo a pesar de que solo había un número. Todas las chicas del colegio la admirábamos. Jugábamos a las operadoras con un pedazo de cartón y un trozo de cordel que hacían de centralita. A mí me parecía la gran vida. Pero el teléfono resultó tan popular, que pronto todo el mundo tuvo uno. A Maggie no le permitían abandonar la centralita y se convirtió en una auténtica esclava de la Compañía.

La planta prosperaba, pero no recibíamos contestación de Washington. El abuelito trabajaba duro, conmigo pegada a su espalda siempre que podía escaparme con él al laboratorio.

Un sábado por la mañana, mamá alzó la vista de su labor de costura mientras yo salía a toda prisa por la puerta principal, con un cazamariposas del abuelito y su vieja nasa de pescar colgados del hombro.

—Detente un segundo —me ordenó cuando ya tenía la mano en el picaporte. No me gustó el modo en que me miraba—. ¿Adónde vas?

—Al río, mamá, a recoger especímenes —contesté, acercándome de lado hacia el umbral.

—Vuelve aquí. Los especímenes están muy bien —afirmó mamá—, pero me preocupa que te estés rezagando. Cuando tenía tu edad, yo ya sabía bordar y zurcir y tenía unas buenas bases de cocina.

—Yo ya sé cocinar —aseguré con firmeza.

—¿Qué sabes hacer? —me preguntó.

—Sé preparar sándwich de queso y un huevo poco cocido. —Pensé un poco más y dije, triunfante—: Sé preparar un huevo muy cocido.

—Dios del cielo, es peor de lo que pensaba —exclamó mi madre.

—¿El qué?

—Tu ignorancia en materia de cocina.

—Pero ¿por qué tengo que cocinar? Ya lo hace Viola —respondí.

—Sí, pero ¿y más adelante, cuando crezcas y tengas tu propia familia? ¿Cómo la vas a alimentar?

Viola llevaba con nosotros desde siempre, desde antes de que yo naciera y desde antes de que naciera Harry. Nunca se me había ocurrido que no estaría ahí siempre. Mi universo se tambaleó sobre su eje.

—Viola puede cocinar para mi familia —dije.

Hubo un silencio. Entonces mamá dijo:

—Está bien, puedes irte. Pero volveremos a hablar de esto muy pronto.

Salí corriendo de allí e hice lo que pude por olvidar la conversación, pero me estuvo rondando todo el camino hasta el río como una muela que se empieza a picar. La mañana había perdido todo su júbilo. Mamá empezaba a ser consciente de hechos lamentables: mis bollos eran como piedras, los bordados me salían torcidos y mis costuras trazaban un zigzag. Pensé en la vida de mi madre: los arreglos de ropa que nunca se acababan, las sábanas y cuellos y puños por volver, las veinte hogazas de pan por amasar cada semana, todas y cada una… Es cierto que no tenía que hacer la limpieza más dura, pues para eso tenía a SanJuanna. Los lunes venía una lavandera que se pasaba el día hirviendo la colada en el lavadero que había fuera, en la parte de atrás. Viola mataba, desplumaba y cocinaba los pollos. Alberto ejecutaba y despedazaba a los cerdos. Pero la vida de mi madre era una labor interminable de mantenimiento. No acababa ni una sola cosa que no hubiera que hacer otra vez, un día o una semana o una temporada más tarde. Oh, qué monotonía.

El día no empezó a levantar cabeza hasta que atrapé una mariposa Agraulis con manchas. Eran veloces y esquivas y difíciles de coger. Sabía que el abuelito se pondría muy contento, y eso me ayudó a olvidarme de la cocina y los remiendos. Cuando llegué a casa, tardé una hora entera en engastar el delicado tejido y colgarlo de la pared de mi dormitorio, y para entonces ya no me acordaba de mi gran ignorancia. Daba lo mismo, porque la campaña por ponerme al día en temas domésticos estaba en plena marcha, aunque fuese sin mi conocimiento ni colaboración.

Dicha campaña ganó impulso cuando la señorita Harbottle decidió que todas las chicas de mi clase participarían con sus trabajos manuales en la Feria de Fentress. Fue una noticia angustiante. Coser me parecía una pérdida de tiempo, y yo había ido tirando a base de hacer lo mínimo. Mis labores podrían calificarse, siendo generosos, de descuidadas, como el capullo de *Petey*. Los puntos se perdían para reaparecer luego al azar, de manera que la larga bufanda a rayas que estaba tejiendo se abultaba en el centro como una pitón después de merendarse un conejo. Yo me imaginaba que un Rumpelstiltskin malévolo se colaba de noche en mi habitación y deshacía lo que yo había hecho bien, y convertía el oro de mi esfuerzo en una basura patética con su rueda perversa que hilaba hacia atrás.

Aunque más o menos había estado observando mis labores de punto, hacía tiempo que mamá no inspeccionaba mi costura más fina. Un día me pidió ver mi trabajo.

Le llevé mi costurero a regañadientes y ella lo toqueteó un momento.

—¿Lo has hecho tú?

—Sí, mamá.

—¿Y estás orgullosa?

¿Que si estaba orgullosa? Lo estuve sopesando. ¿Sería una pregunta trampa? No supe qué pensar; no sabía por qué lado tirar.

—Pues…

—Te he hecho una pregunta, Calpurnia.

—No, mamá. Supongo que no estoy demasiado orgullosa.

—¿Entonces por qué no haces un trabajo del que puedas estarlo?

Volví a reflexionar. No se me ocurrió nada rápido, así que tuve que echar mano de la honestidad.

—¿Porque es aburrido?

Una respuesta sincera, pero yo supe que era una locura en el instante en que salió por mi boca.

—Ya —dijo mamá—. Aburrido.

Era mala señal que repitiera tus propias palabras como un loro. Y hablando de loros, qué pájaros tan interesantes: viven tantísimos años que se traspasan en las herencias familiares. Sí, el abuelito me había hablado de uno que vivió más de un siglo y aprendió más de cuatrocientas frases; era un imitador tan agudo como cualquier ser humano…

—Calpurnia, no creo que seas…

Aunque dudaba de que me dejaran tener un loro (el abuelito también me había contado que son muy caros), eso no excluía necesariamente algo más pequeño, como una cacatúa, pongamos, o tal vez un periquito… Mamá seguía moviendo los labios… ¿Qué decía de practicar?

—Tienes que mejorar…

Un periquito serviría, como último recurso. Podían aprender a hablar, ¿no?

—Yo a tu edad…

Y si tenía un periquito, ¿me dejarían soltarlo por la casa? Seguramente no: llenaría de pegotes blancos como tapetes los muebles buenos, y ahí se acabaría todo. Por no hablar de *Idabelle*, la gata de interior, siempre en su cesta junto a la estufa. A lo mejor lo podía soltar en mi habitación. Se podía subir a mi cabecera para gorjear en mi oído; un sonido agradable…

—¡Calpurnia!

Di un brinco.

—¿Sí, mamá?

—¡No me estás escuchando! —La observé. ¿Cómo lo sabía?—. Será mejor que lo hagas, porque esta situación es intolerable. Tu trabajo es inaceptable. Espero más de ti y vas a hacerlo mejor, ¿entendido? Me extraña que la señorita Harbottle no me haya mandado una nota sobre esto.

Se la había mandado. Dos, en realidad.

—Cada noche me enseñarás tu labor hasta que llegue la feria.

Eso significaba que tendría que estar más alerta durante unas semanas. El tedio tañía en mi oído su pesada campana. Aun así, mi mal humor se veía atenuado por el hecho de que a mamá le solía costar mantenerse al tanto de nosotros siete. A veces podías desaparecer en el barullo y pasar inadvertido si cerrabas la boca y te fundías con tu entorno como un camaleón. Yo acostumbraba a resguardarme por debajo de las olas de la crítica materna siendo educada y estando tranquila, pero esta vez no hubo escapatoria: era una niña marcada.

Y

Fue transcurriendo el día. Había tenido que hacer una cantidad desmesurada e injusta de deberes y solo quedaban un par de horas de luz natural decente. Me dirigí a la puerta a toda velocidad. Mamá, sentada en el salón, repasaba sus cuentas domésticas.

—Calpurnia —me llamó—, ¿otra vez al río?

Demasiado tarde.

—Sí, mamá —contesté con mi mejor voz de niña buena, alegre y obediente.

—Tráeme primero tu costura.

—¿Qué?

—No digas «qué» de ese modo, hija. Tráeme tu costura y ya hablaremos de ir al río. ¿Y dónde está tu gorro? Te van a salir pecas.

¿Cómo iban a salirme pecas? Si prácticamente había oscurecido. Subí otra vez las escaleras dando pisotones, sintiéndome como si cargara con el peso del mundo sobre mis hombros.

—Y no pises así de fuerte —gritó mamá—. No estás cargando con el peso del mundo sobre tus hombros, que yo sepa.

El susto que me llevé hizo que me comportara bien. A veces daba miedo cómo podía leerme la mente. Me arrastré el resto de peldaños y cerré la puerta de mi habitación. Saqué mi bordado del costurero y lo miré: al principio tuvo forma de cuadrado perfecto, pero había ido derivando en un romboide sesgado, con todas las letras inclinadas claramente a la derecha. ¿Qué se suponía que había que hacer para que los puntos salieran del mismo tamaño? ¿Cómo había que mantener una tensión uniforme? Y, por encima de todo, ¿a quién le importaba ese rollo?

Bueno, la última pregunta la podía contestar: le importaba a mi madre, y por lo visto también al resto del mundo, aunque yo fuera incapaz de entender el motivo. Y a mí me daba igual, pero iban a obligarme a que me importara. Era ridículo. Arrojé el aro de bordar a la otra punta de la habitación.

Dos horas más tarde, bajé con mi labor. El objetivo era bordar «Bienvenidos a esta casa» con una caligrafía florida. Yo había hecho hasta «Bienve», pero me había salido muy tembloroso, así que lo había deshecho todo y había vuelto a hacer la B para enseñársela a mamá.

—¿Solo has hecho esto? —preguntó.

—¡Es una letra grande! ¡Una mayúscula!

—De acuerdo, de acuerdo, baja la voz. Te ha salido mejor, Calpurnia, lo que me demuestra que puedes hacerlo si te aplicas un poco.

Cómo odiábamos mis hermanos y yo el verbo «aplicarse».

—¿Puedo irme?

—Sí, te puedes retirar. No llegues tarde a cenar.

Mientras ella encendía las lámparas del salón, yo guardé mi labor y salí como una flecha por la puerta principal. Ya no quedaba mucha luz. Demasiado tarde para recoger muestras diurnas. Genial. Ya veía los titulares: CHICA CIENTÍFICA FRUSTRADA PARA SIEMPRE POR ESTÚPIDO PROYECTO DE COSTURA. UNA PÉRDIDA INCALCULABLE PARA LA SOCIEDAD. LA COMUNIDAD CIENTÍFICA AL COMPLETO LO LAMENTA.

Bajé al río con la sangre encendida y llegué allí al caer la noche. Y entonces sonó la campana de Viola a lo lejos.

Entré hecha una furia en la cocina para ir a lavarme y le dije a Viola:

—¿Por qué tengo que aprender a coser y cocinar? ¿Por qué? ¿Me lo puedes explicar, eh?

Reconozco que era un mal momento para preguntárselo (estaba removiendo los últimos grumos de la salsa), pero hizo una pausa lo bastante larga para mirarme con perplejidad, como si le hablara en chino.

—¿Qué clase de pregunta es esa? —Y volvió a lo suyo, agitando la salsa en la cacerola humeante y aromática.

Por Dios, qué reacción tan deprimente. ¿Acaso la respuesta era una parte tan evidente y arraigada en nuestro modo de vida que nadie se paraba a planteársela? Si nadie a mi alrededor entendía siquiera la pregunta, nunca obtendría respuesta. Y sin respuesta estaba condenada a una vida de quehaceres exclusivamente femeninos. Tenía el ánimo por los suelos.

Después de cenar subí a mi cuarto, me puse el camisón y leí. Con gran satisfacción iba masticando, por decirlo así, los ejemplares de Dickens del abuelito, y ya había llegado hasta *Oliver Twist*. «Por favor, señor, quiero un poco más.» Las circunstancias de ese pobre infeliz eran tan terribles que me hacían reconsiderar mi propia situación.

Bajé a por un vaso de agua. Mamá y papá estaban sentados en el salón con la puerta abierta.

—¿Qué vamos a hacer con ella? —dijo mamá, y me quedé inmóvil en el rellano. Solo había una «ella» de la que solían hablar, y era yo—. Los chicos se abrirán camino en el mundo, pero ¿y ella? Tu padre la alimenta con una dieta constante de Dickens y Darwin. Tener demasiado acceso a libros como esos puede conducir al desafecto por la propia vida. Sobre todo si se es joven. Y en especial, en el caso de una chica.

Quise gritar: «¡Estamos haciendo un trabajo importante! ¡Estamos con la planta!». Pero me habría caído una buena por escuchar a escondidas.

—Yo no veo ningún mal en ello —comentó papá.

—Anda todo el día por ahí con un cazamariposas. No sabe coser ni llevar una casa —aseguró mamá.

—Bueno, como muchas chicas de su edad —dijo papá—. ¿No?

—No sabe hacer ni un huevo frito. Y los bollos le salen… como… Yo qué sé cómo le salen.

«Como piedras —pensé—. ¿No es la palabra que estás buscando?»

—Estoy seguro de que se pondrá al día —afirmó papá.

—Alfred, guarda ranas en su habitación.

—¿De veras?

Deseé chillar: «¡Mentira cochina, son renacuajos!». Pero entonces mi padre guardó silencio. Y ese silencio, el de su larga pausa mientras digería la información, llenó el pasillo y mi corazón y alma con tal presión invasora que no me dejó respirar. Yo nunca me clasifiqué a mí misma con las demás niñas. Era diferente, no era de su especie. Nunca pensé que mi futuro iba a ser como el de ellas. Pero ahora sabía que eso era falso, que yo era exactamente como las demás: se esperaba que entregara mi vida a una casa, un marido y unos hijos. Se suponía que dejaría mis estudios naturalistas, mi cuaderno y mi amado río. Había algo perverso en toda esa costura y cocina que intentaban imponerme, en esas lecciones pesadas que yo esquivaba y rechazaba. Me entró calor y frío a la vez. Mi vida no estaba junto a la planta, después de todo. Mi vida estaba confiscada. ¿Cómo no lo había visto? Estaba atrapada. Un coyote con la pata en el cepo.

Al cabo de una eternidad, papá suspiró:

—Ranas, ¿eh? Entiendo. Bueno, Margaret, ¿y qué vamos a hacer?

—Tiene que pasar menos tiempo con tu padre y más con Viola y conmigo. Ya le he dicho que supervisaré sus labores de cocina y de punto. Tendremos que hacer clases. Un plato nuevo por semana, creo.

—¿Nos los tendremos que comer? —preguntó papá—. Je, je, je…

—Alfred, por favor…

Los ojos se me llenaron de lágrimas: mi propio padre bromeando sobre la esclavización de su única hija.

—Te confío a ti estos asuntos, Margaret —dijo—. Siempre tengo la sensación de que están más seguros en tus manos, a pesar de la carga que representan. ¿Qué tal tus migrañas, querida?

—Voy tirando, Alfred, voy tirando.

Mi padre atravesó la habitación y lo vi agacharse y depositar un beso en la frente de mi madre.

—Me alegro. ¿Te traigo tu tónico?

—No, gracias, estoy bien.

Mi padre regresó a su asiento, hizo crujir su periódico y eso fue todo. Mi sentencia estaba dictada.

Me apoyé en la pared y permanecí allí, vacía, largo rato. Vacía de todo. No era más que un recipiente servicial a la espera de que lo llenaran de recetas y patrones de bordado.

Jim Bowie bajó las escaleras. Sin decir nada, me envolvió y me dio uno de sus largos y dulces abrazos.

—Gracias, J.B. —susurré, y volvimos a subir juntos, cogidos de la mano.

—¿Estás enferma, Callie Vee? —me preguntó.

—Me parece que sí, J.B.

—Ya lo he notado.

—Es verdad. Tú siempre lo notas.

—No estés triste. Eres mi mejor hermana, Callie Vee. —Nos metimos en mi cama y él se acurrucó junto a mí—. Dijiste que jugarías más conmigo.

—Lo siento, J.B., he pasado mucho tiempo con el abuelito. —«Pero eso se acabará pronto», pensé.

—¿Él sabe quién era Big Foot Wallace?

—Sí.

—¿Crees que me contaría cosas de Big Foot Wallace?

—Pregúntaselo. Es posible, aunque está muy ocupado. Qué triste, ocupado sin mí.

—A lo mejor se lo pregunto —dijo J.B.—, pero me da miedo. Tengo que irme. Buenas noches, Callie. No te pongas enferma.

Cerró la puerta con cuidado. Mi último pensamiento, antes de caer en un sueño agitado, fue para el coyote. Si supiera cómo sacar la pata de allí…

Capítulo 18

Clases de cocina

Una batalla tras otra se ha de suceder siempre con éxitos diversos […].

*M*i tiempo con el abuelito se escurría mientras la rueda de la factoría doméstica cobraba velocidad, machacando su principal materia prima —que era yo— en pedacitos cada vez más pequeños.

—Calpurnia —me llamó mamá desde el pie de la escalera, con ese tono peculiar que yo ya temía—, te estamos esperando en la cocina.

Yo estaba en mi cuarto leyendo el ejemplar del abuelito de *Historia de dos ciudades*. Lo dejé a un lado sin responder.

—Sé que estás ahí arriba —insistió mamá— y sé que puedes oírme. Baja.

Suspiré, coloqué en el libro una vieja cinta de pelo como punto de lectura y bajé sin ganas. Era como la aristócrata condenada que va hacia el patíbulo con la cabeza bien alta. Cosa que habría sido muchísimo mejor…

—No hay necesidad de poner esa cara —señaló

mamá cuando entré en la cocina, donde ella y Viola me esperaban sentadas a la mesa de pino—. Solo es una clase de cocina.

Sobre la mesa había la tabla de mármol, el tarro de azúcar, un rodillo, un cuenco grande de manzanas verdes y un limón amarillo brillante. Y un libro. Eso me animó, hasta que vi cuál era.

—Mira —dijo mamá—, mi libro de cocina de Fanny Farmer. Te lo presto hasta que tengas tu propio ejemplar. Contiene todo lo que puedes necesitar.

Lo dudaba. Me lo ofreció de la misma manera que mi abuelo me había entregado su libro, el otro, hacía solo unos meses. Mamá sonrió; la expresión de Viola era decididamente ausente.

—Empezaremos por el pastel de manzana —continuó mi madre—. El secreto está en añadir un chorrito de zumo de limón y la ralladura de su piel para darle ese sabor tan agradable.

Volvió a sonreír y asintió; hablaba con esa voz de paciencia que usan las madres con los hijos reacios. Yo hice lo que pude por devolverle la sonrisa. Vete a saber cómo me salió, porque ella pareció alarmada y Viola miró hacia el rincón.

—¿A que será divertido? —añadió mamá, temblorosa.

—Supongo.

—Viola te enseñará a hacer la masa: es su especialidad.

—Coge dos cucharadas de harina de ese tarro, señorita Callie —ordenó Viola. Parpadeé. Nunca antes me había llamado señorita—. Échalas en ese cuenco. Bien.

Mamá repasó su libro y planificó la cena del domingo mientras Viola intentaba guiarme por el arduo sendero de la elaboración de masas. Le había visto hacer un millón de pasteles al pasar por la cocina y siempre me había parecido muy fácil. Nunca medía nada, sino que cocinaba a ojo, por instinto y por tacto, echando puñados de harina y cachos de manteca del tamaño de un pulgar, y regándolo todo con más o menos agua fría, según. No tenía nada de especial. Cualquier idiota lo aprendería en un par de minutos.

Y una hora más tarde ahí estaba yo, jadeando y azotando mi tercer cuenco de masa, con mamá y Viola más incrédulas a cada minuto. La primera tanda había salido aguada y llena de grumos; la segunda, tan espesa que no pude amasarla con el rodillo; la última había resultado pegajosa como cola de empapelar, y con la misma consistencia poco atractiva. Tenía las manos y el delantal embadurnados, y también lo estaban la encimera y el mango de la bomba, y en el pelo llevaba pegotes enganchados. Creo que hasta había un poco en la tira matamoscas que colgaba del techo, un par de metros por encima de mi cabeza, aunque no tengo ni idea de cómo llegó allí.

—La próxima vez le pondremos un pañuelo, Viola —dijo mamá.

—Mmm.

—¿Sabes qué? Vamos a dejar que Viola termine la masa —propuso mi madre—. Tú pela las manzanas y quítales el corazón. Sostenla así y lleva el cuchillo hacia ti. Vigila, que está afilado.

Cogí el cuchillo y la manzana imitándola y, en la primera pasada, me rebané el pulgar. Menos mal que solo manché de sangre un par de manzanas. Viola las puso en agua, pero aun así quedaban rosas. Fingimos no notarlo. Mamá fue a buscarme un esparadrapo y Viola y yo nos quedamos mirando. No pronunciamos palabra. Yo suspiré y apoyé la barbilla en mi mano. Tenía ganas de descansar la cabeza encima de la mesa, pero hubiera implicado más pegotes en mi pelo. *Idabelle,* como si notara mi desánimo, salió de su cesto y vino a restregar su amplia frente en mi espinilla. Yo estaba tan pringada que ni siquiera podía acariciarla. Viola se levantó y juntó harina, agua y manteca con aparente descuido y en solo un segundo amasó una pasta perfecta, que ni era líquida ni se pegaba. Después ralló el limón por mí, no sé si para evitar que el ácido me tocase la herida o que manchara de sangre más frutas.

Mamá regresó y me curó el corte, y Viola dijo:

—Señorita Callie, ve a comprobar la temperatura del horno.

—¿Y eso cómo se hace?

—Pon la mano dentro. Si está demasiado caliente para mantenerla ahí el tiempo que tardas en pestañear, es que está en un punto medio.

—¿Me tomas el pelo? —la miré—. ¿Lo haces así?

—Se hace así.

—¿Y qué pasa si ya está caliente?

—Entonces no puedes poner la mano: quema demasiado.

—¿No hay un termómetro o algo? —pregunté.

Las dos se rieron como si hubiera dicho la cosa más graciosa de toda la semana. Sí, claro, muy divertido. Abrí el horno y me asaltó una ráfaga de aire caliente como si fuese el interior de la cueva de un dragón.

—Vamos, hija —dijo Viola—. Vamos.

Ella no se había muerto todavía, así que supuse que era seguro. Respiré hondo, metí el brazo bien hondo y lo saqué medio segundo después.

—Sí —dije, abanicándome la mano en el aire—. Punto medio seguro. Puede que hasta caliente.

—Coloca estos trozos de manzana en las fuentes. Coge un poco de azúcar, más o menos así —dijo, mostrándome el azúcar que cabía en su palma ahuecada—, y échalo encima de la manzana, sin remover. Eso es. Ahora pondremos la corteza superior.

Me dio una espátula para que pasara las cortezas de la tabla de amasar a los pasteles, cosa que se dice muy rápido, pero la masa era poco cooperativa y se doblaba en todas direcciones. Al tocarla, se me pegó; mientras la manipulaba, se puso correosa. Tardé diez minutos largos en acabar de montar tres pasteles. Los observé. Formaban un conjunto lamentable.

—No están tan mal —comenté.

—Tienes que ondular los bordes con el dedo, así. De esta forma quedan más bonitos. Vamos, hazlo tú.

Pellizqué todo el contorno de los pasteles con el pulgar bueno y ya los vi mejor, aunque nadie se habría creído que eran obra de Viola.

—Vale, ya solo te queda hacer una cosa —dijo esta.

—¿Cuál? —pregunté, exhausta, con voz ronca.

—Poner la C de Callie encima. Haz una C de masa y colócala justo aquí arriba, en el centro, para que todos vean que lo has hecho tú. Luego la barnizas con yema de huevo para que esté brillante.

Amasé tres gusanos de pasta y doblé cada uno de ellos sobre un pastel tal como me habían dicho. Los barnicé con huevo y las tres retrocedimos para admirarlo.

—Ya lo tenemos —dijo Viola.

—En fin —dijo mamá—. Muy bonito.

—Uf —dije yo.

Esa noche, después de que SanJuanna quitara la mesa y trajera los postres, mi madre pidió silencio y dijo:

—Chicos, tengo algo que anunciaros: estos pasteles de

manzana los ha hecho vuestra hermana. Estoy segura de que a todos nos encantarán.

—¿Puedo aprender yo, mamá? —preguntó Jim Bowie.

—No, J.B., los chicos no hacen pasteles —respondió mamá.

—¿Por qué? —quiso saber él.

—Porque tienen esposas que los hacen por ellos.

—Pero yo no tengo esposa.

—Cariño, seguro que algún día, cuando seas mayor, tendrás una esposa muy bonita que te hará muchos pasteles. Calpurnia, ¿te importaría servir?

¿No había forma de que yo también tuviera una esposa? Eso me preguntaba mientras cortaba la C dorada y al instante hacía añicos toda la cubierta. Intenté cortar pedazos definidos, pero destrocé mi obra y acabé sirviendo a cucharadas un pastel que más bien parecía papilla. Papá le sonrió a su postre, le sonrió a mamá y me sonrió a mí. Mis hermanos hicieron aspavientos de admiración y se lanzaron sobre sus raciones como perros hambrientos. Mi clase de cocina había durado toda la tarde, pero sus frutos se consumieron en cuatro minutos escasos. Y nadie podría halagarme lo bastante como para compensar el hecho de haberme perdido horas con mi cuaderno, mi río, mis especímenes y mi abuelo. El abuelito masticó su pastel absorto en sus pensamientos.

Capítulo 19

Un éxito de la destilación, más o menos

Hemos visto sin duda que el hombre, mediante la selección, es capaz de producir grandes resultados, y de adaptar seres orgánicos para su propio empleo.

—Calpurnia —llamó el abuelito escaleras arriba—, ¿puedes venir al laboratorio? Necesito tu ayuda, si no estás ocupada en otra cosa.

Desde que había oído dictar mi sentencia a la vida doméstica, vivía sumida en un hondo cenagal de mal humor y moral baja y me mantenía lo más alejada posible de los demás, hasta el punto de que se había llegado a mencionar el aceite de hígado de bacalao. Lástima que no tuviera poderes curativos para las patas destrozadas por un cepo cruel.

Cuando el abuelito me llamó, yo estaba enfurruñada en mi cuarto y tejiendo otro par de calcetines de la interminable serie navideña. Pero no me consideraba ocupada en absoluto, y ahí estaba él, ofreciéndome un respiro temporal de la tiranía del hogar. Solté las agujas, salí corriendo y me deslicé barandilla abajo. El abuelito sonrió.

—Qué método de transporte tan eficaz. Recuérdame que un día te hable un poco más de las leyes físicas de Newton y cómo se aplican al viaje en barandilla.

—¿En qué trabajará (bueno, trabajaremos) hoy?

—¿Te acuerdas de la muestra de whisky que guardamos en roble en julio? Creo que ya es hora de ver cómo le va.

Fuimos por la cocina hacia la puerta de atrás. Viola estaba sentada tamizando suaves montículos de harina blanca, con *Idabelle*, la gata de interior, como compañía. Nos miró de soslayo y dijo:

—La cena estará en una hora.

Los estantes del laboratorio estaban abarrotados de montones de botellas, resultado inspirador o deprimente de años de trabajo, depende de cómo se mire. La planta había granado y nosotros habíamos juntado todas las motitas en un sobre etiquetado, que luego metimos en un bote etiquetado, que a su vez estaba encerrado en el armario de la biblioteca. La estancia olía a pacanas, moho y ratón. Tendría que meter a uno de los gatos de exterior para que echara a los roedores. El abuelito abrió su registro y buscó en él en la penumbra, recorriendo las columnas con su gruesa uña amarilla.

—Aquí está tu anotación. Número 437, el 10 de julio. Me pregunto dónde lo pusimos...

Cabría pensar que es difícil perder un barril de roble, aunque sea pequeño, dentro del laboratorio, pero todo estaba tan repleto de muestras fallidas y desechos de experimentos, nuevos y viejos, que nos llevó unos minutos de manosearlo todo antes de localizarlo enterrado bajo una de las mesas.

—¡Ajá! —exclamó el abuelito—. Ten cuidado, no hemos de alterar los sedimentos. Veamos primero qué aspecto tiene.

Encendí las lámparas colgantes mientras el abuelito despejaba una parte de la mesa y, con cuidado, dejaba el barril encima. Le dio un golpecito y giró la llave de madera para verter dos dedos del cálido líquido marrón dorado en un vaso limpio. Alzó el vaso y lo sostuvo ante la lámpara más brillante, manejándolo como si fuese nitroglicerina. Lo examinó, primero con anteojos y después sin ellos. El vidrio resplandecía. Pero yo sabía que por muy buena que fuese esa cosa, por muy bien que saliera la prueba, aquello era criminal para las personas de prácticamente doce años.

—No se puede hablar de sedimentos propiamente —señaló el abuelo.

—¿Y eso es bueno?

—Yo diría que es buena señal. No recuerdo haber bebido nunca un vaso de buen *bourbon* con alguna partícula de materia flotando en él, ¿y tú? ¿Qué te parece este color?

—Es bonito. Es el mismo color que el de los collares de ámbar de mamá. ¿Tenía que tener este aspecto?

—No sabría decírtelo —respondió—. Nos estamos adentrando en el terreno de la destilería sin piloto. —Me miró, y pude ver la emoción del explorador agitándose detrás de su expresión tranquila—. A ver cómo huele —dijo, y se llevó el vaso a la nariz.

Olisqueó con recelo, como si tal vez fueran sales nocivas. Luego inhaló profundamente. Pareció satisfecho y me lo pasó. Yo di un respingo, como un poni nervioso: eso había estado a punto de matarme y él ya no se acordaba. Hirió mis sentimientos.

—No me va a hacer beber esto, ¿verdad? —le pregunté—. ¿No se acuerda de lo que pasó la última vez?

Al ver mi cara, respondió:

—Ah, sí, tienes toda la razón. Espantoso. No permitiremos que vuelva a ocurrir. No hace falta que te lo bebas, solo dime si te gusta cómo huele.

Cogí el vaso y metí la nariz. Una potente esencia de pacana impactó en mi cara; no era del todo desagradable, teniendo en cuenta lo harta que estaba de las pacanas.

—Huele como el pastel de Viola —señalé.

—Bueno, pues vamos a probarlo de verdad. —Me saludó con el vaso y dijo—: A tu salud, Calpurnia, mi compañera de navegación por aguas inexploradas.

Y tomó un buen trago.

Recuerdo la expresión de su cara como si fuese ayer. Un espasmo de sorpresa seguido de una mirada larga y contemplativa fijada en algún punto a media distancia. Después, una lenta sonrisa.

—Vaya —dijo al fin—, he hecho algo asombroso.

—¿Qué, abuelito, qué? —me excité.

—Dudo que otro hombre vivo pueda hacer esta afirmación.

—Oh, ¿cuál? —aullé.

Él contestó con calma:

—He cogido unas pacanas en perfecto estado, las he fermentado y he logrado algo semejante al pis de gato. —Me quedé boquiabierta—. ¿Y qué lección podemos extraer de ello? —continuó. Yo permanecí embobada—. La lección de hoy es la siguiente: es más importante viajar con esperanza en el corazón que llegar sano y salvo. ¿Lo entiendes?

—No, señor.

—Significa que debemos celebrar el fracaso de hoy porque es una clara señal de que nuestro viaje de descubrimiento aún no ha terminado. El día que el experimento sea un éxito será el día de su fin. Y no puedo evitar pensar que la tristeza del final es mayor que la alegría del éxito.

—¿Lo escribo en el registro? —pregunté—. Me refiero a lo del pis de gato.

Él se rio.

—Buena idea. Debemos ser honestos en nuestras observaciones. Ten la bondad de coger la pluma y hacer los honores, hija mía.

Era un día memorable, al fin y al cabo, así que dejé de lado la tinta negra y cogí la botella de la roja. Mojé la pluma en el líquido y escribí despacio y con cuidado. Se lo enseñé al abuelito.

—Excelente —dijo—, pero creo que «pis» va con una sola ese.

Capítulo 20

El gran cumpleaños

Existen muchas diferencias leves que podríamos llamar individuales, como las que se dan con frecuencia en vástagos de los mismos padres [...]. Nadie supone que todos los individuos de una misma especie estén cortados por el mismo patrón [...].

*E*l año iba pasando y seguíamos sin noticias sobre la planta. Mis días consistían en un ciclo de deberes escolares, prácticas de piano y clases de cocina con Viola. En contra de mi voluntad, aprendí a preparar la ternera Wellington y el cordero Parsifal. Aprendí a freír pollo, siluro y quingombó. Hice pan blanco, pan moreno, pan de maíz y pan de leche. Nada de eso parecía encantarle a Viola. Y la verdad es que a mí tampoco. En el tiempo libre que me quedaba, cada vez más escaso, me iba con el abuelito siempre que podía.

Así llegamos a octubre. Ah, octubre. Temporada de éxtasis para mí y para tres de mis hermanos, pues todos cumplíamos años ese mes, y además estaba Halloween. Casi no se podía aguantar tanta emoción. Y aquel año, en efecto, resultó ser demasiado, al menos para mamá, que nos llamó a Lamar, a Sul Ross, a Sam Houston y a mí para hablar.

—Niños —comenzó—, este año tendréis que compartir la misma fiesta de cumpleaños. Un gran grupo, en vez de cuatro normales. ¿A que va a ser estupendo? Invitaremos a todos vuestros amigos y tendremos una buena celebración.

—¿Qué?

—¡Eh, no es justo!

—Un momento.

—Mamáaaaa.

¿De verdad esperaba que nos pareciera bien? No nos hizo ninguna gracia. El lloriqueo general fue tan insistente que me extrañó que no se echara atrás y volviera al plan inicial. Pero se mantuvo firme.

—¡Ya basta! —ordenó—. Lo que pedís es demasiado, para mí y para Viola. Si tiene que volver a preparar cuatro banquetes de cumpleaños en un mes, nos abandona, os lo prometo. Y tampoco quiero que vayáis a quejaros a ella: no ha sido idea suya.

—Callie Vee puede ayudar en la cocina —propuso Lamar, bajito—. Ya está aprendiendo. Que ayude. Yo quiero mi propia fiesta.

Le lancé una mirada tan ponzoñosa que retrocedió un paso.

Mamá se impuso, y así empezó una semana entera de preparativos, durante la cual ella, Viola y SanJuanna funcionaron a toda máquina (como también era mi cumpleaños, me dispensaron de cocinar, pese al comentario del asqueroso de mi hermano). Los cuatro niños nos apartamos de su camino y dimos rienda suelta a nuestra ira grupal entre nosotros, refunfuñando todo el tiempo sobre lo injusto que era aquello. Cuando llegó el primer domingo de octubre y nos apiñaron a todos para la fiesta comunitaria, estábamos de un humor raro, entre festivo y huraño.

A Viola le tocó cocinar montañas de comida, y a San-Juanna, ir trayéndola. A Alberto le tocó levantar una carpa por si acaso llovía y pasear a *Sunshine*, un poni Shetland anciano y amargado, con la correa bien corta para asegurarse de que no realizara su truco favorito, que era girar la cabeza como una serpiente y llevarse un trozo de pierna de su jinete.

Nuestro resentimiento colectivo e inicial se fue disipando al comenzar la fiesta. ¿Y por qué no? Era la más grande que se había visto en Fentress. Estaban invitados todos los niños del pueblo, cuyos padres vinieron también. Había paseos en poni, bengalas, cohetes de agua, croquet, caramelos y juegos de la herradura y de las manzanas. Hubo regalos sorpresa, gorros de papel y serpentinas.

Hubo pilas de sándwiches exquisitos y panecillos de salchicha; gelatinas frías y jamón caliente servido con mermelada de albaricoque; rosbif cortado muy fino y servido con rábano muy picante, que los niños evitaron diligentemente; todas las tartas y helados que uno pudiera comer; pasteles de pacana y de merengue de limón; y otro altísimo, con cuatro capas de chocolate negro y el nombre de cada cumpleañero escrito en los lados con un glaseado blanco y con filigranas, y con unas velas encima para todos nosotros, cuarenta y nueve en total, que cubrían la capa superior. (Doce para mí, catorce para Lamar, quince para Sam Houston y ocho para Sul Ross. Era una auténtica sábana de fuego, y me di cuenta de que si manteníamos eso del cumpleaños comunitario, pronto tendríamos que encontrar otro sistema, o bien hacer un pastel mucho mayor.)

Todo empezó de forma bastante correcta, pero degeneró en un caos sin precedentes. *Áyax* birló un panecillo con salchicha, que consiguió zamparse mientras huía a toda velocidad de la turba de niños revolucionados que salió en su persecución.

Mi única responsabilidad de ese día era acompañar a Sul Ross y asegurarme de que no se atiborrara hasta empacharse. Vana tarea, pues Sul Ross siempre se empachaba de pastel de cumpleaños, lo vigilase yo o no.

Papá y mamá hicieron de anfitriones atentos. El abuelito estuvo con los adultos y se tomó una cerveza con ellos. Anunció que había un regalo de cumpleaños para todos nosotros procedente de Austin pero que se había retrasado inesperadamente y llegaría en algún momento de la semana. Esto dio pie a toda clase de especulaciones, pero no nos dio ningún detalle. Después se retiró a la biblioteca a echarse una siestecita reparadora.

Travis, Lamar y Sam Houston estuvieron rondando a Lula Gates como planetas alrededor del sol, dándole la lata con preguntas constantes: «¿Más helado, Lula?», «¿Te traigo pastel, Lula?», «¿Te lo estás pasando bien, Lula?».

A mí nadie me preguntó si quería algo, pero la verdad es que era perfectamente capaz de irme a buscar mi propio pastel. Ya lo creo que sí. ¡Una chica hecha y derecha como yo!

Lula estaba hablando con su madre, con esas perlas diminutas de sudor en la nariz y el pelo suelto, plata y oro, cayéndole en cascada bajo el sol. La señora Gates le sonrió a Travis y luego a Lamar. «Vaya —me dije—, confía en pescar a un Tate para Lula, y no parece importarle cuál.»

—Callie —me llamó—, estábamos hablando de la feria. ¿Qué tal van tus labores? Debo decir, si se me permite echarle flores a mi propia hija, que Lula me está sorprendiendo con su destreza.

—Ajá —contesté.

—Esperamos que consiga un premio en trabajo calado, aunque también está progresando mucho en encaje.

—Ya —dije, y me di cuenta de que no se me ocurría ni una sola palabra que decir sobre ese tema.

El vacío en la conversación se fue ensanchando hasta que Travis metió baza:

—Callie Vee me está haciendo unos calcetines para Navidad, señora Gates. ¿Verdad, Callie?

—Sí, exacto, calcetines.

—Será estupendo tener unos calcetines de lana cuando haga frío, ¿no le parece? Espero que estén listos a tiempo —añadió Travis.

—Oh, Travis —le contestó la señora Gates—, estoy segura de que en Navidad ya estarán terminados, ¿verdad, Callie? En fin, unos calcetines se hacen en nada. —Tuve ganas de decir: «No lo crea»—. Lula puede hacer un par en una tarde.

—¿De veras? —dijo Travis, digiriendo la información y mirándome asombrado.

No me gustó el rumbo que estaba tomando la conversación.

—Lula —interrumpí—, ¿quieres montar a *Sunshine*? No pasa nada, Alberto la tiene bien agarrada y no te morderá. Pero si te da miedo, iré yo primero si quieres.

—Vale, Callie, estaría bien —respondió Lula, y nos excusamos.

Travis, haciendo otra vez gala de unas admirables dotes sociales para su edad, siguió a Lula con la mirada pero se quedó astutamente para camelarse a la señora Gates con sus atenciones. Ese chico crecía muy deprisa.

Cuando pasamos por las mesas que gruñían bajo el peso de la comida, vi que Sul Ross se dirigía hacia los árboles con dos platos a rebosar de pastel. Me había olvidado de que tenía que protegerlo de sus propios excesos. Me sentí culpable, pero lo cierto es que para sus ocho años debería tener más cabeza, ¿no? Además, también era mi fiesta.

También pasamos por el juego de la herradura, que supervisaba Harry. No le quitaba ojo a Sam Houston, famoso por lo bestias que eran sus lanzamientos, ni a la prima mayor de Lula, Fern Spitty, que andaba por ahí pavoneándose mientras giraba su parasol blanco con ribete de encaje.

—Callie, se te ve de muy mal humor —señaló Lula con cautela—. ¿Te encuentras bien?

No sabía si explicárselo. ¿Acaso ella, la princesa en ciernes de la aguja y el ganchillo, entendería por lo que yo estaba pasando? Éramos amigas desde hacía años, pero últimamente era como si no hablásemos el mismo idioma. Sin embargo, la idea de no poder contarle a mi mejor amiga que tenía la pata atrapada en el cepo era demasiado triste. Así que me armé de valor y dije, balbuciendo:

—No… No me gusta todo eso de coser y bordar, no como a ti, y además, no me sale bien. Quiero hacer otra cosa con mi vida.

—¿Como qué?

—No lo sé seguro.

—¿Te refieres a que quieres ser maestra? ¿Como la señorita Harbottle? Pero entonces no tendrás tu propia familia. ¿No quieres una familia propia?

—No lo sé seguro —repetí.

Pareció confundida.

—Todo el mundo tiene una familia, ¿no es verdad, Callie? —Reflexionó un momento y dijo—: Ah, te refieres a que quieres ser como la operadora telefónica, como Maggie Medlin. Ella no tiene familia. —Pensó un poco más y añadió—: Gana su propio dinero. Eso estaría bien, tener dinero propio…

—No sé lo que quiero hacer, Lula.

Y entonces me vino a la cabeza, como la primera e impactante visión del disco solar elevándose en el horizonte, qué era lo que quería hacer. Era tan evidente que me pregunté cómo no lo había visto antes. Solo tenía que decirlo en voz alta. ¿Tendría el coraje de hacerlo, de revelarlo al aire libre? Tal vez debía probar delante de Lula, a ver cómo sonaba.

—Creo —empecé, y me detuve—. Creo que a lo mejor quiero ir a la universidad.

—¿En serio? —Una de dos: o Lula estaba impresionada, o estaba horrorizada—. No conozco a nadie que haya ido. Espera, ¿la señorita Harbottle fue?

—No, ella fue a la escuela de maestras. Solo tiene un certificado.

—¿Y en la universidad qué se hace? —preguntó Lula.

—Se estudian cosas.

—¿Qué clase de cosas?

—De toda clase —contesté, algo pomposa. En realidad no sabía qué hacían allí (me lo fui inventando sobre la marcha), pero no quería que ella lo supiera—. Ciencia y otras cosas. Te dan un diploma especial que demuestra que has estado ahí.

Temí que me preguntara qué hacías con el diploma especial una vez lo conseguías, porque yo no tenía ni la menor idea. Se me ocurrió la absurda y repentina superstición de que si Lula me lo preguntaba y yo no sabía responder, nunca iba a ir.

—Vamos, Lula —dije, cogiéndole de la mano—, ¡montemos en poni!

Sonrió contenta y se secó las perlas de sudor disemi-
nadas por su nariz como si fueran pecas, y echamos a correr en busca del poni cascarrabias. Al pasar por donde jugaban a la herradura, vi a Harry hablar con Fern Spitty, y
algo en su actitud atenta me hizo pensar que volvería a
iniciarse la danza del apareamiento.

Después de cabalgar a *Sunshine*, unos cuantos jugamos a juegos de la guerra civil: representamos las batallas
de Fredericksburg y Chancellorsville, enfrentándonos con
espadas de madera y disparando leños que hacían de cañones. Todos mis hermanos, excepto Sam Houston, lamenta-
ban haberse perdido los actos heroicos y la gloria ro-
mántica —Sam Houston había visto las truculentas
fotografías de Mathew Brady en la biblioteca y no le habían parecido tan soberbias—. Tuvimos que mantener una
rotación estricta para determinar a quién le tocaba hacer
de federales, pues nadie quería. Intentamos jugar unas
cuantas veces sin el ejército del Norte, pero resultó tan
aburrido que al final lo dejamos correr todo.

Después tuvimos un concurso de escupir semillas de
sandía, que ganó Lamar, cómo no, pues era el mayor boca-
zas entre los presentes. Luego abrimos los regalos y yo recibí una bolsita marrón de caramelos de regaliz de parte de
mis tres hermanos pequeños, que habían hecho un fondo
común para comprarla. Sam Houston me dio un gancho
para hacer ojales y Lamar un acerico con forma de tomate
rojo y gordo. Harry me regaló un libro de música para
piano, *Canciones alegres para toda la familia*. De parte de
mis padres recibí un vestido de la más fina batista blanca
con adornos de puntilla y unas zapatillas de invierno de
pelo de conejo, pues las viejas ya me venían pequeñas. Yo
regalé a cada uno de mis hermanos un punto de libro de la
bandera tejana, que dibujé y pinté yo misma.

A la hora de los fuegos artificiales, ya estábamos todos para el arrastre. Hubo lágrimas y rabietas y muchas risas, y varios cardenales y rasguños. Todo lo típico de las grandes fiestas. A Dovie se le puso un ojo morado después de chocar contra el puño de otro niño. (Podría haber sido mi puño perfectamente, pero no lo fue, lo juro). Y como en general se la consideraba una repipi, le hizo la mar de bien y le valió muchas atenciones.

Esa noche, mamá se fue a su habitación con una botella grande de su tónico. Viola fue a tumbarse con un paño frío y polvos para las migrañas y le dieron un descanso inaudito de dos días enteros para recuperarse. SanJuanna y Alberto compartieron la ingrata tarea de limpiar. Alberto explicó que al final del día, al devolver a *Sunshine* al establo, esta estaba tan agotada que no intentó morderle ni una vez.

Y el regalo del abuelito llegó a finales de semana, aunque pronto deseamos que no hubiera sido así. Vino en una gran caja con agujeros de ventilación, lo que siempre resulta prometedor; nos reunimos en el porche delantero y observamos cómo Harry la abría haciendo palanca. La caja contenía una jaula de alambre, en la que había un espléndido loro. ¿Cómo cuernos lo sabía el abuelito?

Y no era un loro cualquiera. Era un enorme ejemplar adulto del Amazonas, de un metro de largo desde el penacho hasta las alas de la cola, con un brillante pecho dorado, el lomo azul celeste y las alas de un impactante carmesí. Lo observamos sobrecogidos. El abuelito había leído sobre él en los periódicos de Austin y se lo había comprado a los parientes del propietario, pues este había fallecido. Era lo más bonito que habíamos visto nunca. Y tenía aspecto de poder arrancarte un ojo como si nada.

Cuando aún estábamos boquiabiertos, pasó su gran

pico por entre los barrotes y abrió el pestillo con delicadeza, y después se subió encima de la jaula con un balanceo experto, pese al impedimento de una fina cadena de plata que iba desde su pata hasta su roída percha. Se arregló una larga pluma iridiscente, sacudió la cabeza, alzó y bajó el penacho en un gesto algo amenazador y fijó la mirada en nosotros con un ojo amarillo y perfectamente redondo.

Nos quedamos estupefactos. Nunca habíamos visto nada igual. Mamá miró a la criatura con cierta alarma, pero entonces, como si se hubiera dado cuenta de que su futuro estaba en juego, el ave nos ofreció una sorprendente interpretación silbada de *Cuando éramos jóvenes, Maggie,* con trinos y cadencias incluidos. ¿Fue pura casualidad? ¿O ese pájaro adivinó de algún modo que mi madre se llamaba Margaret y que esa era su canción favorita? Había una inteligencia cruel en ese ojo ictérico que me hacía pensar que sí, y agradecí la cadena. Se llamaba *Polly,* como tantos loros, y era nuestro regalo de cumpleaños. ¿Qué podía hacer mi madre?

De modo que se quedó, al menos por un tiempo, y resultó tan irritable y quisquilloso como parecía. Con ese pico inmenso y esas garras enormes, a nadie se le pasó por la cabeza soltarlo de su cadena. Nos intimidaba a padres, hijos, perros y gatos, por lo que todos evitábamos su rincón salvo para darle agua y comida y cambiarle el papel de periódico. Tenía su propia jibia, con la que se frotaba los costados del pico como un afilador de cuchillos poniendo a punto su acero. Yo quería examinarlo más de cerca, pero no me atrevía. A *Polly* no parecía importarle ser tan poco popular; se pasaba el día refunfuñando taciturno y cantando canciones picantes de marinero, con algún que otro chirrido ensordecedor que soltaba tan solo para darte un susto.

Cada vez nos aficionamos más a taparle la jaula para tener un poco de paz. Sospecho que todos queríamos deshacernos de él, pero nadie se atrevía a dar un paso al frente y decirlo; esperábamos que se presentara alguna excusa decente porque, al fin y al cabo, era nuestro pájaro de cumpleaños.

La excusa decente llegó durante una de las meriendas de mamá, cuando *Polly* saludó alegremente a una invitada, la señora Purtle, sugiriéndole que «se fuese al carajo». Yo no sabía qué significaba eso, pero al parecer mamá y la señora Purtle sí. Al cabo de una hora, Alberto ya había llevado a *Polly* a la limpiadora y se lo había regalado al señor O'Flanagan.

El señor O'Flanagan era el ayudante de dirección de la limpiadora y antiguo marinero mercante, y le encantaba tener un pájaro cerca. Una vez tuvo un cuervo que era un vejestorio y al que llamó *Edgar Allan*, y había invertido años en enseñarle a decir «Nunca más». Pero el cuervo permaneció mudo, hasta el día en que graznó una vez y acto seguido estiró la pata de viejo. Al señor O'Flanagan, desde que supo que teníamos un loro que hablaba de verdad, le hacía mucha ilusión llegar a ser su propietario. Puesto que él mismo era un viejo lobo de mar, no le ofendía la compañía grosera. Resultó que el pájaro y él conocían las mismas canciones indecentes, y cuando el hombre no estaba ocupado con algún cliente, se pasaban el rato cantando juntos… con la puerta cerrada, por supuesto.

En casa nadie echó de menos a *Polly*; ni siquiera el abuelito, sospecho.

Capítulo 21

El imperativo de la reproducción

La selección puede aplicarse a la familia igual que al individuo, y puede que así alcance el fin que desea.

*C*ómo no, a Harry lo invitaron pronto a cenar con Fern Spitty, aunque no fue una invitación descarada: le pidieron que fuese a casa de los Gates, pero mira por dónde, la prima Fern estaba de visita esa noche. Hacía pocos meses del desastre con Minerva Goodacre, pero el corazón roto de Harry ya parecía curado. Fern se acababa de presentar como debutante en Lockhart, por lo que era el momento de ponerse en serio con lo de buscar solteros. Lockhart no era ni mucho menos tan grande como Austin, pero aquel año, por primera vez, había cinco comerciantes bastante prósperos que se vieron obligados (sin duda por sus esposas) a declarar casaderas a sus hijas. En otras palabras, que ya estaban en el mercado. Mamá lo leyó en el *Lockhart Post* y en su mirada se reflejó una chispa, una chispa que no me gustaba, pues sabía que tenía algo que ver con su única hija.

Harry rescató los ungüentos y las pomadas. Se limpió

las botas de montar hasta el punto de que podías verte reflejado en ellas, se cepilló el traje y salió a cenar. Supuse que estaba irresistible, yendo tan elegante.

Al día siguiente Lula me explicó que, después de la cena, Harry y Fern se sentaron en el balancín del porche, en la oscuridad, durante media hora larga y sin otra compañía que los mosquitos.

—¿Hicieron manitas?

No estaba segura al cien por cien de lo que eso implicaba, pero esperaba que Lula sí.

—¿Si hicieron qué? —preguntó.

—¿Se dijeron requiebros?

—¿Eh? ¿Qué es un requiebro?

—Da igual. ¿Él le cogió la mano? —quise saber.

—No lo vi.

Me aventuré un poco más:

—¿La besó?

—¿Cómo? —exclamó Lula—. ¡Oh, Callie, si apenas se conocen!

—Bueno, ya lo sé, Lula, pero la gente se besa, ¿sabes? Solo me preguntaba si lo viste, nada más.

Se puso colorada y los puntitos de sudor le llenaron el puente de su nariz. (Pregunta para el cuaderno: ¿Por qué a Lula le suda así la nariz? No le pasa a nadie más.) Se arrancó el pañuelo del bolsillo y se dio unos toques una y otra vez y dijo:

—¿Cómo puedes preguntarme una cosa así?

—Porque se trata de mi hermano e intento figurarme si se va a largar para casarse con Fern. Es tu prima y eso nos emparentaría, ¿no? Eso creo, aunque no sé muy bien cómo.

No tenía intención de interferir en el noviazgo de Harry: ya había aprendido la lección. Pero si otra persona podía recopilar información y hacérmela llegar…

—Lula —continué—, ¿alguna vez piensas en casarte?

—Supongo. Como todo el mundo.

—Una vez casada, tienes que permitir que tu marido te bese. Y tú le has de besar a él.

—No —respondió.

—Sí —asentí, como si yo lo supiera todo sobre los besos entre maridos y esposas—. Es lo que hacen cuando están juntos.

—¿Es obligatorio?

—Oh, ya lo creo. Es la ley.

—Nunca he oído hablar de esa ley —dijo con desconfianza.

—Es verdad, es la ley de Texas. Y ya que hablamos del tema, ¿sabías que a unos cuantos de mis hermanos les gustas? —Mientras este dato tan interesante salía de mi boca, recordé la promesa que les había hecho a los tres—. ¡Jolines, no tenía que decírtelo!

Lula pareció impactada por mi lenguaje.

—¡Callie, no se dicen palabrotas!

—Perdón —dije—. Se supone que es un secreto. Olvídate de lo que he dicho.

Después de dudar, me preguntó:

—¿Cuál es?

—¿Cuál es qué?

—Ya sabes… al que le gusto.

—Adivina. Yo no te lo voy a decir —le contesté. Pero estaba harta de guardarles sus secretos. ¿Por qué no podía saberlo Lula?—. Bueno, va, son Lamar, Sam Houston y Travis.

—Cielo santo —dijo mientras se ponía como un tomate.

—Puedes elegir. ¿Cuál te gusta más?

—No… no lo sé.

—Bueno, ¿te quedarías con alguno? Yo en tu lugar, no estaría segura. ¿Cuál te parece el más guapo? A mí Harry, por supuesto, pero él no cuenta.

Volvió a ruborizarse y afirmó:

—Todos son unos chicos apuestos.

—Sí, Lula, ¿pero te gusta alguno?

—Todos son muy simpáticos.

—Ya, ya, ¿pero te gusta alguno? —En vez de contestar, se limitó a secarse las perlas de sudor con cara de sofoco. Continué—: Yo que tú, elegiría a Travis. Es el más bueno de todos. A lo mejor no estaría tan mal besarle. Los besos deben de tener algo, si no, la gente no se los daría, ¿no crees?

Lula se puso pensativa:

—No sé si a mi madre y a mi padre les gusta. Es decir, no recuerdo haberles visto besarse.

Yo había visto a mis padres besarse en Nochebuena, y una vez vi a mi padre rodear a mi madre por la cintura y atraerla hacia sí en el extremo oscuro del pasillo, de camino a su habitación. Y viviendo en una granja con pollos, cerdos, vacas y gatos siempre veías nacer camadas, por lo que a cierta edad se te ocurría preguntarte de dónde salía tanta vida. Había visto aparearse a los perros, y una noche me tropecé con dos gatos en la oscuridad y vi lo nunca visto. Los gatos se sorprendieron tanto como yo.

Lula me dijo algo que no entendí.

—¿Qué? —le pregunté.

Ella apartó la mirada.

—Entonces... ¿le gusto a Travis?

—Sí. Píllalo, Lula: es el mejor de todos.

—Pero es muy joven. Al fin y al cabo yo tengo doce años y él solo once, ¿no?

—Pues… sí. —En realidad tenía diez, pero no iba a cargarme la tierna campaña de su primer amor—. Recuerda, Lula: yo no te he dicho nada. No se te escapará, ¿verdad?

Me hizo el más profundo doble juramento de hermanas de sangre. Yo deseaba sellarlo con saliva, pero habría sido demasiado para ella.

Esa noche acorralé a Harry mientras escribía una carta.

—Hola, bicho —me dijo con aire ausente.

—Harry, ¿alguna vez has besado a una chica?

Pareció asombrado.

—¿Por qué lo preguntas?

—Me preguntaba cómo es, nada más.

—Besé a una chica una vez —respondió con una sonrisa—, y es muy agradable.

—¿Por qué?

—Porque sí. Tendrás que esperar para saberlo.

—¿A quién besaste? —quise saber.

—No puedo decírtelo, Callie: no es propio de caballeros.

—¿Por qué no? A mí sí me lo puedes decir: sé guardar un secreto. —O tal vez no, pensé—. ¿Besaste a Minerva Goodacre?

—No, no fue ella. Pero una vez me dejó que la cogiera de la mano.

—¿Eso también fue agradable?

—Mucho. Terriblemente. Y ahora vete.

—¿Por qué fue agradable?

—Eres una pesada. Déjame en paz —contestó, pero sonrió ante algún recuerdo placentero.

—¿Suspiras por ella, Harry? ¿Sufres?

Mientras la horrible Goodacre estuviera fuera de

nuestras vidas, se podía consentir cierto grado de suspiro y sufrimiento, como estricto ejercicio romántico.

—Supongo que durante un tiempo, sí.

—¿Pero ya no?

—No, ya no. ¿Puedes hacer el favor de marcharte? —Me disponía a salir cuando me llamó—: Espera. ¿A qué viene tanto interés? —Me miró con picardía—. ¿Hay algún chico del que no nos has hablado? ¿Tu primer pretendiente?

—No, no, no. —Me salió una risa como si hiciera gárgaras—. No.

—¿Y por qué no? Un día te perderé por algún príncipe encantador que te ofrezca un zapato de cristal, Callie.

—No digas eso —repliqué, y corrí hacia él y le eché los brazos al cuello. Tuve ganas de llorar sin motivo—. ¿Por qué tienes que casarte? ¿Por qué tengo que casarme yo? ¿Por qué no nos quedamos todos aquí en casa?

—No pasa nada, bicho. Algún día querrás tener tu propia familia.

—La gente siempre me dice «algún día», ya estoy harta —farfullé pegada a su chaleco.

—A mí también me lo decían.

—¿A ti también?

—¿Verdad que da rabia? Se lo dicen a todo el mundo, y aquí estoy yo diciéndotelo a ti. ¿A ver ese pelo? Vas muy despeinada.

—Harry —dije, escogiendo mis palabras con cuidado mientras él me toqueteaba la cinta—, ¿piensas... piensas que podría ser maestra?

—¿Maestra? ¿Es lo que quieres? —preguntó él, y me volvió a hacer el lazo.

No lo era, pero aún no podía contar lo que quería de verdad.

—¿Piensas que podría hacerlo, Harry?

—Sí, creo que sí. ¿Se lo has comentado a mamá y papá?

Ignoré la pregunta y añadí:

—¿Piensas que podría ser...? Ay, no sé, ¿operadora telefónica?

—Seguro que en eso también serías buena, si los brazos te crecen lo suficiente. Un momento, que te arreglo la cinta. Ya está.

—Harry, ¿piensas que podría ser... —me detuve y, cuando volví a hablar, lo hice en un tono deliberadamente natural—... científica?

—¿Científica? —Se echó atrás—. Eso ya es un poco exagerado, ¿no te parece? —Fijé la vista en él. Mi pregunta y su respuesta eran demasiado importantes para apartar la mirada—. Ah, ya lo entiendo... Esto es por el abuelo, ¿no? Te está animando, ¿verdad? A lo mejor no deberías pasar tanto tiempo con él. En serio, Callie: eso es muy exagerado.

—¿Por qué? —pregunté directamente—. ¿Por qué es tan exagerado?

—Porque no conozco a ninguna mujer científica, ¿y tú? ¿Cómo vivirías? ¿Dónde trabajarías? Mira, algún día te casarás, tendrás montones de niños y te olvidarás de todo esto. ¿No quieres tener tu propia casa?

—Yo ya tengo una casa propia.

—Ya sabes a qué me refiero.

Me alejé un paso de él y dije:

—Harry, si yo quisiera ser científica, ¿me ayudarías?

Puso cara de escepticismo.

—¿Ayudarte cómo?

—No lo sé muy bien —contesté, pues no tenía ningún plan—. Tú ayúdame si lo necesito.

—No sé qué decirte, bicho. —Al ver la expresión de mi rostro, añadió—: No digo que no. Solo que no entiendo de qué va esto.

—Si fuese importante para mí…

—Siempre haré lo que pueda por ti, Callie, ya lo sabes. Aunque no te lo mereces después de irle a mamá con lo de la señorita Goodacre. Y ahora, vete: tengo que acabar esta carta.

Me aferré a su cambio de tema con alivio.

—¿Es una carta de amor?

—A ti qué te importa.

—¿Es para Fern Spitty?

—Fuera.

No había obtenido una promesa de ayuda por su parte, pero tampoco me la había negado. Consideré que la conversación había quedado en tablas. Ahora ya sabía que finalmente era el momento de dirigirme al abuelito. Lula y Harry habían sido meros ensayos. Lo había estado aplazando, pero ya era la hora.

Besé la cabeza gacha de Harry y salí al porche, donde los demás se habían reunido para ver la primera luciérnaga. El tiempo refrescaba y la cantidad de insectos disminuía: pronto habría terminado su temporada, y ya tocaba, porque la medalla del Premio Luciérnaga de Fentress estaba mugrienta y gastada.

El abuelito estaba sentado en una mecedora de mimbre en el extremo opuesto del porche. Me alegró ver que se había colocado a cierta distancia. Saqué cuaderno y lápiz y me senté en una silla a su lado. La punta de su puro se iluminaba al aspirarlo, como si fuese una luciérnaga gorda y roja, y casi pensé que los insectos que quedaban lo iban a rodear para transmitirle con luces sus intenciones románticas. (Pregunta para el cuaderno: ¿alguna luciérnaga habrá confundido un puro con otro miembro de su especie? Sería un error doloroso... y letal.) Guardamos silencio hasta que dijo:

—¿Pretendes infligirle una herida mortal a esta silla, Calpurnia? —Bajé la vista y me di cuenta de que estaba haciendo un agujero en el mimbre con mi lápiz—. Últimamente no te veo mucho —comentó.

—Porque me están entrenando para ser cocinera. O esposa, creo.

—Ya. Y todos hemos disfrutado de los frutos de tu esfuerzo.

—No hace falta que lo diga —respondí con tristeza.

Continuamos en silencio; noté un mosquito invisible cebándose con mi tobillo, lo que venía a sumarse a mi desgracia general. No lo vi hasta que me picó varias veces y con su glotonería se transformó en una gota voladora y visible de mi propia sangre. Se instaló en el porche junto a mi pie y lo aplasté. Intentó volar, pero estaba demasiado congestionado para escapar. Lo pillé con un borde del zapato y un chorro diminuto de mi sangre se estrelló en la pintura gris del porche. Pensé en ello. Por lo visto, lo bueno en exceso también puede matarte, según dicta la sabiduría popular. Ahí estaba esa mancha como prueba. El mosquito había triunfado en cuanto a conseguir alimento, pero había fracasado en cuanto a vivir hasta una edad avanzada y expirar pacíficamente mientras dormía, rodeado de sus numerosos y apenados nietos. Así pues, ¿era apto o inepto? Aunque tal vez no importara, según lo que fuese a decirme el abuelito. ¿Conmutaría mi condena perpetua a la monotonía doméstica?

En el otro extremo del porche, Travis divisó la primera luciérnaga y reclamó la medalla. Me aclaré la garganta:

—Abuelito... —Pero flaqueé.

—¿Qué, Calpurnia?

—Las chicas... las chicas también pueden ser científicas. —Ambos fingimos no notar el temblor en mi voz—.
¿Verdad?

Dio una larga calada a su puro y le asestó unos golpecitos para hacer caer la ceniza.

—¿Se lo has preguntado a tu madre? ¿O a tu padre?

—¿Cómo? No, claro que no. ¿Por qué iba a hacerlo?

—Porque tal vez tengan algo que decir al respecto.
¿No se te ha pasado por la cabeza?

—Oh —contesté con amargura—, ya sé lo que tienen
que decir. ¿Por qué cree que ya no salgo nunca de la cocina? Por eso se lo pregunto a usted.

—Entiendo. ¿Te acuerdas de hace unos meses, cuando
nos sentamos junto al río y hablamos de Copérnico y
Newton?

—Sí.

¿Cómo iba a olvidarlo?

—¿No hablamos del elemento químico de la señora
Curie? ¿De la lechuza de la señora Maxwell? ¿Del ptero-
dáctilo de la señorita Anning? ¿De su ictiosaurio?

—No.

—¿De las ecuaciones de la señorita Kovalevsky? ¿De
los viajes a las islas Sandwich de la señorita Bird?

—No.

—Cuánta ignorancia —murmuró, y los ojos me esco-
cieron al instante: ¿yo era una chica ignorante? Pero continuó—: Por favor, disculpa mi ignorancia, Calpurnia. Me
pusiste al corriente del primitivo estado de tu educación
pública, y yo debería haber pensado que te quedarías en la
inopia en ciertos temas de ciencia. Deja que te hable de
esas mujeres.

Absorbí cuanto me decía como una esponja viviente. Fue una información electrizante. Pero había algo en su voz: cierta duda o reserva que no había oído antes. Nos interrumpió mamá cuando vino a buscarnos para que nos acostáramos. Parecía que últimamente todas mis charlas con el abuelo acababan interrumpidas. Parecía que últimamente ya no había tiempo.

Mis hermanos y yo cancelamos por unanimidad el Premio Luciérnaga de Fentress de la hora de acostarse, declarando la temporada de 1899 oficialmente terminada.

De hecho, la luciérnaga que vio Travis fue la única de la noche. Aunque sabía que regresarían al año siguiente, me dio la sensación de que se extinguía una especie. Qué triste ser el último de tu clase y lanzar un destello en la oscuridad, solo, a la nada. Pero yo no estaba sola. Acababa de saber que ahí fuera había otras de mi clase.

Capítulo 22

Acción de Gracias

Uno de los rasgos más destacables de nuestras razas domesticadas es que observamos en ellas la adaptación, no por el propio bien del animal o la planta, sino para el uso o el capricho del hombre.

Ａ la mañana siguiente me desperté más temprano de lo habitual y supe, antes de espabilarme del todo, que había algo diferente. Al despertar por completo me di cuenta de que tenía frío. ¡Tenía frío! La temperatura había caído unos cinco grados durante la noche, gracias a uno de esos frentes impredecibles que bajaban desde las llanuras de Amarillo. Extendí un brazo con carne de gallina para tirar de un edredón que, por supuesto, no estaba allí. El frío pilló a nuestro hogar desprevenido, pues hacía mucho que llevábamos el calor pegado a nosotros como un sudario sofocante. Aparté mi sábana fina de algodón, estiré los brazos hacia el techo y me deleité con el aire fresco. Me pregunté si, quedándome allí el tiempo suficiente, empezaría a tiritar. Pero no había tiempo para esa clase de experimento: un día precioso esperaba para desplegarse ante mí.

Bajé las escaleras con ropa de verano porque en mi armario no había otra cosa que ponerme. Viola estaba cantando *El sauce dobla sus ramas para mí* mientras alimentaba el horno de la cocina e *Idabelle* estaba bien encogida en su cesto. Mamá bajó con su salto de cama, sobre el que se había echado su valioso chal de cachemira, que apestaba a alcanfor. Se lo había comprado papá en su luna de miel en Galveston, una ciudad en la que cada día entraba una profusión inimaginable de artículos fabulosos. «Suave como el culo de un bebé», decía siempre papá cuando ella se lo ponía, y le guiñaba el ojo y mamá se ruborizaba. Ella llevaba a cabo una lucha constante con los ratones y las polillas por la posesión de su chal, y se mantenía en cabeza con la aplicación diligente de tal cantidad de bolas de naftalina que el olor la seguía a todas partes como un perfume repugnante. Hacia la primavera el olor se apagaba, pero para entonces ya tenía que guardar el chal otra vez.

Viola hizo unos cremosos bollos de pacana con sirope caliente, y nosotros nos abalanzamos sobre ellos como bestias voraces. El abuelito celebró el día abandonando brevemente su raída levita en manos de SanJuanna para que ésta hiciera otro intento vano de dejarla presentable, pero el único efecto que tenía el benceno era que le hacía oler como un laboratorio con patas.

En el porche de atrás, los gatos de exterior se acurrucaban unos contra otros. *Áyax* y los demás perros resoplaban y brincaban en la hierba. Todo el mundo tenía la mirada más viva. Los temperamentos se aplacaron y nuestras almas se llenaron de gozo. Podíamos seguir adelante.

Aquel día, de camino a la escuela, mis hermanos y yo echamos una carrera por primera vez en meses. La señorita Harbottle estaba de tan buen humor que nadie probó la vara ni fue a parar al rincón de la vergüenza. Lula Gates y yo lo festejamos saltando a la comba todo el camino hasta casa (durante meses había hecho demasiado calor para pensar siquiera en ello). Hubo un momento en que tropecé, y entonces me di cuenta de que me había vuelto más alta a lo largo del verano.

De camino paré en la limpiadora, y como papá estaba reunido con otros terratenientes, fui al despacho del señor O'Flanagan y le pedí que me cortara un trozo de comba más largo.

—Desde luego, cómo no. Entra a saludar a *Polly* —dijo mientras se levantaba de su escritorio.

Polly parecía feliz y bastante saludable en su jaula, pero aun así me miró con mala cara.

—*Polly* es un pajarito muy bueno, ¿verdad? —dijo el señor O'Flanagan, y cariñosamente le acarició las plumas del lomo en el sentido equivocado.

Yo lo observé asustada, pero en vez de arrancarle el cuero cabelludo con sus garras, *Polly* parpadeó despacio con evidente placer y se apoyó contra su mano.

—*Polly* es un buen chico —dijo el pájaro con su inquietante falsificación nasal de una voz humana.

—Sí, ya lo creo —lo arrulló el señor O'Flanagan—, ya lo creo. Ven, Calpurnia, puedes hacerle mimos mientras yo voy a buscar una cuerda.

Ni hablar. Me quedé en la otra punta de la habitación. *Polly* y yo nos miramos. Él alzó y bajó su penacho, y luego juro que me siseó como un gato salvaje. Yo ya estaba saliendo de espaldas cuando el señor O'Flanagan regresó con una cuerda y dijo:

—A ver, ¿por dónde cortamos?

Me alegró verle de vuelta. Me alegré de que *Polly* hubiera encontrado su lugar en el mundo, y sobre todo de que este no estuviera con nosotros.

Cuando llegué a casa, ayudé a mis hermanos y a San-Juanna y Alberto a sacar edredones y ropa de invierno para orearla. Las colchas de *patchwork* más ligeras las tendimos en la cuerda, y nos dedicamos a azotarlas con todas nuestras fuerzas. Era una de las pocas ocasiones en que nos animaban a desmadrarnos, y era estupendo. Las más pesadas, de plumas, las extendíamos sobre sábanas limpias al sol, y hacíamos turnos para ahuyentar a los perros, gatos y pollos fisgones que se acercaban a ellas. Mamá puso una solución de vinagre diluido en un pulverizador y lo roció todo: creía firmemente en las cualidades desinfectantes del vinagre y el sol, ¿y quién iba a llevarle la contraria? Prácticamente era nuestro único recurso. La difteria, la polio y el tifus acechaban por todas partes, y carecíamos de armas contra ellos, aunque vivir en el campo y no en Austin nos proporcionaba cierta protección.

Con el cambio de clima nos dimos cuenta de que se iba acercando Acción de Gracias. Todos llevábamos demasiado tiempo agobiados por el calor como para pensar en ello. La mala fortuna fue que aquel año recayera en Travis la tarea de alimentar a nuestra pequeña bandada de pavos (que sumaban un total de tres). Uno estaba destinado a nuestra mesa, otro al personal que trabajaba con nosotros y otro a los pobres del otro extremo del pueblo. Era una tradición en nuestra casa. Lo que ya no era tradición es que se asignara al hijo más bondadoso la labor de cuidarlos.

Travis bautizó de inmediato a sus protegidos como *Reggie*, *Tom el Pavo* y *Lavinia*. Se pasaba horas hablando con ellos, arreglándoles las plumas con un palo sentado en el suelo y diciéndoles *gluglú* en voz baja. Ellos, por su parte, parecieron aficionarse a él y lo seguían a todas partes, dentro de los límites de su corral.

Hasta Helen Keller tuvo más vista que mis padres.

No creo que Travis lo comprendiera hasta principios de noviembre, cuando Viola y yo fuimos al corral a inspeccionar nuestra futura cena. Estaba sentado en un tocón con *Reggie* en el regazo, y le hablaba y le daba maíz de sus propios labios. Oh, cielos. Alzó la vista y al ver a Viola se puso pálido.

—¿Qué hacéis aquí? —preguntó.

—Cariño, tienes que afrontar los hechos —le dijo ella—. Saca a los otros y ponlos en fila para que yo los vea.

—Marchaos —nos contestó, con un tenso hilo de voz. Nunca le había oído hablar así antes—. Fuera de aquí ahora mismo.

Viola fue directa a hablar con mamá:

—Tendrá que hacer algo con ese chico. Los pavos son sus mascotas.

Mamá fue a hablar con papá:

—¿No deberías pasarle los pavos a Alberto?

Papá llamó a Travis y le dijo:

—No puedes cogerles demasiado cariño, hijo. Esto es una granja, y tienes que portarte como un chico mayor con estos temas.

Travis vino a decirme:

—Son mis amigos, Callie. ¿Por qué se los quieren comer?

—Travis, siempre lo hacemos por Acción de Gracias —le expliqué—. Para eso están, ya lo sabes.

Creí que se iba a echar a llorar.

—No podemos comernos a mis amigos. ¿Qué voy a decirle a *Reggie*?

—No creo que debas hablarlo con él —dije—. Será lo mejor, ¿no te parece?

—Supongo —respondió con tristeza, y se fue alicaído.

Al día siguiente me senté en la cocina con Viola y miré cómo amasaba el pan, con los tendones marcándose en sus antebrazos. Era de una eficacia increíble.

—¿En qué piensas? —me preguntó.

—¿Cómo sabes que pienso en algo?

—Por esa mirada tuya. La que pones ahora mismo.

Primera noticia de que era tan transparente.

—Viola, ¿qué pasa con Acción de Gracias? ¿Qué pasa con Travis? ¿No puedes hacer nada? Se va a morir —dije.

—Ya he hablado con tu mamá —respondió mientras espolvoreaba harina sobre la encimera— y ella ha hablado con tu papá. Yo ya he hecho mi parte. Si se te ocurre algo más, adelante.

—¿Por qué han tenido que tocarle a él los pavos? Ha sido de tontos.

Me lanzó una mirada.

—A mí no me preguntes.

—¿De verdad le tocaba a él? —conté a mis hermanos con los dedos—. A ver, el año pasado fue Sam Houston, y el anterior, Lamar, creo, o sea que este año se supone que... Oh.

—Exacto, pequeña.

Cavilé un poco y llegué a la conclusión de que no tenían por qué haberme saltado. Yo habría sido mejor opción que Travis, ahora que estaba curtida en el método científico. A veces las criaturas debían morir para que el conocimiento avanzara; y otras, para que avanzara Acción de Gracias. Yo lo sabía. Lo habría hecho bien... seguramente.

Al día siguiente cogí por banda a Travis después de que alimentase a sus aves.

—Mira —le dije—, considéralos como pollos. A los pollos nos los comemos sin parar, piensa en los pavos como si lo fueran. Los pollos no te importan tanto, ¿no?

—Pero es que no son pollos, Callie. Saben cómo se llaman. Cada mañana esperan que yo llegue.

—Ya sé que no son pollos, Travis, solo te digo que si piensas en ellos como si lo fueran, te será más fácil. —Me miró poco convencido—. O piensa en ellos como si fueran *Polly*. Nunca le cogiste cariño.

Ni él, ni nadie.

—*Polly* da miedo. Mis pavos no, ellos son mansos.

—Tienes que intentarlo, Travis —insistí—. Y tienes que dejar de pasar todo el tiempo con ellos. No es broma.

Dos días después, *Reggie* desapareció: al parecer embutió su voluminoso cuerpo por una abertura minúscula en un rincón del corral.

Uf, se armó la gorda, desde luego, pero Travis se plantó rápido y negó rotundamente haber tramado la fuga. Por desgracia para mi hermano y también para *Reggie*, este apareció con los primeros rayos de la mañana siguiente, aguardando su desayuno a la entrada del corral y acicalándose para su mejor amigo. Y yo no estaba, pero Lamar explicó que Travis se echó a llorar al verlo y trató de espantarlo hacia la maleza, pero *Reggie* estaba decidido a regresar a la vida fácil. Le encargaron a Alberto que reforzara el corral, que inspeccionó papá personalmente, a lo que siguió otra charla más con Travis a puerta cerrada.

A medida que se acercaba la fiesta, este se volvía más pálido y callado. Desesperada, acudí a Harry, que me decepcionó cuando se limitó a decirme:

—Oye, todos hemos tenido que hacerlo.

—Sí —contesté—, pero ninguno de vosotros convirtió a los pavos en sus mascotas. Para él es diferente, ¿no lo ves?

—Se supone que te tocaba a ti, ¿lo sabes?

—Claro.

—Pero se lo quité a papá de la cabeza —afirmó Harry.

—¿Fuiste tú? ¿Por qué?

—Porque ambos nos imaginamos que te resultaría demasiado duro.

—Vaya, no me hagas reír. Pues el pobre Travis está a punto de venirse abajo, por si no te habías dado cuenta.

—Vale —suspiró Harry—. ¿Qué propones?

—No tengo nada que proponer. Por eso te pido ayuda.

—¿Lo has comentado con el abuelito? —me preguntó.

—Me da cosa. Él cree en la supervivencia del más apto, y me da la sensación de que esos pavos solo son aptos para la cena de Acción de Gracias.

Pese a las advertencias de casi todos los miembros de la familia, Travis no pasó menos tiempo con los pavos, sino más. Una tarde fui al salón, donde mamá estaba cosiendo, y le dije:

—Tengo una idea buenísima: ¿por qué no preparamos un jamón este año?

—Ya lo comemos en Navidad —respondió ella mientras examinaba un puño deshilachado.

—Ya, pero podríamos comer jamón dos veces, ¿no? Tampoco nos moriríamos.

A Travis también le caían bien los gorrinos, pero por suerte aquel año ninguno de ellos había mostrado una personalidad lo bastante singular como para ganarse un nombre.

—No echaremos a perder la cena de Acción de Gracias

porque Travis se haya encariñado demasiado con un ave.

Mamá era el último tribunal de apelación en asuntos hogareños, así que no había nada que hacer, pero de todos modos lancé mi sugerencia, a pesar de que era floja.

—¿Y si le cambiamos los tres pavos a otra persona? Así, al menos no se tendrá que comer su propio pájaro.

Mamá suspiró y me miró.

—Cuántos problemas está trayendo esto. Está bien, pero deberán ser aves del mismo tamaño, ni un gramo menos. Llámalo y yo se lo contaré.

Encontré a Travis en el corral, sentado en el suelo con *Reggie*, *Lavinia* y *Tom el Pavo*.

—Tienes que entrar —le dije—. Mamá quiere hablar contigo.

—¿Es sobre mis pájaros? —se emocionó—. Es sobre mis pájaros, ¿verdad? ¿Dejará que me los quede? Va a dejar que me los quede, ¿no?

Me siguió hasta la casa sin dejar de parlotear. Allí, mamá le explicó:

—Travis, no podemos dejar de celebrar Acción de Gracias. Pero Callie tiene una idea y yo estoy de acuerdo con ella: podemos cambiar tus pájaros por otros… si es que encontramos a alguien que acceda. Pero tienen que ser igual de grandes que los nuestros.

—¿Cambiarlos? ¿Qué quieres decir?

—Pues que nosotros les daríamos nuestros pavos y ellos nos darían los suyos.

—Pero podría ir a visitarlos, ¿verdad?

—No, cielo, no podrías.

—Entonces, ¿para qué lo haríamos?

—Para tener otros pavos en Acción de Gracias, y no los tuyos. Así no tendrías que ver cómo nos comemos a *Ronald*.

—*Reggie* —la corrigió, y se sorbió la nariz.

—Sí, *Reggie*. Y de esta manera tú también podrías tomar pavo en Acción de Gracias. ¿No sería estupendo?

—No —lloró.

—Ya está bien. Haz el favor de limpiarte la nariz y tratar de serenarte.

Me pregunté por qué no lo relevaban del trabajo de los pavos y ponían a otro en su lugar, pero supongo que, una vez tenías asignada una tarea, la hacías y ya está. Cada día experimentábamos el nacimiento y la muerte de toda clase de animales, y se esperaba que nos acostumbrásemos a ello, al menos los chicos. Las sensibilidades delicadas no tenían cabida; la vida era dura, pero la de los animales de una granja aún lo era más. Y mucho más corta.

Recluté a mis hermanos y juntos empezamos a buscar reemplazos para las aves. Casi todos los del pueblo criaban algunos pollos, pero los pavos no eran tan comunes, pues eran más grandes y mostraban cierta tendencia a la mezquindad (excepto los de Travis, claro). Se lo preguntamos a nuestros compañeros de clase, al alcalde y a Alberto, que venía de una familia inmensa de hermanos y hermanas y primos del otro extremo del pueblo. Colgamos un pequeño anuncio escrito a mano en la redacción del periódico y nos aseguramos de que el viejo Backy Medlin, el mayor chismoso de la limpiadora, supiera lo que estábamos buscando. Incluso soborné a Lamar para que fuese a correos y se lo dijera a Grassel, para así no tener que verle yo.

Era un gran plan, o al menos no estaba mal. Pero no dio absolutamente ningún resultado. Mientras se acercaba el día y Travis se angustiaba cada vez más, fui a la biblioteca a explicarle el problema al abuelito.

—Vuelve a decirme cuál era Travis —me pidió este.

—El de diez años. El que últimamente llora todo el tiempo.

—Ah, así que eso es lo que le pasa. Pensé que a lo mejor tenía lombrices.

—Que yo sepa no: mamá siempre nos está dando purgantes. Tenemos que ayudarle, abuelito.

—Calpurnia, toda nuestra existencia en este mundo es un ciclo de vida y muerte. Es así. No hay forma de detenerlo.

—Es decir, que no va a ayudar —dije, y di media vuelta para irme—. ¿Y su murciélago qué? Si en vez de pavo fuéramos a comernos su murciélago para Acción de Gracias, seguro que haría algo.

—¿Tan importante es para ti, Calpurnia?

—No, para mí no —contesté—. Pero para Travis sí. Así que supongo que también lo es para mí.

—Está bien.

El día fatídico se aproximaba; fui a hablar con mi hermano.

—Travis —le dije—, te he encontrado tres pavos sustitutos. Hay un hombre que nos los cambia. Pero tú no puedes estar; tendrás que despedirte esta noche de ellos. Es mejor así, ¿lo entiendes?

—No —respondió abatido—. No entiendo nada de nada. No vale.

—Tenemos que hacerlo de esta forma. Confía en mí.

Aquella tarde, Travis estuvo en el corral hasta que oscureció. Yo le veía desde la ventana trasera del pasillo de arriba. Al final abrazó a cada pavo, hundiendo la cara entre sus plumas, y se apartó de ellos corriendo hacia la casa.

Me pasó de largo sollozando y se encerró en su habitación con un portazo.

A la mañana siguiente, si mirabas el corral veías que había tres pavos nuevos. Eran de un color distinto a los nuestros y tenían menos plumas en la cola, como si se hubieran peleado, pero mamá estaba bastante contenta porque parecían del mismo peso y tamaño que los de antes. Alberto fue temprano a cortarles la cabeza en el tajo, y SanJuanna los desplumó y los limpió tarareando. Me di cuenta de que cuchicheaban sobre los pavos muertos y pelados en el porche de atrás, hablando en español en voz baja.

A mediodía, Viola ya pudo elegir qué ave meter en el horno. SanJuanna y yo nos sentamos en la despensa a pulir la plata buena. Después sacamos de su cajón lleno de paja la porcelana de flores rosas que mamá había heredado de su madre y le pasamos un trapo. Viola estuvo horas trajinando sin parar en la cocina con un rollo de rapé en el labio, sacando adelante nuestra ingente cena entre nubes de vapor. Travis se quedó en su habitación todo el día y nadie se atrevió a hacerle salir.

Finalmente, a las seis en punto y con la casa fragante de apetecibles aromas, Viola tocó la campana en la puerta de atrás y golpeó el gong. Travis salió de su cuarto y desfiló en silencio hacia el comedor. Nadie lo miró.

Papá bendijo la mesa y parecía que no iba a acabar nunca, y luego trinchó ese pájaro enorme. Clavé la vista en el dibujo de flores de mi plato. Travis tenía la cabeza gacha. No dijo una palabra, ni tampoco lloró. Nos pasamos la bandeja del pavo algo cohibidos e hicimos lo posible por fingir que no arrojaba una oscura sombra sobre nuestro banquete. Mamá le disculpó de llevar su parte de la conversación. Él no notó que yo llevaba unos arañazos considerables en los brazos ni que el abuelito tenía en las uñas manchas de pintura oscura.

Poco a poco fuimos dando cuenta del pavo, el relleno de menudillos con ostra ahumada, las mollejas a la brasa, las picantes salchichas de venado, los dulces boniatos glaseados, las crujientes patatas asadas con piel, los frijoles con manteca, el aterciopelado pudin de maíz, los ácidos tomates estofados con quingombó, la calabaza con trozos de cerdo marinado, la ondulada remolacha en vinagre y la cremosa compota de espinacas y cebolla. De postre había pastel de pacana, pastel de limón y un pastel de frutos secos (mi única contribución, elaborada con dos días de antelación para apartarme del camino de Viola cuando llegase la hora de la verdad), todos majestuosamente expuestos en el aparador. Pese a la mortaja que nos envolvía, surgieron de forma espontánea pequeñas expresiones de júbilo.

A Harry le tocó la espoleta y, mientras esperábamos a que SanJuanna cortase los pasteles, se levantó y se acercó a donde estaba Travis para compartirla con él. Yo no creía que este fuera a tirar del hueso, pero lo hizo y le tocó el lado largo. Cuando le pedimos que nos contara su deseo, fijó la vista en el vacío y dijo en voz baja:

—Desearía tener un burro. Uno pequeño. Y a lo mejor una carretita para que tirase de ella. Lo llamaría *Dinkey el Burro*. Es el nombre que le pondría.

—¿Y para qué quieres un burro? —preguntó Harry.

—Porque la gente no come burros, ¿no?

Mamá puso cara de agotamiento.

—Que yo sepa no, cielo.

—Así *Dinkey* estaría a salvo y todo iría bien. Es mi deseo.

La mesa guardó silencio salvo por Jim Bowie, que parecía asustado y dijo:

—¿Estamos comiendo burro? Yo no quiero comer un burro: tienen unos ojos muy bonitos.

—No, J.B., no estamos comiendo burro —le contestó mamá—. Es pavo. Haz el favor de terminarte el plato o no habrá postre.

—¿Nos estamos comiendo el pavo de Travis? —quiso saber J.B.

—No, es otro —contesté rápidamente—. Recuerda que los cambiamos.

—Ah, vale. ¿La próxima vez podré cuidarlos yo? —preguntó J.B. con toda su inocencia.

Nadie sabía qué decirle.

—No, no puedes —respondió mamá—, le toca a Sul Ross.

—No —intervine—. Me toca a mí, ¿recuerdas?

Ya mientras lo decía, me pregunté hasta qué punto iba a tener que lamentarlo. Solo pretendía sonar decidida, pero al parecer hubo cierta severidad en mi voz, porque la conversación cesó momentáneamente y todos, incluido Travis, me miraron. Pero aquello formaba parte del acuerdo al que había llegado con el abuelito, el único que, desde su extremo de la mesa, asintió para darme su apoyo.

Capítulo 23

La Feria de Fentress

Qué fugaces son los deseos y esfuerzos del hombre. Qué breve es su tiempo. Y por tanto, qué pobres serán sus frutos, comparados con los que acumula la naturaleza.

*N*o me quedó otra. La señorita Harbottle presentó una moción para que todas las niñas del colegio llevásemos nuestras labores a la feria, y mamá la secundó. Así que mamá y Viola subieron a mi cuarto a examinar los distintos proyectos que expuse sobre mi cama. Había tres pares de calcetines de lana marrón para mis hermanos, una chaqueta de ganchillo para bebé para dársela a los pobres y un cuello de puntilla desigual, tirando a torpe por el lado por el que había empezado y un poco más esmerado por donde había acabado. También tenía un pésimo trozo de edredón, tan rudimentario que parecía hecho por Toddy Gates, el hermano alelado de Lula. Mamá se estremeció y lo pasó por alto, y ella y Viola parlamentaron y chasquearon la lengua ante las demás piezas. Entre grandes suspiros, eligieron el cuello de puntilla.

Mamá caviló distraídamente mientras lo envolvía con papel:

—No sé si habrá que poner el apellido. —Alzó la mirada y vio nuestras caras de escándalo, y enseguida dijo—: Sí, por supuesto que sí.

Pensándolo bien, el anonimato parecía una buena idea.

—¿Crees que podría participar de forma anónima? —le pregunté—. A mí ya me vendría bien.

Mamá se ruborizó y dijo:

—No seas tonta. Haberlo pensado mientras lo hacías, jovencita. Por supuesto que llevará tu apellido, es decir, el nuestro.

Aun así, la vi pensativa. Pero qué más da si le preguntó a la señorita Harbottle si sería posible o no; la cuestión es que mi nombre aparecería estampado en mi obra. Sabía que me lo tenía merecido.

A los chicos no les habían obligado a participar en nada, pero Travis presentó voluntariamente su conejo de angora, *Bunny*. Era una criatura enorme, dócil y esponjosa de color blanco, a la que Travis peinaba de forma regular para entregar su sedoso pelaje al hilandero local, que a su vez se lo devolvía a mi madre en forma de la lana más suave del mundo. A Travis se le pasó por la cabeza inscribir a un ternero en la categoría de añojos; menos mal que Harry tuvo la sensatez de explicarle lo que ocurría inevitablemente con los ejemplares ganadores en las divisiones de ganado. Después de esto Travis nos volvió locos, a nosotros y a los organizadores de la feria, comprobando una y otra vez como un obseso que *Bunny* estuviera inscrito en la competición por el pelaje y no por la carne.

Sam Houston había tallado un retrato reconocible

del presidente McKinley en madera de pacana, que requería un trabajo laborioso, y la presentó en la categoría de talla juvenil.

Salvo por mi patética participación, el día prometía ser fantástico, en especial porque todos teníamos algo de dinero en el bolsillo, ahorrado de trabajar en la limpiadora. A mí todavía me quedaban quince centavos de cuando hice de niñera durante la cosecha, aun habiendo contratado a Sul Ross. Pensé en gastarme una parte en una nueva bebida de la que nos habían hablado a todos: la Coca-Cola.

El día amaneció despejado y, aunque solo debíamos desplazarnos un kilómetro hasta el otro extremo del pueblo, la familia entera, incluido el abuelito, se apiñó en el carromato largo. Travis llevaba a *Bunny* en el regazo, dentro de una jaula de alambre, y sus mechones blancos flotaban a la luz del sol como nubes diminutas. Aparcamos entre una variopinta colección de carros, calesas y carromatos, dispuestos sin orden ni concierto en el terreno anexo a las numerosas carpas.

Mamá nos dio unas últimas instrucciones antes de que nos dispersáramos. Travis llevó a *Bunny* a la carpa de animales pequeños, y yo me dirigí hacia artesanía doméstica con mi aportación bien envuelta en papel marrón para que nadie la viera.

Crucé el pasillo de los pasteles, en un entoldado provisto de muchas tiras matamoscas. Además de los pasteles, varias muchachas del condado habían preparado almuerzos de pícnic, y quien ofreciera más por un almuerzo podía sentarse con la chica a disfrutar de su compañía y compartir las delicias de su cesta. Todo el dinero recaudado se destinaba al departamento de bomberos voluntarios. Supongo que era la versión agreste de una presentación en sociedad.

Yo me apresuré a entregar mi aportación para ir a dar una vuelta. Los de la Odd Fellows' Band ya resoplaban, bombeando un surtido constante de alegres valses y marchas que se oían por todo el terreno. Vi a mis hermanos desperdigados entre la multitud, y a algunos amigos de colegio. Vi a Sam Houston ganar un silbato en el lanzamiento de anillas, y más tarde vi uno exactamente igual en manos de Lula, aunque esta parecía cogerlo sin ganas y sin prestarle mucha atención.

Pasé por un pabellón con un letrero en la entrada: HOFACKET, GRANDES FOTOGRAFÍAS PARA GRANDES OCASIONES, y ahí estaba el fotógrafo en persona, que había montado un tenderete para hacer negocio con los visitantes de la feria, vestidos con su ropa buena y con dinero contante y sonante en el bolsillo. Menos mal que estaba demasiado ocupado haciendo posar a una pareja como para reparar en mí: me había mandado otra carta preguntando si sabíamos algo de la planta, y otra más antes de que hubiera podido contestarle la anterior, y aquello ya empezaba a ser una lata. Qué deprisa había podido el pesimismo con toda la emoción de la correspondencia científica.

Luego me dirigí a la carpa de artesanía doméstica, que olía a apetitosos productos horneados. El alcalde Axelrod se subió con un megáfono al estrado frontal y empezó a llamar a los ganadores, empezando por las categorías de principiantes. Pasamos por los panes, los panes de fantasía, los pasteles de fruta y los pasteles de otros tipos, y entonces fuimos a por las labores.

Consultó su lista y anunció:

—¡En el tercer puesto de puntilla en categoría principiantes, la señorita Calpurnia Virginia Tate!

¿Qué? ¿Cómo?

—Calpurnia Tate, ¿dónde estás? ¡Sube aquí! —gritó.

Pasmada, me abrí paso entre los espectadores y subí al estrado. Hubo un leve aplauso en la multitud, así como una ovación encendida y vigorosa desde la parte de atrás de la carpa, que solo podía venir de unos cuantos de mis hermanos. El señor Axelrod me colgó la cinta blanca del vestido. Mamá no estaba para verlo.

—¡En el segundo puesto, la señorita Dovie Medlin!

Dovie subió con sonrisa de tonta y se puso a mi lado mientras el alcalde le colgaba la cinta roja. Soltó una risita y la admiró. Me alivió mucho que no ganara, pues ya rozaba lo insoportable. Casi creí que se iba a volver para sacarme la lengua, porque era de esas.

—Damas y caballeros, niños y niñas, el primer puesto de puntilla en categoría principiantes es para… ¡la señorita Lula Gates! ¡Demos un fuerte aplauso a la señorita Lula Gates!

Lula subió. Yo quería que se pusiera a mi lado, pero la colocaron al lado de Dovie mientras le colgaban la cinta azul. Yo aún estaba aturdida y bajé la vista hacia los rostros que nos miraban, intentando encontrar a mi familia. ¿Cómo había ganado un premio? Mis puntillas no eran nada del otro mundo. Tras una última sarta de aplausos, bajé a trompicones del estrado y recibí palmaditas en la espalda y palabras de felicitación.

—Bien hecho, Lula —dije como buena perdedora, sobre todo en un concurso que no tenía absolutamente ninguna oportunidad de ganar—. Te mereces el primer premio: tu puntilla es la mejor.

—¿Y tú cómo lo vas a saber? —dijo Dovie al pasarnos de largo.

Le habría dado un puñetazo, pero había demasiados testigos.

—Gracias, Callie —contestó Lula con gentileza—. Seguro que tú también te merecías un premio.

—Pues no, ese es el problema —afirmé.

Y así era, aunque probablemente mamá se iba a desmayar de la alegría en cuanto lo supiera. La señora Gates se nos acercó, sonrojada de placer.

—Vaya, chicas, sin duda es una gran ocasión.

—Hola, señora Gates —la saludé—. Lula ha hecho un buen trabajo, se merecía ganar.

—Gracias, Calpurnia. Seguro que tú también.

—No sé… —respondí, vacilante—. ¿Ha visto mi labor, señora? ¿Quiere ir a ver los demás trabajos?

—Nos encantaría, pero no podemos: Lula también se ha inscrito en punto y en bordado.

Les deseé suerte y me dirigí a las mesas de exposición y empujé al gentío para llegar a la de puntillas. Cada trabajo estaba colgado en un recuadro de terciopelo negro para mostrar mejor las filigranas. Las de adultos eran delicadas obras de arte, cuellos y tapetes muy trabajados y finos como telarañas. Al lado había las pocas —muy pocas— piezas de principiantes. Me acerqué más y vi expuesto mi cuello desigual, con un fondo negro que mostraba bien claro cada punto suelto de hilo blanco. Y mi nombre, mi nombre completo, bellamente estampado en una tarjeta que decía a todo el mundo quién había creado esa birria.

Examiné los trabajos con recelo. Sí señor, había tres. Aunque sabía muy bien que no era buena haciendo puntilla, no era agradable ver este hecho confirmado por extraños. Adiós a mi futuro en el mundo de la puntilla, pensé con acritud. No tenía ninguna intención de seguir ese camino concreto, por supuesto, pero ahora que otros me habían dicho que no podía, me sentía extrañamente desdichada. Y si no podía dedicarme a la ciencia ni tampoco a la artesanía doméstica, ¿qué quedaba? ¿Dónde estaba mi lugar en el mundo? Era algo demasiado grande y aterrador para considerarlo. Me consolé con las palabras del abuelito sobre el registro de fósiles y el Libro del Génesis: lo importante es entender una cosa, no que te guste. Que te guste no es necesario para entenderla. Que te guste no cuenta.

Salí de la carpa con mi esplendorosa medalla. ¿Me la debía quitar? Si no tenía que importarme la labor, el premio tampoco. Me llevé la mano a la cinta, pero no supe qué hacer. El cerebro me decía claramente: «quítatela», y mi mano respondía bien alto: «no». Y así me fui, con la mano en la cinta y atascada en mi ambivalencia, hacia la carpa de refrigerios: me regalaría un vaso de Coca-Cola mientras pensaba qué hacer con mi premio. Estaba lista para la «bebida deliciosa y refrescante». Las cuestiones éticas siempre son muy cansadas.

Una larga cola de gente esperaba para probar el nuevo invento. Se me cayó el alma a los pies cuando el señor Grassel se puso detrás de mí.

—Hola, Callie —me saludó muy jovial—. Veo que llevas una medalla. ¿Me la dejas ver?

Hizo como si fuese a tocarla, pero yo me encogí y me aparté de él.

—Es por hacer puntilla —dije en tono aburrido—. Señor.

—¿Cómo está tu familia?

—Bien.

Travis apareció luciendo una cinta azul, contento por primera vez en mucho tiempo. Vino a enseñármela y yo lo agarré de brazo y lo atraje a la cola conmigo.

—Déjame ver tu medalla, chico —le dijo el señor

Grassel—. ¿Por qué es? «Mejor conejo de angora». Se gana un dinero considerable con la angora, hijo. Empiezas pronto, ¿eh?

—Gracias, señor —respondió Travis con cara de sorpresa—, pero *Bunny* es mi mascota: no lo puedo vender. Es el conejo más grande y con más pelo que he tenido nunca.

—No hay necesidad de venderlo —señaló el señor Grassel—. Puedes ponerlo de semental y cobrar por hacer que críe.

Travis pareció intrigado. Él se dedicaba sobre todo a los gatos, y nadie le había sugerido nunca que pudiese ganar dinero haciendo criar a *Jesse James* o a *Bat Masterson*.

—¿Y no tienes que vender el conejo? —preguntó.

—No, Travis —contestó el señor Grassel—. Alguien te alquila a *Bunny* por una hora y lo junta con su coneja para que tengan bebés.

—¿Y después te lo devuelven?

—Claro que sí.

—¿Y te dan dinero?

—Precisamente. En metálico.

—Jo, nunca lo había pensado. ¿Y cree que a *Bunny* no le importaría?

—Oh —dijo el señor Grassel, y guiñó el ojo con una tímida sonrisa—, seguro que a *Bunny* le gustaría mucho. Iría a trabajar de lo más animado. —Se rio con disimulo.

Travis se puso pensativo y vi que un universo nuevo se abría ante él, mientras avanzábamos muy poco a poco hacia el mostrador.

Le di la espalda al señor Grassel y fingí interesarme en el letrero rojo y blanco colgado en lo alto, y él acabó entablando conversación con la gente que tenía detrás y nos dejó tranquilos. Cuando nos llegó el turno a mi hermano y a mí, cada uno pagó sus cinco centavos por una Coca-Cola. Con cuidado, nos llevamos nuestras bebidas burbujeantes afuera. Travis levantó la suya para beber y dijo:

—¡Oh, pica!

Yo alcé la mía y noté las burbujas bailando contra mis labios; le di un sorbo y la sentí arder en mi garganta, cortante y dulce y distinta a todo lo que había probado. ¿Cómo podías volver a beber leche o agua después de eso? Ambos lo engullimos con avaricia y corrimos directos a la carpa para volver a la cola. Esta vez compramos dos vasos cada uno, con lo que nos gastamos todo el dinero, pero nos los bebimos más despacio, mientras veíamos ascender las burbujas y los hacíamos durar. Nos sentimos extraordinariamente vitales y extremadamente refrescados, diría yo. Travis soltó un eructo apoteósico y nos dio una risa incontrolable.

—¡Como te oiga mamá! —dije.

—¡Uy, no! —*Sluurp*—. ¡Qué va! —*Sluuuuurp*.

Lula y la señorita Gates pasaron por allí, y mi amiga llevaba tantas medallas que parecía un árbol de Navidad con patas. Travis y ella se saludaron y él la siguió. Ya no me importaba haber quedado la tercera de tres principiantes en puntillas. ¿Qué más daba? Me pregunté dónde estaría el abuelito mientras acotaba mi dudoso derecho a la celebridad en la elaboración de encajes. Lamar pasó en busca de Lula.

—Lamar —le dije—, ¿has visto al abuelito?

—La última vez estaba en la carpa de maquinaria. Creo que se ha pasado el día ahí. Está después del ganado. Oye, Callie, ¿me prestas cinco centavos?

—No tengo ni uno.

Me miró con aire de sospecha.

—¿Y el dinero del premio?

Me reí.

—¡El dinero del premio! ¡Esta sí que es buena! ¡Si solo me han dado esta cinta!

—¿Y para qué sirve una cinta? ¿Por qué te ríes así? ¿Por qué no te dan algo de dinero en vez de eso? Lo necesito para el tiro al blanco, yo nunca tengo.

—Ganaste un montón en la limpiadora, ¿qué has hecho con él?

—Nada —contestó taciturno.

—Te lo has gastado en la tienda, ¿no? En esos caramelos de un centavo.

No obtuve respuesta. Lo dejé refunfuñando sobre el estado de su economía y fui hacia la tienda de maquinaria. Cómo no, ahí es donde estaba el abuelito. Tendría que habérseme ocurrido: el ganado y el algodón ya no tenían ningún atractivo para él. A medida que me acercaba, el tabaco volvía el aire más denso. Auténticas nubes de humo salían flotando por la puerta de la carpa y se filtraban por las costuras. Había tantos hombres fumando en el interior que parecía que estuviera en llamas.

Tosiendo, entré y me abrí paso entre la muchedumbre de hombres y chicos, apiñados con gran excitación alrededor de lo último en arados y trilladoras. Pero el mayor puñado de curiosos y admiradores se arremolinaba en torno a algo que había al fondo de la carpa. Mientras empujaba para llegar allí, recitando un mecánico «perdone» entre la ruidosa aglomeración, me topé con Harry, que escoltaba a Fern Spitty y le abría un pasillo para que ella avanzara en aquel desmadre.

—¡Harry! —grité—. ¿Has visto al abuelito?

—Está ahí, al lado de eso. No se ha movido en todo el día.

—¿Qué es eso? —chillé.

—¡Un automóvil!

—¡Ah!

Fern y yo nos dijimos hola y adiós moviendo los labios y gesticulando y él se la llevó. Me di cuenta de que iba cogida del brazo de Harry.

Aquello estaba absolutamente abarrotado. Tardé otros cinco minutos en llegar y creí que me asfixiaba con todos esos puros y pipas, pero al menos estaba cerca del suelo, donde el aire era un poco más fresco. Imposible ver la cima de la carpa, pues las volutas de humo lo oscurecían todo. Al final, justo cuando pensaba que me iba a desmayar, me abrí paso entre el último corro de espectadores y ahí estaba, en toda su deslumbrante gloria, algo nunca visto hasta entonces: un carruaje sin caballos.

¿Cómo describirlo? Parecía la velocidad encarnada, como si su perfil lo hubiera esculpido el viento. Estaban los accesorios de metal reluciente, el faldón de gráciles curvas y el asiento de cuero negro almohadillado. Y estaba mi propio abuelo sentado en él, escudriñando atentamente el volante como hipnotizado. A su lado había sentado un señor alto, que le gritaba al oído y hacía gestos señalándole los mandos. Resulta que era el propietario, y el abuelito le estaba ofreciendo dinero ahí mismo por la máquina —el doble de lo que había pagado él, después el triple y después el quíntuplo—, pero el señor alto no vendía a ningún precio. Logré subir junto al automóvil y tiré del abrigo del abuelito mientras el propietario gritaba: «¡Lo siento, no está en venta!» y se bajaba de la máquina.

Cuando el abuelito me vio, le dijo algo más al señor y

me señaló a mí. Yo no oía lo que decía, pero le estaba contando nuestro parentesco y al cabo de un segundo el señor alto me alzó y me puso en el asiento junto a mi abuelo. Cosa que a la multitud le gustó, como quedó claro por la sonora ovación que me dedicó y que llevó el estruendo a un nivel increíble. Por un momento el ruido me aturdió, y solo pude pensar en que las pantorrillas se me pegaban al cuero y tenía que bajarme el vestido más allá de las rodillas. Pero al cabo de un segundo alguien me levantó en volandas y me devolvió al suelo. El abuelito se bajó por el otro lado y el señor alto les asintió a otros dos curiosos, que se apresuraron a ocupar nuestros puestos. Nadie condujo esa cosa; ya era una experiencia abrumadora sentarse en ella, verla y tocarla y estar en su presencia, aunque estuviese parada.

El abuelito me cogió de la mano e iniciamos nuestra lucha por volver a la entrada. El ruido, el humo y la presión de la gente me hicieron sentir mareada y débil. Pensé: «Bueno, al final voy a ver cómo es desmayarse, pero si lo hago aquí tendré que hacerlo de pie, porque no hay donde caerse. Y sería toda una primicia». En el instante en que creí que no podía más, irrumpimos en el exterior y respiramos aire fresco.

—Ha intentado comprar la máquina, ¿verdad? —resoplé.

—No la vende a ningún precio, y no lo culpo —dijo—. Tenemos que volver a casa: tengo que escribir… no, telefonear a la fábrica de Duryea, en Massachusetts, y encargar uno. Motor de combustión interna. ¡Piénsalo! ¡La potencia de cuatro caballos!

—No me encuentro muy bien —respondí—. Creo que descansaré un rato. Vaya tirando.

El abuelito me observó y dijo:

—Estás colorada. ¿Seguro que todo va bien?

—No pasa nada, es el humo —contesté sin energía mientras el mundo se oscurecía y yo caía hacia atrás.

Los desmayos. Un tema que siempre me había intrigado. Las heroínas de los libros se desmayaban mucho: se balanceaban con elegancia y caían en un sofá acolchado y bien a mano, o en los oportunos brazos de un preocupado pretendiente. Esas heroínas siempre eran esbeltas y conseguían aterrizar en posturas gráciles y reposadas, y volvían en sí con solo pasarles por la nariz un frasco de sales ornamentado.

Yo, en cambio, caí como un toro derribado y tuve suerte de aterrizar en la hierba y no abrirme la cabeza. Y si me recuperé no fue gracias a los vahos de las sales, sino a medio cubo de agua fría que me arrojaron a la cara. Abrí los ojos y miré el cielo. Un corro de rostros me observaba. «Qué cielo tan azul —pensé—. Y mira, ahí hay una nube parecida al pelaje de *Bunny*, ¿y por qué toda mi familia me mira de esta manera, y cual de mis estúpidos hermanos me está tirando agua?»

—Bicho, bicho, ¿me oyes?

La voz de Harry me llegó desde muy lejos. Localicé su cara, que por algún extraño motivo era ondulante, y le dije con voz ronca:

—Claro que sí, Harry. —A su lado vi a Fern Spitty, que vibraba de una forma curiosa y cuyo enorme sombrero me tapaba buena parte del horizonte. Y aunque ya la había visto una docena de veces, la saludé, soñolienta—: Hola. Encantada de conocerte.

Con esto me gané otro medio cubo de agua en la cara. Vale, ya tenía suficiente. Me incorporé y me sacudí el agua del rostro como un perro empapado, y contemplé el corro a mi alrededor. El abuelito me cogió la muñeca para buscarme el pulso.

—Calpurnia, ¿a qué orden pertenece la araña que comúnmente se conoce como zancuda? —me preguntó.

—Al de los Opiliones.

—Muy bien —dijo—. Creo que ya está mejor.

—Paren de echarme agua —le pedí al corro en general.

Junto al abuelito estaban Travis y Sam Houston. No vi ningún cubo por allí; seguro que uno de los dos lo escondía detrás de la espalda. Luego, cómo no, se montó una gran tangana cuando me pusieron en pie, me quitaron la hierba, me dieron limonada y me metieron en una calesa prestada para llevarme a casa. No estaba lejos, pero no me dejaron ir caminando. Y como no encontraron a mamá ni a papá, me llevó Harry y Fern Spitty nos acompañó.

El aire fresco que me dio en la cara mientras trotábamos a buen paso camino de casa me hizo sentir muchísimo mejor. Al principio agradecí las atenciones, pero a medida que me reanimé enseguida me resultaron opresivas.

Viola nos recibió en la puerta, me echó un vistazo y dijo:

—Ay señor, ¿y ahora qué, señorito Harry?

No me pareció que hubiera necesidad de adoptar ese tono, en especial delante de una visita.

—No es nada, Viola —dije con gran dignidad—. Solo me he desmayado. No hace falta que te preocupes por mí.

—Se encuentra bien, Viola —confirmó Harry—. En la carpa había mucho humo y hacía mucho calor. Vamos a sentarnos. Señorita Spitty, ¿le apetece una taza de té? ¿O tal vez una limonada fría?

Y como la señorita Spitty opinó que una taza de té sería deliciosa, Viola se fue a prepararla. Nos sentamos en el salón y nos miramos la una a la otra. Examiné bien su rostro y encontré su expresión absolutamente carente de ese matiz avaricioso que había mostrado Minerva Goodacre. La señorita Spitty tenía el pelo de un rubio frambuesa, que desde luego no estaba de moda, pero a mí me parecía un color bonito. Tenía la piel rosa claro y los ojos azul pálido, y aunque en conjunto daba una impresión de palidez y fragilidad, su mirada alerta y sus rasgos expresivos la salvaban de parecer insípida. Comparada con la odiosa Minerva Goodacre, salía bien parada. A lo mejor tendría que acabar concediéndole mi aprobación. Seguro que eso aliviaría mucho a todo el mundo. Me sonrió y yo le sonreí a ella. El reloj hacía tic-tac en la repisa de la chimenea.

Viola entró con una bandeja de la mejor porcelana, la dejó en la mesa y me miró.

—Señorita Calpurnia —dijo.

—¿Qué?

—Creo que es hora de que te vayas a descansar, después de desmayarte y todo.

—Me encuentro bien.

—Creo —repitió— que es hora de que te vayas a descansar.

—Me apetece un poco de té —respondí.

—Creo que es hora. Ya. Vamos.

—Oh.

—Te subiré el té a la habitación —dijo.

—Vale.

Otra vez me echaban. Aun así, la idea de acurrucarme con *La isla del tesoro* y un paño frío no estaba tan mal. Dejé el salón con acompañamiento de un incitante entrechocar de la vajilla y un leve tintineo de cucharillas y subí las escaleras. SanJuanna me trajo una jarra de agua fresca y una toalla limpia. Viola llegó después trayendo una bandeja con la segunda mejor porcelana, como ofrenda de paz por haberme desterrado.

—Ten cuidado con esta bandeja —me avisó—. Si rompes algo…

—No hace falta que me lo digas.

Dejó la bandeja e inspeccionó la medalla, que yo había dejado en el tocador.

—Te han dado un premio —comentó—. ¿Cómo ha sido?

—¿Tú que crees? —respondí con mal humor.

—¿Todos los jueces eran ciegos?

—Ja, ja.

—Ya lo tengo: solo participabais tres.

—Sí.

—Mmm. Pero eso no tienes por qué contárselo a la gente. En fin, no desportilles nada.

Cerró la puerta al irse. Admiré el gracioso dibujo de flores doradas y rosas en la translúcida porcelana fina y pensé que, al fin y al cabo, algunos aderezos de la civilización no eran tan malos. Bebí té y volví a mi compañía de esa tarde: loros, piratas y el mar.

Capítulo 24

Harry corteja otra vez

El hombre, tan débil, puede hacer mucho mediante el poder de la selección artificial […].

$\mathcal{A}$ceite de hígado de bacalao. El fantasma sombrío de la cuchara cargada con ese aceite apestoso me vino de pronto a la cabeza dos horas después, cuando oí que el carromato enfilaba el camino de grava con mamá, papá y los tres pequeños. Si mamá pensaba que me había desmayado porque estaba enferma, iba lista. Harry me contó más tarde que junto a Fern habían regresado a la feria y allí se lo habían explicado todo a mis padres. Harry hizo hincapié en el humo que había en la carpa para evitarme la infame medicina, y por lo visto funcionó, junto con el hecho de que salí a buscarles al porche principal, todo lo alegre y vivaz que pude, con mi medalla puesta y casi brincando de tanta salud.

—¡Mirad, mirad lo que he ganado! ¿A que es emocionante? —grité mientras señalaba la cinta con gran animación.

Era muy capaz de actuar como una gran impostora con

tal de que no me aplicaran la sustancia más repugnante del mundo.

—¡Dios santo, un premio!

Hubo muchas exclamaciones de aprobación. Mamá parecía sorprendida y contenta. No mencionó el aceite de hígado de bacalao, pero dijo:

—¿Te encuentras bien, Callie? Tienes un color muy subido. Alfred, ¿crees que debemos enviarla al doctor Walker?

—Yo le veo buena cara, cielo, pero si te preocupa… —opinó papá.

—Estoy bien, mamá —dije yo—. Estoy excitada porque he ganado un premio, nada más.

—¿Por qué la tuya es blanca y la de Travis azul? —quiso saber Jim Bowie.

—Porque soy muy especial. J.B.

—¿En serio? Uau, Callie.

—No, te estoy tomando el pelo. La cinta azul es mucho mejor que la blanca: Travis y *Bunny* han ganado el mejor premio que existe.

Al decirlo, me pregunté si mamá me haría confesar lo de las inscripciones, pero se limitó a pestañear ante mi medalla. Qué raro. Entonces comprendí que no estaba al corriente. A lo mejor no se había dado cuenta, o no había pasado a ver la exposición, o a lo mejor Lula y Dovie se habían llevado sus piezas antes de que llegara ella. Mamá parecía tan satisfecha… ¿Iba a tener que aclarárselo yo?

—Además, J.B. —continué en voz alta—, las puntillas no han sido muy potentes este año.

—¿Eh?

Lancé una mirada a mamá, que estaba hablando con Travis. Alcé la voz.

—Las participaciones en la categoría de puntillas. Que no han sido muy potentes.

—¿Qu...?

—Lo que digo, J.B., es que cualquiera podría haber ganado una medalla.

—¿Por qué hablas tan alto? ¿Me prestas la medalla? Yo nunca gané la de las luciérnagas, me gustaría tener una.

No parecía que mamá me hubiera oído. Mi coraje, que de buen principio ya era desleído y titubeante, se fue consumiendo. Me quité el supuesto premio y se lo colgué a J.B., que se fue disparado a mirarse en el espejo del mueble del recibidor. Mamá empezó a subir los peldaños para ir a quitarse el sombrero.

—¿Dónde está Harry? —le pregunté.

Se detuvo en el rellano, con una mano en la barandilla y la otra en el alfiler del sombrero.

—Ha acompañado a Fern Spitty a su casa —me contestó. Su expresión era impenetrable.

—¿Y...?

—¿Qué quiere decir «y»? Y nada.

—Me pregunto si...

Me preguntaba si eso era una buena o una mala noticia, nada más. Pero no tenía intención de entrometerme.

—Por favor, Calpurnia, no te preguntes nada. Encuentro peligroso que lo hagas. —Mamá siguió subiendo las escaleras—. Y ten la bondad de no entrometerte.

Ya me estaba leyendo la mente otra vez. Daba miedo. ¿Yo, peligrosa? Eso sí que daba risa. Aunque al menos yo tenía la respuesta: Fern era una buena noticia. Pero si mamá pensaba que era una buena idea que Harry cortejara a Fern, ¿qué había de su anhelo de enviarlo a la universidad? No lograba entenderlo.

Y

Al cabo de unos cuantos días, Harry fue a cenar a casa de los Spitty, en San Marcos Road, y volvió a casa mucho después de que todos nos hubiéramos acostado. A la mañana siguiente reparé en que nadie lo interrogaba durante el desayuno. Yo abrí la boca una o dos veces, pero me lo pensé mejor. Luego Fern y sus padres vinieron a casa a tomar el té un domingo por la noche. En realidad se trataba de las mínimas formalidades, pues hacía años que nuestras familias se conocían. Me pregunté por qué venían a tomar el té y no a cenar. ¿Tendría algo que ver conmigo y con el hecho de que a los niños les prohibían la entrada en tan refinados pasatiempos? ¿O con que el abuelito no se quedaría al té ni a punta de pistola?

Conseguí ver llegar a Fern antes de que nos mandaran a todos a jugar fuera (es decir, antes de que nos quitaran de en medio). Llevaba un vestido de seda rosado. Su sombrero era una encantadora creación de plumas y seda vaporosa, teñido a juego con el vestido. Era muy agradable a la vista, no como la detestable Goodacre.

Salí por la cocina. Viola estaba inclinada sobre un elaborado pastel, conteniendo el aliento y aplicando la decoración final con grageas, unas pepitas comestibles, pequeñas y metálicas, que crujían de forma irresistible al masticarlas. SanJuanna estaba colocando flores confitadas y sándwiches de un dedo y sin corteza en una enorme bandeja de plata. Ninguna de las dos alzó la vista. El ambiente era tenso. Ambas llevaban su uniforme oscuro bueno y delantales blancos, impolutos y almidonados, con volantes que en los hombros les quedaban tiesos como alas. Crucé la puerta de atrás rumbo al laboratorio. ¿Por qué malgastar tiempo «jugando», como me habían ordenado, si podía invertirlo mucho mejor con el abuelito? Él no encontraba peligroso que yo me preguntara cosas. De hecho, lo fomentaba.

—Buenas tardes, Calpurnia —me saludó—. ¿No tomas hoy el té?

—Mamá ha dicho que teníamos que salir mientras estén aquí los Spitty. Supongo que le preocupa que los espantemos.

—Podría ser —convino el abuelito—, aunque no entiendo por qué a Margaret le pareces una niña preocupante.

—Gracias, señor, yo tampoco.

—Bien, estamos de acuerdo. Ten la bondad de preparar este vaso de precipitados para otra prueba, ¿quieres?

Estuvimos atareados en el viejo laboratorio mientras la danza de apareamiento se desarrollaba en el salón.

—Es curioso que las chicas tengan que estar guapas —comenté—. En la naturaleza, los que tienen que estar guapos son los chicos. Fíjese en el cardenal. O en el pavo real. ¿Por qué es tan distinto entre nosotros?

—Porque en la naturaleza suele ser la hembra la que elige —me explicó—, así que el macho debe ataviarse con sus mejores plumas para llamar su atención. Mientras que a tu hermano le hacen elegir entre jóvenes damas y estas han de hacer lo que puedan para atraer su mirada.

—Es muchísimo trabajo —dije—: toda esa ropa y esos sombreros, y los peinados... Cuando mamá me peinó para el recital de piano, uf, tardó siglos. ¡Y los corsés! La señora Parsons se pasa el verano desmayándose por culpa del corsé. No sé cómo lo aguantan.

—Ni yo. Es una idea absurda. Tu abuela no era dada a tal disparate.

—Abuelito.

—¿Mmm?

—Hábleme de ella. De la abuela, quiero decir.

—¿Qué quieres saber?

—Todo. Nunca he oído historias suyas. Murió antes de que yo naciera.

—¿De veras? Sí, supongo que sí. Fue una mujer que se endureció con el paso de los años.

—¿Le interesaba la ciencia?

—No especialmente. Y debes recordar que estábamos luchando por recuperarnos de la guerra. La economía estaba patas arriba. Yo intentaba levantar un negocio y no me quedaba tiempo para estudiar ni el mundo natural ni ninguna otra cosa. Pásame ese otro vaso, por favor. Era una excelente costurera. Y le encantaba leer novelas cuando tenía tiempo libre.

—A mí me han dado un premio en la feria por hacer puntilla. —Hice una mueca.

—Ah, ¿sí? No sabía que te interesaran esa clase de cosas.

—Y no me interesan. Lo odio y no me sale bien. No le he dicho a mamá que era el tercer puesto de tres participantes.

—Qué más da. La puntilla tampoco fue nunca mi fuerte.

Me pareció que bromeaba, pero nunca podías estar seguro. Trabajamos codo a codo durante unas pacíficas horas hasta que Viola tocó la campana. Cuánto agradecí esa tarde. Le había echado de menos.

Capítulo 25

Nochebuena

Casi preferiría creer, como los antiguos e ignorantes cosmogonistas, que las conchas fósiles nunca vivieron, sino que fueron creadas en piedra a imitación de las conchas que hoy viven en la orilla del mar.

Valoraba mucho las infrecuentes horas que pasaba con el abuelito. Y con la Navidad alzándose en el horizonte, nuestro mísero tiempo juntos disminuyó más todavía. Yo trabajaba en la cocina pegada a Viola, y creo que ella lo encontraba más enervante de lo habitual, pues tenía que cocinar y enseñarme al mismo tiempo. J.B. vino a informarse:

—Callie, ¿cuánto falta para Navidad?

—Mira, J.B, ¿ves mis dedos? —levanté la mano.

—Sí.

—Bueno, pues este es el de hoy, este es el de mañana y este es el de pasado mañana, que es Navidad. ¿Lo ves?

—Sí.

—¿Lo entiendes ahora?

—Sí.

—Bien.

—Pero Callie, ¿cuánto falta para Navidad?

Pregunta para el cuaderno: ¿cuándo aprende el joven organismo humano a alcanzar una comprensión del tiempo? La zarigüeya de las cinco en punto que vive en la pared entiende el tiempo; ¿por qué J.B. no? Me está volviendo loca.

Miré esta última frase. El abuelito me había enseñado que un registro científico era el bastión de los hechos y que la opinión no contaba. Borré el comentario, contenta de haberlo escrito solo a lápiz.

Papá y Alberto entraron por la puerta con un pino raquítico que habían encontrado bajo los robles (a la hoja perenne no le iba muy bien en nuestra parte del mundo). J.B. se puso frenético:

—¡Callie, mira, mira, nuestro árbol de Navidaaaaaaad! ¡Eso es que ya es Navidad!

Nos pasamos la tarde haciendo adornos con papeles de colores y sujetando velitas pequeñas en las ramas. Harry hizo una estrella con cartón plateado y brillante y la colocó en la cima del árbol sin necesidad de escalera, de lo bajito que era. Como toque final, pusimos cápsulas de algodón para que parecieran nieve, algo de lo que habíamos oído hablar pero que ninguno había visto.

El universo de los metodistas de Fentress se dividía entre las familias que abrían los regalos la víspera de Navidad y las que los abrían el día de Navidad. Por suerte, nosotros éramos de los vísperos. Según nuestro pastor, el señor Cornelius Barker, los regalos eran una distracción vana, cara y pagana. Sí, muy bien, pero explícales eso a siete niños. Mi madre no tuvo ningún éxito, ni tampoco el reverendo Barker, aunque hay que decir que tampoco lo intentó tanto. Venía a cenar una vez al mes, y por lo que sé era el único invitado al que el abuelito esperaba con ganas. Se tuteaban el uno al otro, se trataban de Walter y Cornelius, lo que escandalizaba a mamá, y se enzarzaban en discusiones geniales sobre el Génesis y los registros fósiles. Mamá se anotó un tanto al conseguir que el reverendo viniera a cenar a casa después del oficio de Nochebuena.

La mayor parte de la víspera de Navidad la pasamos asegurándonos de que todo el mundo estuviera bien limpio, y no era poca cosa, porque significaba calentar una cantidad inmensa de agua. Después nos reunimos en el recibidor principal para la inspección. Por una vez, no enviaron a nadie al baño a insistir con el cuello o las uñas.

La noche era fría y clara y nos arropamos con nuestros abrigos y bufandas más gruesos. Harry encerró a los perros para que no salieran brincando detrás de nosotros; después nos marchamos, todos excepto el abuelito, que se quedó a cuidar de la chimenea del salón y disfrutar de un poco de paz y tranquilidad. SanJuanna y Alberto partieron con el carromato a Nuestra Señora de Guadalupe, en Martindale. Viola se fue a su propio oficio con Todos los Hijos de Dios. A mí me hubiera gustado ir con ella, pero jamás me lo habrían permitido. Antes había pasado caminando por su iglesia y oído la música que manaba a borbotones del destartalado edificio de tablas; esos cantos ardientes y proclamas de alegría hacían que las demás iglesias parecieran vacías, en mi opinión.

Salimos con faroles y cantamos villancicos por el camino. Yo le cogía la mano a J.B. y le señalaba varias constelaciones.

—Mira, J.B., ahí están Canis Major y Canis Minor, que significa perro grande y perro pequeño.

Puso cara de concentración.

—En el cielo no hay perros, Callie.

—No son perros, son estrellas. Pero alguien pensó hace mucho tiempo que parecían perros.

—No se parecen a *Áyax*, ni a *Matilda*. Creo que te lo estás inventando. Mamá dice que no tienes que inventarte cosas.

A mí también me costaba distinguir un perro, un toro o un león en esos puntos distantes de luz. ¿Cómo se les ocurrieron a los antiguos aquellas fantasías disparatadas?

Doblamos la esquina y ahí estaba la iglesia metodista, iluminada por un millar de lámparas. Todos nos dirigimos a nuestro banco, menos Harry, que fue a ayudar a la señorita Brown con el órgano; esta tocó con vigor, marcando las pausas con gesto teatral y pisando como enloquecida el pedal de los fuelles, mientras Harry pasaba las páginas. Cantamos *Escuchad cómo cantan los ángeles del cielo* y la música destensó un poco mis sentimientos por la señorita Brown. Pero solo un poco.

Al acabar, el señor Barker se vino andando con nosotros. Sam Houston me pellizcó, retándome a gritarle mientras caminábamos detrás de los adultos, y como venganza le di un empujón al pasar por un charco. Con los zapatos mojados aprendería la lección.

Al tomar el recodo olimos el humo fragante de nuestra propia chimenea. Viola, que ya había vuelto de su oficio, nos esperaba en la puerta con el abuelito, y cuando entramos en el salón encendió las docenas de velitas del árbol de Navidad, que titilaron como luces feéricas. El fuego estaba al rojo vivo. En el aparador brillaba un cuenco de cristal tallado, lleno de un ponche de vino con azúcar y especias que olía a clavo.

Mis padres estaban a punto de darse su breve beso de Navidad, la única ocasión en que lo hacían delante de nosotros, cuando ella recordó la presencia del pastor y agachó la cabeza violentada. Papá le cogió la mano y se la besó, murmurando: «Margaret».

El pastor quiso informarse de si el abuelito ya había recibido respuesta sobre la planta. Me pareció que su interés, como el del incontenible señor Hofacket, era sincero.

—No, Cornelius, todavía no hay respuesta. —El abuelito se encendió un puro y sopló el humo educadamente hacia el techo—. No se le puede meter prisa a la ciencia. Estas cosas llevan su tiempo.

Después de una cena basada en jamón, durante la cual los niños nos pusimos cada vez más inquietos, mis padres se apiadaron de nosotros y repartieron los regalos. Pese a su filosofía sobre el tema, el señor Barker se quedó y se admiró ante la calidad de nuestro botín.

La familia en general recibió un estereoscopio, que todos los hijos debíamos compartir de forma equitativa (cosa poco probable). Venía con postales de «la gran esfinge de Egipto», «la fabulosa ciudad blanca de Chicago» o «la fascinante vida de los esquimales». Cada cual recibió una naranja gorda y brillante, un regalo poco habitual y caro durante el invierno. Yo me la guardé para luego.

A J.B. le regalaron un bonito caballo de balancín, pues el viejo estaba tan gastado que tenía la base hecha trizas. Estaba forrado con piel de vaca y tenía una cola de caballo de verdad. A Sul Ross le regalaron varios juguetes de cuerda de madera y una peonza. A Travis, un libro sobre la cría de conejos para ocio y negocio y una almohaza nueva. Yo sabía que esperaba un burro, pero pareció bastante contento. Lamar recibió un maletín de piel con un transportador de ángulos, una regla y un compás. Sam Houston, *Las aventuras de Sherlock Holmes*. A Harry le regalaron un traje nuevo de la mejor lana azul marino, ideal para un joven a punto de dejar su impronta en el mundo. Y, por supuesto, todos tuvieron un par de calcetines marrones, tejidos por una servidora, que mostraban distintos grados de habilidad. Los de J.B., que eran los primeros que hice, eran deformes y con bultos, pero al llegar a los hermanos mayores ya estaban pasables, y hasta logré tejer un modesto estampado de trenzas en los de papá y el abuelito. Se le dio mucha importancia a esta labor, que, aunque no era lamentable, tampoco merecía la ferviente alabanza que desató (un montaje, sospecho).

Yo le regalé a mamá una colección de flores prensadas. También recibió un par de pendientes de granate y azabache de parte de papá, al que ella correspondió con un elegante chaleco a cuadros verdes para ponerse en sus viajes de negocios a Austin.

Viola estaba ocupada en la cocina, pero había recibido antes sus regalos: tabaco y una enagua gruesa de franela roja de parte de mamá.

Al abuelito le regalaron una bonita caja de puros de un lugar llamado Cuba, en cuya etiqueta había un dibujo de colores de una mujer bailando con una falda larga de volantes; era una caja atractiva, y del tamaño perfecto para guardar tesoros personales. Yo noté que Lamar la quería, pero no se atrevía a pedírsela al abuelito.

—Adelante —le susurré—, pregúntale si te la da. No muerde.

—No te muerde a ti, querrás decir. Pero a mí igual sí.

—No seas cagueta, Lamar. —Utilicé la palabra mágica: con él siempre funcionaba.

Dio media vuelta y fue hasta el abuelito:

—Señor, ¿me da esa caja? ¿Cuando ya no la use?

El abuelito lo miró, sorprendido

—Claro que sí, esto… Travis.

Lamar pestañeó.

—Gracias, señor. —Y se escabulló otra vez a su puesto.

—¿Lo ves? —murmuré—. Es muy agradable cuando le conoces.

—Me ha llamado Travis —dijo entre dientes.

Me reí y él me fulminó con la mirada. Le dije:

—Al menos ya le has pedido la caja.

—¿Cómo es que tú no la quieres?

—Yo ya tengo dos… no, espera, tres como esa.

—Bueno, pues que te aprovechen.

A veces, Lamar era una auténtica lata.

¿Y a mí qué me regalaron? Los pequeños me dieron una bolsa de caramelos arrugada, y los mayores, cintas nuevas para el pelo. Mis padres me regalaron un hermoso medallón de plata con mis iniciales grabadas. Y aún había otro regalo para mí: me pareció que era un libro, aún envuelto en papel marrón. Qué bien, un libro. Sería estupendo añadir otro a la pequeña biblioteca que ya acumulaba en el estante de encima de mi cama. El ejemplar era tan grueso y pesado que supe que era algún tipo de obra de consulta, un libro de texto o quizás incluso una enciclopedia. Al quitar el rígido papel, vi la palabra *Ciencia* impresa con florituras.

—Oh —exclamé.

¡Qué maravilla! Pero mejor aún que la realidad palpable del libro en mi mano era el afortunado hecho de que mis padres entendieran al fin qué clase de nutrientes necesitaba yo para sobrevivir. Les dediqué a ambos una sonrisa radiante. Ellos me la devolvieron y asintieron. Rasgué el papel y descubrí el título entero: *La ciencia de las amas de casa.*

—¡Oh!

Me lo quedé mirando, ofuscada. No entendía nada. ¿Qué podía significar? ¿Las amas de casa tenían una ciencia? *La ciencia de las amas de casa,* por la señora de Josiah Jarvis. No podía ser cierto. Las manos se me volvieron de plomo. Abrí el libro por el índice y leí: «Cocinar para enfermos», «Las mejores guarniciones», «Cómo quitar manchas difíciles». Contemplé esos temas deprimentes.

La conversación se extinguió y la sala quedó en silencio, salvo por el traqueteo monótono de J.B. subido a su caballito en un rincón. Todos los ojos estaban puestos en mí. Miré al abuelito, que arrugó la frente, inquieto. Y miré a mamá, que palideció y después enrojeció: estaba cometiendo el pecado de avergonzarla delante de un invitado. Puso una expresión sombría.

—¿Qué se dice, Calpurnia? —me preguntó.

¿Que qué se dice? ¿Qué iba a decir? ¿Que tenía ganas de arrojar el libro a la chimenea porque no valía más que las astillas? ¿Que deseaba gritar lo injusto que era todo? ¿Que en aquel momento podría haber actuado con violencia, que podría haberles dado un puñetazo a todos en la cara? Incluido el abuelito, sí; incluido él. Mira que animarme como lo hacía, sabiendo que para mí no habría un nuevo siglo ni una vida nueva… Mis padres habían decretado mi cadena perpetua. No habría indulto ni libertad condicional. No iba a llegar ninguna ayuda. Ni del abuelito, ni de nadie. El azote de la urticaria me escoció en el cuello.

—¿Calpurnia?

Una gran fatiga me invadió como un maremoto, ahogando mi ira. Estaba demasiado cansada para seguir luchando. Así que hice lo más duro que había hecho en mi vida: me sumergí en las profundidades de mi ser y desenterré una sonrisa aguada, y murmuré:

—Gracias.

Solo una palabra. Una palabra artificial, surgida de mi propia boca hipócrita. Las lágrimas asomaron a mis ojos. Sentí como si me desintegrara.

En aquel instante J.B. se cayó del caballito y lanzó un berrido tremendo. Entre la confusión general, recogí mis regalos y me escabullí a mi habitación. Contemplé la oscuridad por la ventana. Minutos después vi cómo se alejaba el resplandor del farol del pastor, como una luciérnaga distante en la noche negra. Sul Ross y J.B. subían las escaleras armando escándalo y riendo. Me puse el camisón y me metí en la cama. Miré las cintas, el medallón y el libro, todo ello dispuesto sobre el tocador junto al nido de colibrí en su caja de vidrio. Cerré los ojos, demasiado agotada para dormirme llorando.

Capítulo 26

Llega la respuesta

Aunque los picos y las patas de los pájaros suelen estar
bastante limpios, puedo demostrar que a veces se les ad-
hiere tierra; se dio un caso en que extraje veintidós granos
de tierra arcillosa seca de la pata de una perdiz, y en esa
tierra había un guijarro del tamaño de una semilla de algarroba.

Llevaba meses monótonos acechando como un águila
el correo en la mesa del recibidor, husmeando eternas y
aburridas cartas y facturas antes de pasar página cada
día con rotunda decepción. La respuesta llegó dos días
después de Navidad, pero no en la carta que habíamos
esperado.

Llegó en forma de telegrama personal, que era un formato alarmante. En los negocios se usaban telegramas
para comprar y vender, pero un individuo solo recibía
uno cuando había una muerte en la familia. Llegó con el
señor Fleming, el telegrafista, que vino en bicicleta con él
en el bolsillo. Había sido soldado raso durante la guerra, y
aunque nunca sirvió bajo el mando del abuelito, lo admi-

raba y estaba decidido a serle útil siempre que pudiera. Lo vi en el camino de grava, donde me encontraba agitando la acequia de drenaje como alma en pena, en busca de arañas de agua. No había ninguna y aquello no tenía sentido, pero era eso o quedarme en mi habitación a leer mi regalo de Navidad.

—Callie Vee —dijo mientras desmontaba de su bicicleta—, traigo un telegrama para el señor Tate.

Di por hecho que se trataba de mi padre y me estrujé el cerebro pensando quién podía haber muerto. Debía de ser su tía de Wichita, una anciana a la que yo no conocía.

—¿Es de Wichita, señor? —le pregunté.

—No. Y no puedo decirlo. Oh, está bien, si insistes… es de Washington.

—¿Cómo?

—De algún lugar de Washington.

—¿Mi padre conoce a alguien de Washington?

Tenía que ser algo relacionado con el comercio del algodón, aunque lo raro era que no lo enviaran a la limpiadora.

—No es para tu padre, es para el capitán Tate.

—¿Disculpe?

—Que no es para tu padre, sino para tu abuelo.

—Mi…

—Supongo que lo querrá enseguida —apuntó.

Recuperé la voz:

—¡Démelo!

Se apartó y me miró como si estuviera loca.

—¿De qué estás hablando? No te lo puedo dar.

—¡Deme ese telegrama!

—Jovencita, estás siendo muy maleducada. ¿Se puede saber qué te pasa? No te lo puedo dar: tengo que entregárselo a un adulto de más de dieciocho años. Las normas de la compañía establecen que tengo que dár-selo a un adulto…

—Lo siento, lo siento.

—… y yo me tomo muy en serio la responsabilidad de mi puesto.

El corazón me latía tan fuerte que creí que se me iba a salir de las costillas.

—Venga conmigo, señor Fleming.

Le cogí del brazo y traté de arrastrarlo camino arriba, pero un hombre enfurruñado, y además con una bicicleta, no es muy arrastrable, así que los agónicos cincuenta metros hasta la casa nos llevaron siglos. Me sentí como si estuviera atrapada en una de esas pesadillas en que te revuelves en arenas movedizas.

—¡Rápido!

Llegamos al porche, donde el señor Fleming hizo una pausa para zafarse de mí y colocarse bien la gorra. Yo crucé la puerta como un torbellino y gritando:

—¡Abuelito, abuelito! ¿Dónde está?

Mamá contestó con voz impasible:

—Calpurnia, querida, no hay necesidad de gritar. Está aquí la señora Purtle. Entra a saludarla, cielo.

Normalmente habría entrado en el salón en el acto respondiendo a su tono, pero ahí estaba la puerta de la biblioteca, tentadoramente cerca. ¿Qué hacer? Mientras daba vueltas en el recibidor como un anzuelo en el río, mamá alcanzó a ver al señor Fleming detrás de mí y frunció el ceño, pues sabía qué significaban los telegramas. Él se tocó el sombrero.

—Buenas tardes, señora Tate. Siento interrumpir, pero traigo un telegrama para el capitán Tate. Es de Washington.

—¿De Washington?

—Por el amor de Dios —gorjeó la señora Purtle—, qué emocionante.

—Adelante, señor Fleming. El capitán ha salido a recoger especímenes al río —dijo mamá—, pero no tengo ni idea de cómo encontrarlo.

—¡Yo sí, yo sí! —grité, y salí corriendo por la puerta.

La mosquitera se cerró de un portazo sobre las palabras de mi madre:

—Deben perdonar a mi hija…

Llegué volando al final del camino. Allí me desvié para meterme en la densa maleza del sendero que atravesaba el terreno con forma de media luna en dirección al río. Saltaba como un ciervo y viraba como un zorro; nunca me sentí tan fuerte ni corrí tan deprisa.

—¡Ya ha llegado! —gritaba—. ¡Está aquí! ¡Ha llegado la respuesta, abuelito!

No estaba en la ensenada donde esperaba encontrarlo. Giré al sur y seguí el curso del río, llamándolo. Llegué al pequeño acantilado sobre la isla, el otro sitio probable, pero tampoco estaba ahí. Puse rumbo al embalse de la limpiadora, a cinco minutos largos de allí. Quise chillar de frustración. Siempre había sabido dónde encontrarlo. Y ahora…

Un asustado halcón de cola roja me gritó desde un roble. Seguí corriendo, pero ya sin aliento para llamar. Mi cerebro adoptó la cantinela del ritmo obstinado de mis pies: abuelo, abuelo, abuelo. Y corrí aún más, pasando por en medio de una familia de cerdos salvajes que hurgaban en busca de pacanas, y que se dispersaron indignados a mi paso.

Ya en la limpiadora me tropecé con el señor O'Flanagan, que había sacado el poste de *Polly* para tomar un poco el aire los dos. Se encontraba en el terraplén empinado sobre las turbinas de agua, fumándose un puro con gran satisfacción y mirando por encima de su vientre orondo el río que tenía a sus pies. *Polly* hinchó su cresta y me miró con su siniestro ojo ictérico mientras yo subía resoplando.

—Señor, ¿ha visto a mi abuelo? —grité. Por la cara que puso el señor O'Flanagan, adiviné que no.

—¿Algo va mal? —contestó alarmado—. ¿Qué pasa?

Crucé la calle como un rayo en dirección al periódico, abrí la puerta de par en par e irrumpí en la oficina telefónica, donde una sorprendida Maggie Medlin se comía un sándwich junto a la centralita.

—¿Ha visto a mi abuelo? —pregunté con voz ronca.

Tardó un momento en tragar y decir:

—No, hoy no. ¿Va todo bien?

Di media vuelta y me topé de bruces con la barriga del señor O'Flanagan, que me había seguido desde la limpiadora. Maggie gritó desde su silla:

—¿Hace falta que llame al médico?

—Calpurnia, ¿alguien se ha hecho daño? —quiso saber el señor O'Flanagan.

Me escapé por la derecha y giré hacia la izquierda, pero él se escapó y giró conmigo; se movía admirablemente rápido para estar tan gordo. Me agarró de los hombros, me sacudió y me obligó a mirarle.

—Calpurnia, dime si te has hecho daño. ¿Se ha hecho daño alguien?

Me quedé ahí plantada, procurando recobrar el aliento. Y de pronto me sentí exhausta y abrumada. Me sentí… abandonada. ¿Qué había pasado con nuestro tiempo juntos? ¿Cómo había dejado que huyera? ¿Cómo no había luchado por él? ¿Y dónde estaba el abuelo en un día tan importante? Siempre había sabido encontrarlo cuando lo necesitaba. Y ahora se había ido a recolectar a algún lugar que no era de los nuestros, un lugar del que yo no sabía nada y donde no lo podía localizar. Algún lugar secreto y privado. Recolectando sin mí.

Pregunta para el cuaderno: ¿por qué habría hecho eso? Respuesta: lo habría hecho si estuviera cansado de Calpurnia y quisiera estar solo. Si estuviera cansado de su compañía infantil. ¿No, Calpurnia? ¿No? ¿Era eso?

—Nadie se ha hecho daño, señor —conseguí articular cuando finalmente hablé.

Pero lo único en lo que podía pensar era: ¿no asomó al rostro del abuelito una sombra fugaz de irritación cuando, días atrás, interrumpí su lectura en la biblioteca? ¿Acaso mamá y papá habían hablado con él? ¿Le habían dicho que era una mala influencia para mí y le habían recomendado que cultivase a alguno de mis hermanos en mi lugar? Y luego estaba la espina de la algarroba perdida. Vale, la había vuelto a encontrar, pero ¿realmente me perdonó que fuese tan tonta como para perderla? Hacía unos meses, él me había animado a aprender a tejer y cocinar cuando mamá me endilgó esas tareas. No me consoló cuando *La ciencia de las amas de casa* cayó en mis manos. Seguro que sabía desde el principio que la vida científica no era para mí, que las fauces de la trampa doméstica estaban bien afiladas. Me eché a llorar.

—Dios santo, niña, ¿qué te pasa? —El señor O'Flanagan me dio unas palmadas torpes—. Ya está, ya está. Te llevaré a casa con tu madre.

—No, gracias, señor O'Flanagan. Estoy bien —sollocé.

—¿Seguro? No lo parece. —Su expresión se endureció al preguntar—: ¿Es que alguien... ha ido detrás de ti?

—No, no, solo busco a mi abuelo —lloriqueé, pero no lo acabé de convencer.

Me saqué el pañuelo del delantal y lo empapé en cuestión de segundos. No podía parar de llorar.

—Toma —me dijo, y me entregó el suyo—, creo que lo necesitas más que yo. Te lo puedes quedar. Y ahora, vamos con tu madre.

Vi que el señor O'Flanagan no pensaba dejarme sola hasta que me calmara. Me soné la nariz y, con un gran esfuerzo, logré dominarme un poco.

—No pasa nada —gimoteé—. Me iré a casa. Estoy bien. Gracias. Adiós.

Me dejó ir de mala gana. Salí a la calle con dificultad y me dirigí a casa.

Mi abuelo me había dado a leer el libro de Darwin. Me había mostrado la posibilidad de un tipo de vida diferente. Pero nada de eso importaba. *La ciencia de las amas de casa* era lo que me estaba destinado. Qué ciega estaba; era patética. Estábamos a punto de cambiar de siglo, pero mi vida no cambiaría con él. Mi insignificante vida. Una vida a la que debería haberme acostumbrado. Volví a estallar en llanto como si fuese una fuente, con una marea continua de lágrimas y mocos que empapó el pañuelo del señor O'Flanagan. Solo quedaba una última pregunta para el cuaderno antes de cerrarlo y abandonarlo para siempre, y era sobre el telegrama: ¿sí o no? Eso tendría que decírmelo mi abuelo. Y yo haría que me lo dijera. Me lo debía.

Me froté la cara con la última parte seca del pañuelo del señor O'Flanagan y miré atrás. Ahí estaba, a cincuenta metros de mi espalda, vigilando que llegara bien a casa e intentando que no notara que me seguía. Al menos alguien se preocupaba por mí.

Esperó a verme en el camino de grava antes de dar

media vuelta. Yo me repuse cuanto pude para evitar más interrogatorios.

Mi madre seguía en el salón con la señora Purtle, sirviendo té. Viola entró con un delantal blanco y con un pastel de limón en una bandeja de plata. El señor Fleming estaba sentado en una silla larguirucha, con una de las tazas buenas apoyada en la rodilla y la bolsa de reparto a los pies. Tenía aspecto de estar atrincherado ahí para siempre y de no marcharse hasta saber qué decía el único telegrama que había entregado procedente de Washington. Mi madre alzó la vista.

—Calpurnia, ¿qué sucede? ¿Has encontrado a tu abuelo?

—No sucede nada —dije con voz monótona—. Y no, no lo he encontrado.

—Disculpe, señora —intervino Viola—, pero creo que el capitán Tate está trabajando en el cobertizo de atrás.

Viola se negaba a llamarlo el laboratorio o las viejas dependencias de esclavos.

¿En el cobertizo de atrás? ¿En el laboratorio? Mamá frunció el ceño.

—Hubiera jurado que se había ido al río. Calpurnia, ve a buscarlo, por favor. No podemos hacer esperar al señor Fleming todo el día.

—Oh, no pasa nada, señora —dijo este, y movió su taza uno o dos dedos en dirección a la tetera—; nada de nada.

¿No estaba en el río?

—¿Tomará más té, señor Fleming?

—Vaya, es usted muy amable, señora. Me parece que sí.

No estaba en el río recolectando sin mí. Estaba en el laboratorio trabajando sin mí.

—¿Me has oído, Calpurnia? Ve a buscarlo. Señora Purtle, pruebe un poco de este excelente pastel: receta especial de Viola.

Atontada, asentí:

—Creo que iré a por él.

Pasé por la cocina, donde Viola ya estaba empezando con la cena. Alzó la vista.

—¿Qué estás tramando? Pones una cara…

—No estoy tramando nada. —Bombeé agua fría en el pañuelo del señor O'Flanagan y me lo apreté contra la cara—. Y esta es la cara que tengo, no puedo poner otra, ¿vale? —farfullé a través de la tela.

—¿Qué? —preguntó ella por encima del silbido de la tetera.

Me sequé con la esquina de una toalla y me miré en el espejo agrietado de la puerta de atrás. Aún estaba roja e hinchada, pero al menos ya no parecía completamente enloquecida. Escudriñé mi rostro. ¿Era el rostro de una niña que aburría a un anciano o el de una idiota que se precipitaba en sus conclusiones?

—Viola, ¿crees que soy aburrida? ¿O que soy idiota?

—Uy, tú puedes ser muchas cosas, pero idiota o aburrida, no, ninguna de las dos.

—¿Seguro?

—¿Cómo sales ahora con esto?

—Viola, es importante.

—Ninguna de las dos —repitió, y volvió a sus cacerolas.

Miré sus hombros estrechos y sus brazos enjutos elaborando nuestra cena, y me di cuenta de que siempre había contado con ella para otras cosas además de la comida. Viola no me había mentido nunca y no iba a hacerlo ahora. Me acerqué a ella, le rodeé la cintura y la abracé.

Me sorprendieron de nuevo la ligereza de su cuerpo y sus pequeños huesos de pajarillo. Qué interesante que una estructura tan delgada pudiera contener a una persona tan grande.

—Vete, tengo trabajo —dijo.

—Sí, señora. —Y tan gruñona como siempre, lo que era tranquilizador.

—Ya te he dicho que no me llames señora. Yo no soy la señora de esta casa, niña —gritó a mi espalda mientras yo cerraba la puerta.

Me abrí paso entre los gatos de exterior que pululaban por el porche y fui al laboratorio. Tenía los pies de plomo. El breve trayecto me llevó un siglo. Aparté la arpillera que colgaba de la entrada y allí estaba él, en el sillón de muelles, observando un frasco de algo encima de la tabla. Me miró con expresión inescrutable.

—Ha llegado, abuelito —anuncié.

—¿Ha llegado?

—La respuesta sobre la planta. —Guardó silencio—. Un telegrama de Washington —insistí.

—Ah. —Posó la mirada en el techo y preguntó con calma—: ¿Y qué dice?

Me quedé de piedra.

—No lo sé —tartamudeé—. No la he abierto. No lo haría nunca, es para usted.

—Cielos, Calpurnia, he pensado que la habrías abierto porque somos socios en este proyecto, ¿no es así? ¿Te encuentras bien? —Asentí, aunque me faltó seguridad para hablar—. Bien. Y ahora, hay que tener el mejor aspecto posible cuando se recibe un telegrama de Washington.

Se levantó, se atusó ese abrigo que se desintegraba y se me acercó para arreglarme el pelo con sus grandes manos y ajustarme el lazo.

—¿Lista? —Volví a asentir y él me tendió la mano—. Vamos.

La cogí y fuimos juntos a la casa sin decirnos nada. Estábamos a punto de subir los peldaños de atrás cuando dije:

—Espere.

Se detuvo y me miró.

—¿Qué, Calpurnia?

—Pienso que hoy deberíamos entrar por la puerta principal. ¿Usted no? —señalé, temblorosa.

—Tienes toda la razón —convino, y dimos la vuelta lentamente a la casa, y al pasar por la ventana del salón tres cabezas curiosas giraron tras nosotros.

Todos mis sentidos se agudizaron mientras íbamos hacia el porche. Los lirios habían muerto y vuelto a la tierra, todos los árboles de Júpiter habían perdido su corteza y en el cielo había nubes aborregadas. Sentí en el ambiente la presión de algo importante, del aire frío contra mí. Cogidos de la mano subimos los anchos peldaños frontales, y mi abuelo me abrió la puerta y me hizo una reverencia para que pasara. El corazón me palpitaba como un conejo.

—Capitán Tate. —El señor Fleming se cuadró en el salón—. Me alegro de encontrarlo, señor. Tengo un telegrama para usted procedente de Washington. Distrito de Columbia, señor. No el estado.

—Gracias, señor Fleming. Le estoy muy agradecido.

—He supuesto que era importante, por lo que me he apresurado a venir enseguida.

—Gracias, señor Fleming. Muy agradecido.

—No se lo podía confiar a uno de los chicos.

—Gracias, señor Fleming. Agradecido.

—Oh, no me malinterprete: son buenos chicos; si no,

no estarían trabajando para mí. Pero a veces se entretienen y yo he supuesto…

Mamá intervino:

—Señor Fleming, ¿le importaría darle ya el telegrama al capitán?

—Ah, sí, sí, señora. —Buscó en un bolsillo y lo sacó—. Aquí está. Directo desde Washington. Sí señor. Directísimo.

La señora Purtle lanzó un chillido y se dio palmaditas en el pecho. Todos contemplamos el sobre como hipnotizados. El abuelito dio un paso al frente y el señor Fleming se lo puso en la palma. La mano de mi abuelo se cerró despacio sobre él.

—Le agradezco las molestias, señor Fleming —dijo, y buscó una moneda en el bolsillo de su chaleco.

El telegrafista no quiso ni oír hablar de eso:

—No, no, capitán Tate, no aceptaré una propina. Ha sido un placer, señor.

Saludó rápidamente e hizo chocar los talones.

—Es usted muy amable. —Entonces, al ver que el señor Fleming no se relajaba, el abuelito le dijo—: Por favor, descanse.

El señor Fleming relajó una pizca su postura. Todos nos quedamos ahí, observando a mi abuelo, que a su vez contemplaba el telegrama.

—En fin —dijo este, y alzó la vista—, gracias de nuevo por las molestias, señor Fleming. —Se inclinó ante mi madre y la señora Purtle—. Señoras.

Sostuvo el telegrama con ambas manos, dio media vuelta y se fue. Todos nos quedamos con la boca abierta: qué injusto privarnos de aquel momento único en la vida. ¿Quién podría soportarlo? ¿Cómo podía hacernos eso? ¿Cómo podía hacérmelo a mí?

—Calpurnia —me llamó desde el pasillo—, ¿no vienes?

Por un instante quedé paralizada, pero luego recuperé la capacidad de movimiento y salí corriendo —al diantre los modales de salón— detrás de él. Derrapé contra él en la puerta de la biblioteca, él la abrió en silencio y entramos. La habitación estaba helada, pues el fuego no estaba encendido, y la cortina de terciopelo verde estaba descorrida para dejar entrar el débil sol de invierno. Se sentó a su escritorio.

—¿Puedes traer una lámpara?

Iluminaba su rostro un curioso equilibrio de entusiasmo y gravedad. Temblorosa, encendí la lámpara. ¿Y si la respuesta era no? ¿En qué nos convertiría eso? En nada más que un viejo iluso y una cría tonta. Pero ¿y si era sí? ¿Nos aclamarían y ensalzarían, nos haríamos famosos? ¿Nos contarían entre los inmortales? ¿Qué era mejor, saberlo o no? En cualquier caso, él me seguiría queriendo, ¿verdad?

Me senté en la silla de montar camellos y pensé que ojalá pudiera detener el tiempo. El abuelito miró el sobre blanco de aspecto anodino, cogió su abrecartas de marfil y lo abrió con cuidado. El telegrama consistía en una sola hoja de papel doblada una vez. Me la entregó.

—Léemela, hija.

Las manos me temblaban cuando cogí el papel. Lo desplegué, me incliné hacia la lámpara y leí, atrancándome en las palabras largas:

Estimadas señor y señorita Tate:

A los miembros del Comité Taxonómico de Plantas de la Institución Smithsonian nos complace informarles de que, tras un estudio y una investigación exhaustivos, con-

cluimos que han identificado ustedes una nueva especie, desconocida hasta hoy, de algarroba vellosa. Pertenece a la clase Dicotiledón, al orden Fabales, a la familia Fabaceae y al género Vicia.

Es costumbre que quien primero identifica una especie le ponga su propio nombre, o que elija algún otro siempre que no se haya utilizado ya. Por eso les sugerimos dar a conocer esta planta como Vicia tateii, nombre que satisfaría la práctica habitual de la taxonomía. No obstante, son libres de escoger el que ustedes prefieran.

La Institución los felicita por este hallazgo tan perspicaz.

Científicamente suyo, etcétera,

Henry C. Larivee,
presidente del Comité Taxonómico de Plantas

Volví a doblar la hoja con cuidado y lo miré a él, que, inmóvil, se quedó observando largo rato el vacío. Sentí la necesidad urgente de decir algo, pero no sabía qué, pues era incapaz de poner nada en claro. El cuarto estaba en absoluto silencio. A lo lejos, un perro aulló; era *Matilda*, emitiendo su característico alarido tirolés, curiosa expresión de lo que yo sentía en aquel momento. Más cerca, una cacerola repiqueteó en la cocina, la puerta mosquitera se cerró de un portazo y un par de mis hermanos pasaron corriendo por el recibidor. Oímos que el piano iniciaba en el salón una melodía serena y evocadora: habían pedido a Harry que tocara para nuestras visitas, y esa música devolvió a mi abuelo del lugar al que se había ido. Aun así, su expresión era nostálgica, contemplativa y triste.

—Sí —dijo al fin.

—¿Sí? —Yo no supe qué más decir.

Un minuto después, señaló:

—Es Chopin. Siempre me ha gustado esta pieza. ¿Sabes, Calpurnia…? —Y calló.

—¿Qué, abuelito?

—¿Sabes…?

—¿Qué, abuelito?

—Que siempre ha sido mi favorita. De toda su obra.

—No. No lo sabía.

—Su nombre popular es *Gotas de lluvia*.

—No lo sabía.

Oí a Viola tocar la campana de la cena en el porche de atrás. Pronto haría sonar el gong al pie de las escaleras. El abuelito lo ignoró.

—En realidad, la única cuestión es cómo pasar el breve tiempo que tenemos asignado.

Yo me preguntaba si hablaríamos del telegrama. No quería que sonara el gong. La cena solo era la cena; la cena podía esperar. En justicia, teníamos derecho a quedarnos ahí para siempre. Miré alrededor. Miré los libros, el armadillo y la bestia embotellada.

—Abuelito…

—¿Sí?

—¿Y el telegrama?

—¿Qué pasa con él?

—Pues…

Viola aporreó el gong; fue un sonido intrusivo y odioso.

—¿Tienes alguna pregunta al respecto? —quiso saber.

—No —contesté despacio—. Creo que no.

—¿Acaso tenías dudas?

—Supongo que no, pero…

—¿Sabes? Hay tantas cosas que aprender, y es tan poco el tiempo que se nos concede. Estoy viejo. Creí que moriría antes de que sucediera. —Me levanté y fui hacia él. Quise darle el telegrama, pero dijo—: Guárdalo tú. Dentro de tu cuaderno.

Me metí la hoja en el bolsillo y lo abracé. Él me rodeó con un brazo y me dio un beso, y nos quedamos así un rato hasta la inevitable llamada a la puerta.

Yo me esperaba una celebración. Me esperaba serpentinas, confeti y pastel, esperaba que nuestra familia nos alzara en volandas y nos llevara triunfantes. Pero el abuelito no abrió la boca en toda la cena, y yo me sentí desanimada todo el tiempo. Pero ¿qué me pasaba? ¿Por qué me sentía tan desinflada en el que debiera ser el día más feliz de mi vida y de la de mi abuelo?

Mamá se pasó la cena lanzando miradas al abuelito, sonriéndole y asintiéndole para animarlo cada vez que él alzaba la vista, dándole así ocasión de explicar ese comunicado extraordinario. Sin embargo, él prefirió dedicarse a su plato. Los susurros generalizados de mis hermanos y sus miradas furtivas indicaban que sabían que algo pasaba.

Terminamos la cena. Y hasta que SanJuanna se llevó los platos de los postres, el abuelito no se acercó al aparador para servirse una generosa cantidad de oporto. Después sostuvo el vaso en alto hasta que la mesa calló y todos los ojos se posaron en él. El oporto atrapaba la luz de la araña y proyectaba una oleada rubí en su barba. Pareció que estaba a punto de dirigirse a nosotros, pero entonces dio media vuelta, empujó la puerta oscilante de la cocina y llamó a Viola para que saliera al comedor. Ella se dio prisa mientras se secaba las manos en el delantal, con el ceño fruncido de preocupación.

—Damas —se inclinó—, caballeros, propongo un brindis. Ha sucedido algo maravilloso: hoy he recibido un telegrama de Washington y lo envía la Institución Smithsonian, que nos informa a Calpurnia y a mí de que hemos descubierto una nueva especie de algarroba. Un espécimen desconocido hasta ahora y que de hoy en adelante se llamará *Vicia tateii*.

—¡Muy bien! —dijo papá.

Mamá escrutó al abuelito con expresión atónita, y luego volvió su mirada hacia mí. Harry dijo:

—Abuelo, ha hecho que nuestro apellido forme parte de la historia.

—¿Habéis ganado un premio, Callie? —preguntó Jim Bowie—. ¿Qué habéis ganado?

—Hemos ganado un lugar en los libros de ciencia —contesté orgullosa.

—¿Qué libros? ¿Eso qué significa? ¿Los podremos ver?

—Algún día, J.B.

Papá empezó a aplaudir y los demás lo siguieron con palmadas y vítores. Eso era lo que yo me esperaba, y me hizo sentir más alegre, aunque no tanto como cabría pensar.

Papá se unió al abuelito en el aparador, se sirvió una buena dosis de oporto y dijo:

—Margaret, ¿nos acompañas? —Mamá me escudriñó—. ¿Margaret?

—Oh —dijo ella, y se volvió hacia papá—. Tal vez un vaso pequeño, Alfred, puesto que es una ocasión especial.

—Viola, ¿no tomarás un vaso? —preguntó el abuelito.

Ella echó un vistazo a mamá y contestó:

—No, no, señor Tate, no podría…

Él la ignoró y le puso un vaso en las manos y luego otro en las de SanJuanna, que parecía que se fuese a desmayar. Todos ellos alzaron sus vasos y nosotros los imitamos con vasos de leche. Papá declaró:

—A nuestra salud, por que se mantenga nuestra prosperidad y, en esta gran ocasión, por el abuelo y sus proyectos científicos. Debo admitir que a veces tenía mis dudas sobre el modo en que empleabas tu tiempo, pero has demostrado que valía la pena. ¡Esta noche eres el orgullo de la familia!

Harry inició un coro de *Porque es un muchacho excelente* y luego les hizo gritar a todos tres hurra.

—Y no nos olvidemos de Calpurnia y su cuaderno —añadió Harry—. Reclamo parte del mérito de tus logros, bicho, por habértelo regalado. ¡Así se hace!

Otro hurra, esta vez dirigido a mí. No me quedó más remedio que sonreír ante sus caras radiantes y excitadas.

—Es cierto —afirmó el abuelito mientras alzaba su copa hacia mí—. Nada de esto habría ocurrido sin la ayuda de mi única nieta, Calpurnia.

Y bebió con toda la calma.

¡Su única nieta! Se hizo un silencio helado, seguido de una oleada creciente de murmullos y siseos.

—Perdón —añadió el abuelito al comprender su error, e hizo una reverencia—. Quería decir mi única nieta chica, por supuesto.

Volvió a beber tranquilamente y después se sentó. Mis hermanos echaban chispas, pero me daba igual: mi corazón bombeaba felicidad por todas mis venas. Yo lo era todo para él, ¿a que sí? Y él lo era todo para mí.

Capítulo 27

Fin de año

> El hombre apenas puede seleccionar, y solo con gran difi-
> cultad, alguna variación de la estructura si no es externa-
> mente visible; y de hecho pocas veces se ocupa de lo que
> es interno.

*P*or primera vez en la vida, a todos los niños, incluido
Jim Bowie, nos dejaron quedar a contar las campanadas
de medianoche en fin de año, un acontecimiento increíblemente emocionante, al menos en teoría. También era
angustioso, pues algunas sociedades religiosas venían
diciendo que el mundo se acabaría el primer día del mi-
lenio. Según informaron los periódicos, había unos
hombres salvajes y barbudos paseándose por las calles
de Austin, vestidos con largas túnicas y con letreros que
decían: ARREPIÉNTETE, EL FIN ESTÁ PRÓXIMO. Papá los ta-
chó de panda de lunáticos, pero Travis se lo había tomado muy en serio y me preguntó, después de pensarlo
un poco:

—Callie, ¿de verdad que esta noche se acabará el
mundo?

—No, tonto. El abuelito me lo ha explicado: el siglo no es más que un signo del paso del tiempo. El tiempo es obra del hombre y procede de Inglaterra.

—Pero ¿y si va y se acaba? ¿Quién cuidará de *Jesse James*? ¿Quién dará de comer a *Bunny*?

Solo vi una forma de zanjar esa discusión:

—No te preocupes, Travis; lo haré yo.

—Oh, vale. Gracias, Callie.

A las seis en punto tomamos una cena descomunal en el piso de abajo. Hacía un tiempo de perros, pero en cada habitación había fuegos encendidos. Mamá estaba sonrosada y tranquila, y advertí que bebía un vino con burbujas que parecía sentarle muy bien. Después, papá hizo varios brindis y nos tranquilizó respecto al fin del mundo; también dijo que era un hombre afortunado por estar rodeado de su afectuosa familia: su padre, su esposa y sus hijos, y al decirlo le tembló un poco la voz.

Luego nos retiramos todos a nuestros cuartos, a descansar durante la larga velada que quedaba por delante, a recitar nuestras plegarias y a reflexionar sobre nuestros propósitos. Era tradición que nos levantáramos por turnos y los recitáramos, y que mamá los apuntase en un papel que guardaba dentro de la Biblia familiar hasta el año próximo, cuando los nuevos sustituían a los antiguos.

Me tumbé en la cama y miré por la ventana aquel cielo tan bajo. Una parte de mí deseaba que nuestras vidas continuasen como siempre, con todos viviendo juntos en nuestra vieja y rebosante casa. Pero la otra parte ansiaba un cambio drástico y radical con el que dejar Fentress atrás. ¿De qué me servía que una algarroba vellosa y *muntante* llevase mi apellido si tenía que pasarme la vida en el condado de Caldwell, entre Lockhart y San Marcos y entre pacanas y algodón? El abuelito me había dicho que podía hacer lo que quisiera con mi vida, y aunque algunos días le creía, otros no. Esa lúgubre tarde nublada, ese último día del siglo que moría, estaba virando definitivamente hacia el no. Había tantas cosas que quería ver y hacer mientras viviera…, pero ¿cuántas de ellas estaban a mi alcance? Escribí una lista en la última página de mi cuaderno. La cubierta de cuero rojo estaba arrugada y las páginas de borde dentado se estaban ensuciando. Lo dejé a un lado y me dormí, y soñé que flotaba en un río. Pero no era el mío. El agua era verde claro en vez de azul y, curiosamente, las orillas estaban cubiertas de arena.

Viola tocó el gong a las nueve y me despertó. Bajamos las escaleras en tropel y allí nos esperaban unos cuencos con una tarta de manzana peligrosamente caliente que te chamuscaba la boca. A cada uno nos dieron un cucurucho sorpresa, dentro del cual había una corona de papel, un matasuegras y un juguete de hojalata en miniatura, regalitos que dieron pie a un animado mercado de intercambio y regateo. Luego solo quedó sentarse a esperar. Los pequeños, que nunca habían estado levantados hasta tan tarde, reaccionaron a la relajación generalizada de la disciplina corriendo escaleras arriba y abajo o durmiéndose en un segundo en la alfombra del salón.

Yo me comí la mitad de mi naranja de Navidad con ostentoso disfrute, para fastidio de los que ya se habían terminado las suyas. Guardé la otra mitad para comérmela en otro siglo. ¿Sabría diferente una naranja de 1899 de una de 1900?

Hacia las diez, ya estábamos agotados y deseando acostarnos, pero decididos a llegar a la hora mágica. Con las once llegó la hora de los propósitos del nuevo año: mamá sacó los antiguos de la Biblia y los leyó en voz alta, nos reímos un montón y luego los quemó en la chimenea. Mi propósito anterior había sido dominar el hilado y el zurcido. Eran como de otra vida, de antes de aquel mes caluroso de verano en que mi abuelo y yo empezamos a conocernos.

Tratamos de explicarle a J.B. qué era un propósito, pero era demasiado joven para entenderlo. Mamá hizo uno por él: que ese año se aprendiera el abecedario. Sul Ross se hizo el propósito de terminar los deberes del colegio a tiempo. Travis resolvió pasar más tiempo jugando con *Jesse James*, pero eso era imposible, pues ya iba a todas partes con ese gato larguirucho metido en la pechera de sus petos. Entonces llegó mi turno. Me puse en pie, me saqué el cuaderno del bolsillo y lo abrí por la última página.

—Más que un propósito, esto es una lista. —Me aclaré la garganta y leí—: Quiero ver las siguientes cosas antes de morir: la aurora boreal. Harry Houdini. Los océanos Pacífico o Atlántico. O cualquier océano, no importa. Las cataratas del Niágara. Coney Island. Un canguro. Un ornitorrinco. La Torre Eiffel. El Gran Cañón. Nieve.

Me senté rodeada de silencio. Entonces Harry dijo:

—Muy bien, bicho. —Y se puso a aplaudir.

Mis otros hermanos se unieron a él; mamá y papá me dedicaron un aplauso poco entusiasta. Sentí una vaga melancolía. Continuó Lamar:

—Yo me propongo mejorar en geometría.

Cada día se tiraba horas midiendo por toda la casa los ángulos de las cosas con su nuevo transportador de acero. Sam Houston dijo:

—Como Lula Gates no me deja llevarle los libros al salir de clase, me propongo llevar los de Effie Preston, aunque ella no quiera. Juro que lo haré.

Esto se ganó una buena carcajada. Después le tocó a Harry, pero se limitó a sonreír y declarar:

—Es un secreto.

Hubo una protesta general ante tamaña injusticia. Y le rogué:

—Tienes que decírnoslo, Harry. Si no, no es un propósito de verdad.

Al final acabó por ceder para que lo dejáramos en paz. Le lanzó una mirada a mamá y anunció, a mi parecer con voz algo débil:

—Me propongo estudiar mucho para entrar en la universidad el año que viene.

Mamá pestañeó complacida, que por supuesto era lo que él pretendía, pero yo hubiera dicho que no estaba convencido, sino que solo lo decía para tenerla contenta. El hecho de que no nos contara su propósito auténtico me hizo sospechar que tenía algo que ver con Fern Spitty.

El propósito de mamá fue asegurarse de que todos y cada uno de sus hijos fueran a la iglesia dos veces por semana como mínimo. Hubo cierta agitación en las filas, pero nadie se atrevió a quejarse delante de ella.

El propósito de papá fue dejar el tabaco de mascar. Puesto que solo podía hacerlo en la limpiadora, decidió que la angustia de tener que tirarlo cada día al entrar por la puerta de casa no compensaba el placer de mascarlo en el trabajo. Mamá pareció encantada y sorbió su vino efervescente. En cambio, el abuelito lo pinchó un poco, y se mostró muy jovial antes de decir:

—Sería muy triste que a estas alturas de mi vida me quedara algún propósito por cumplir. Sin embargo, hay una cosa…

Desconcertada, rebusqué en mi cerebro. ¿Tendría algo

que ver con el *muntante*? ¿Querría perfeccionar su licor de pacana? No tenía ni idea.

—Deseo conducir un automóvil —afirmó—. He oído que tienen uno en Austin.

—¡Pero si son unas máquinas espantosas! —exclamó mamá—. ¡Y muy inseguras! Dicen que pueden explotar sin previo aviso, y la gente siempre se está rompiendo la pierna con la manivela.

—Cierto —sonrió él.

Su rostro adoptó una expresión satisfecha y ausente. Miraba el mundo como si contemplase el vacío, pero yo sabía que estaba observando el futuro.

Después solo quedó sentarse a esperar que pasase esa hora. Mis padres charlaban con calma, el abuelito se fumaba un puro y leía el *National Geographic* y mis hermanos y yo luchábamos contra el sueño y caíamos por turnos de forma lamentable. Y por fin, por fin, el reloj tocó la medianoche, y mientras las campanadas se apagaban oíamos una cacofonía de ollas y cacharros golpeados por las calles de todo el pueblo. Nos cogimos de las manos formando un círculo y cantamos *Auld Lang Syne*; las palabras eran incomprensibles, pero la música era preciosa. Miré a mi alrededor aquellos rostros que amaba y pensé en todos mis dones del año anterior: estaban papá y mamá, cogidos de la mano y con aspecto cansado pero feliz. Ella tenía algún cabello gris en las sienes, aunque yo no me di cuenta hasta entonces. Estaba Harry: orgulloso, alto y guapo, con el cuello y la corbata inmaculados; un joven caballero en ciernes. Estaban Sam Houston y Lamar; estaba Travis con *Jesse James* en brazos; estaba Sul Ross, bostezando. Y estaba J.B., que no se aguantaba de pie pero había decidido valientemente ver entrar el año nuevo.

Y estaba mi abuelo, sumando su voz de barítono en triste y dulce armonía a la música, y con la barba larga encendida a la luz del fuego. Qué cerca habíamos estado de perdernos el uno al otro. Al final, él resultó el mejor regalo de todos.

Las ollas y cacharros se fueron apagando y la canción se acabó, y todos nos fuimos a rastras a la cama, salvo mamá y papá, que se quedaron allí juntos un poco más.

Yo me puse mi camisón más grueso de franela roja y me acosté. Menos mal que SanJuanna había eliminado el helor de las sábanas con un calentador de cama. Intenté aguantar un rato tumbada y hacer balance de mi vida. Es lo que se hace cuando termina un siglo, ¿no? Pero creo que en realidad me dormí enseguida y solo soñé que hacía balance.

Capítulo 28

1900

A primera vista, la acción del clima parece del todo independiente de la lucha por la existencia; pero, dado que el
clima actúa principalmente reduciendo los alimentos, de-
sata la lucha más inclemente entre los individuos [...].

*D*esperté jadeante y aterrada. Algo iba terriblemente
mal, y en lo más hondo de mí supe que había ocurrido
algo espantoso durante la noche. Tardé varios segundos
en entender qué era exactamente: en la casa y fuera de mi
ventana reinaba un silencio tan profundo y anormal que
era como si hubieran envuelto el universo entero y lo hubieran robado de noche. ¿Había sucedido? ¿Se había terminado el mundo? ¿Debía arrodillarme y rezar?

Y la luz estaba rara. La luz que asomaba por los bordes de mis cortinas parecía más bien ausencia de luz. Todos los objetos de mi cuarto habían adquirido un aspecto
plano y grisáceo. Entonces *Áyax* ladró, solo una vez. Fue
un sonido tranquilizante, aunque amortiguado y tan
llano como la luz.

Aun así, mi pánico pasó a un segundo plano cuando

noté que me iba a estallar la vejiga. Necesitaba el orinal desesperadamente, pero antes tenía que afrontar el horror que aguardaba fuera. Consideré el asunto. Si tenías que afrontar el horror, mucho mejor hacerlo con la vejiga vacía.

Por otro lado, la porcelana del orinal estaría tremendamente fría. Después de sopesar ambas cosas, busqué a tientas el orinal debajo de la cama e hice malabarismos sobre el gélido redondel.

Mucho mejor. Y ahora, lo de afrontar el horror.

Me planté con firmeza ante la ventana y cuadré los hombros en posición militar, respiré hondo y descorrí la cortina.

Y ahí estaba: un manto blanco y perfecto cubría el césped, los árboles, el camino y todo cuanto yo alcanzaba a ver; un manto absolutamente virgen, intacto y apacible. Nieve. Tenía que ser nieve.

El mundo no se había acabado: no había hecho más que empezar.

Miré mi habitación y los objetos familiares bajo esa luz extraña: el nido de colibrí en su caja de vidrio, mi cuaderno rojo, mis mariposas enmarcadas… Después de ponerme las zapatillas de conejo y la bata de lana encima del camisón, me desplacé rodeando las tablas ruidosas del centro de la habitación y abrí la puerta con todo el cuidado que pude, pero de todos modos crujió sonoramente por el frío. Esperé a ver si alguien daba señales de vida, pero no se oyó nada, cosa que me alivió porque quería estar sola. Quería aquello solo para mí.

Bajé las escaleras de puntillas, salí por la puerta principal y me quedé en el porche, arropándome bien con la bata. La temperatura me sorprendió. ¿Cómo podía el mundo ser así de frío? Respiré hondo y sentí el aire como un puñal en el pecho, y el aliento que exhalé formó unas nubes en el aire que desaparecieron antes de poder atraparlas con mis manos. No se oía nada, aparte del *fushhh* de mi respiración y el ritmo acelerado de mis latidos. No había pájaros en el cielo argentino, ni ardillas en los árboles, ni zarigüeyas. ¿Adónde había ido toda esa abundancia de vida? La falta de seres vivos convertía el paisaje en algo hermoso y a la vez amenazador.

Mientras estaba mirando, un coyote joven salió despacio de entre los árboles, alzando y sacudiendo delicadamente cada pata antes de volver a ponerla otra vez sobre la nieve. Paso, sacudida y pausa; paso, sacudida y pausa... Su rostro mostraba tal expresión de enfado que me reí. Sorprendido, alzó la vista y me vio en el porche, y juro que me miró con desdén. Giró lentamente sobre sus talones y regresó a los árboles tal como había salido, intentando pisar sus propias huellas y con la misma fórmula de paso, sacudida y pausa, que al venir.

En fin, si el coyote podía andar en esa cosa, yo también, así que bajé los peldaños y pisé la nieve. No era sólida como el hielo, sino esponjosa. Tampoco era silenciosa, sino que se comprimía bajo mis pasos con un chasquido. Los pies se me helaron de inmediato, resbalé y casi me caí, pero me dio igual. Seguí bajando la escalera frontal y miré tras de mí mis propias huellas, que rápidamente se transformaron en charcos de agua someros y con forma de pie. Ante mí se extendía la perfección. ¿Podría resistirlo? ¿Soportaría estropearla con mi presencia?

Sí, podía. Disfrutaría yo sola de ese regalo momentáneo —ese gran regalo del nuevo siglo— durante un minuto más, unos cuantos segundos preciosos, antes de que el bullicio y los gritos y las pisadas de los otros lo destrozaran para siempre. Con la bata recogida, bajé corriendo por la curva del camino lo más rápido que pude, tambaleándome y resbalando y llena de dicha; sabía que parecía una loca, pero no me importaba. Corrí hasta la calle, que no mostraba ninguna marca de rueda de carro, y me desvié y atravesé la prístina maleza en dirección al río. Allí me topé con una pacana derribada por la nieve, cuyo núcleo crudo y de tonos carne era la única nota de color en todo ese paisaje blanco y negro.

Vi unas cuantas huellas huidizas que habían dejado los pájaros y otras criaturas pequeñas, sin duda tan confundidas como yo ante ese universo blanco y silente. Y cómo no iban a estarlo, si la última nevada había sido décadas atrás. Teniendo en cuenta que un pinzón solo vivía dos años, ¿cómo iba a transmitir a la siguiente generación la idea de algo que nunca había visto? ¿Desaparecería la palabra en el idioma y en la sociedad de los pinzones? ¿Cómo podía una especie sobrevivir a la nieve si la palabra para designarla se extinguía? Ni la raza de los pinzones ni todas las demás estarían preparadas. Tendría que dejar cantidades de semillas, sebo, heno y jamón para así proveer a todos los eslabones de la cadena alimentaria.

Los pies se me estaban convirtiendo en bloques de hielo y me di cuenta de que estaba agotada. Di media vuelta y regresé. Era la primera mañana del primer día del nuevo siglo y la nieve cubría el suelo. Cualquier cosa era posible.

La casa empezaba a mostrar sus signos habituales de vida matutina. Vi que mi abuelo me observaba desde su ventana de arriba; alzó una mano y me saludó, y yo le devolví el saludo. Nos quedamos así un instante y luego corrí hacia el calor de nuestro hogar.

Agradecimientos

*E*n aras de la ficción me he tomado algunas libertades con la historia de Texas, y pido disculpas a cualquier lector que detecte aquellos puntos en los que he sido indulgente con los hechos. También en aras de la ficción me he tomado libertades con la temporada de floración de ciertas plantas y la taxonomía del género *Vicia*. Apelo a la comprensión de los botánicos y horticultores con conocimientos del tema. Cualquier error referente a cuestiones científicas es de mi entera responsabilidad.

Gracias a los siguientes organismos por animarme y apoyarme desde el principio: *The Mississippi Review*, la Comisión para las Artes de Texas, la Asociación de Escritores de Texas y el Museo de Arte de Dallas.

Gracias a Barbara French de la Protectora de Murciélagos, a la doctora Diana Sanchez-Bushong de la Iglesia Unida Metodista de Westlake, y al doctor Spencer Behmer de la Universidad A&M de Texas, por su experiencia.

Un agradecimiento especial a Lou Ann y Jim Bradley por dejarme usar su cabaña cuando la necesité; gracias a la profesora Roberta Walker de la Universidad de Texas, en El Paso, que sería capaz de enseñarle a escribir a una piedra; a Lee K. Abbott y Grace Paley; a Shelley Williams

Austin, el doctor Michael Glasscock, a Karen Stolz, a Roberta Preston Pazdral, a Gerry Beckman, a Robin Allen y a Katherine Tanney; gracias a Mike Robinson y a su hija Callie, y a Phil y Jennie Tate por el nombre de nuestra heroína. Gracias a los Fabulosos Escritores de Austin por su apoyo infinito: Pansy Flick, Graciela Fleming, Nancy Gore, Gaylon Greer, Jim Haws, Cecilia Jones, Kim Kronzer, Laura van Landuyt, Diane Owens y Lottie Shapiro. A Houston White, Dian Donnell y Charlie Prichard por presentarme a la Old House; al difunto John *Sandy* Lockett por el relato del murciélago, que juraba que le ocurrió de verdad en el Scholz's Garden de Austin (una historia improbable, sí, pero nunca me dio un motivo para dudar de él). A mis primeros lectores, Joe Kulhavy, Wayne Price, Roxanne Hale Drolet, Carol Jarvis y Noeleen Thompson por sus ánimos, junto con mi «comadre» Val Brown, que enseña piano con amabilidad y aliento y no se parece en nada a la señorita Brown. A mi agente, Marcy Posner, por fijarse en mí. A Laura Godwin, Noa Wheeler, Ana Deboo, Marianne Cohen y toda la gente de Holt que ha hecho mejorar este libro.

Y, por supuesto, un agradecimiento especial a Gwen Moore Erwin. Después de todos estos años.